LOTHAR BERG
DER KILLERCODE

aproximación de las legislaciones de los Estados miembros sobre la protección delantera contra el empeoramiento de los vehículos y por la que se modifica la Directiva 92/61/CEE del Consejo, 1999.

- Propuesta y retirada de votación por partes realizada por el Grupo PSE de una enmienda en el contexto del informe Aparicio Sánchez - A5-0075/1999, Acta de la Sesión del Miércoles 15 de diciembre de 1999, PE 282.373.

- Propuesta de Reglamento del Parlamento Europeo y del Consejo que modifica el Reglamento del Consejo (CE) n° 820/97 por el que se establece un sistema de identificación y registro de los animales de la especie bovina y relativo al etiquetado de la carne de vacuno y de los productos a base de carne de vacuno (COM (1999) 487 - C5-0241/1999-1999/0250(CNS))".

- "Propuesta de Directiva del Consejo relativa a la comercialización a distancia de los servicios financieros y por la que se modifican las Directivas 97/7/CEE del Consejo y 98/27/CE del Parlamento Europeo y del Consejo. Resultados de la primera lectura del Parlamento Europeo (Estrasburgo, 3-7 de mayo de 1999)", 7918/99.

- "Propuesta modificada" del "Dictamen de la letra c) del apartado 2 del 251 del Tratado CE, sobre las enmiendas del Parlamento Europeo a la posición común del Consejo sobre la propuesta de Directiva del Parlamento Europeo y del Consejo por la que se establece un marco comunitario para la firma electrónica, por el que se modifica la propuesta de la Comisión con arreglo al apartado 2 del 251 del Tratado CE". COM (1999) 626 final.

- "Proposition de directive du Parlement européen et du Conseil fixant des plafonds d'émission nationaux pour certains polluants atmosphériques, et Proposition de directive du Parlement européen et du Conseil relative à l'ozone dans l'air ambiant". Doc. 10232/99 ENV 262 Codec 425.

- "Projet de lettre au Président du Parlement européen concernant la transmission des positions communes et des déclarations de la Commission et du Conseil au procès-verbal du Conseil", PE 78 CODEC 329, 8874/97, de 26 de mayo de 1997 remitido del CAG al Coreper.

- "Rapport sur le projet commun, approuvé par le comité de conciliation, de décision du Parlement européen et du Conseil établissant un instrument unique de financement et de programmation pour la coopération culturelle (Programme 'Culture 2000')", (C5-0327/1999 - 1998/0169(COD)), Délégation du Parlement européen au comité de conciliation, 25 janvier 2000, Rapporteur: Vasco Graça Moura.

- Rapport Redondo Jiménez (A5-0089/1999) - Statistiques agricoles communautaires sur la proposition de décision du Parlement européen et du Conseil modifiant la décision 96/411/CE relative à l'amélioration des statistiques agricoles communautaires [COM(1999) 332 - C5-0042/1999 - 1999/0137(COD)] Commission de l'agriculture et du développement rural.

- Resultado de la primera lectura en Pleno de la propuesta de Directiva del Parlamento Europeo y del Consejo por la que se modifica la Directiva 92/61/CEE del

Consejo relativa a la recepción de los vehículos de motor de dos o tres ruedas.
Resultados de la primera lectura del PE (Estrasburgo, 25-29 de octubre de 1999),
expediente interinstitucional 99/0117(COD), 12376/99, Bruselas, 27 de octubre
de 1999.

- Resultados de la primera lectura del PE (Estrasburgo, 25-29 de octubre de 1999),
expediente interinstitucional 99/0007(COD), 12376/99, Bruselas, 27 de octubre
de 1999.
- Résultats de la 1 ère lecture du Parlement européen (Strasbourg, 13-17 décembre
1999), Expediente interinstitutionnel 99/0014(COD), Bruxelles, le 15 décembre
- Resolución de 18 de abril de 1991, DOCE C 129 de 20 de mayo de 1991.
- Textos aprobados en la sesión del Miércoles 15 de diciembre de 1999, PE
282.376.
- Textos aprobados en la sesión del Jueves 16 de diciembre de 1999, PE 282.377.
- Textos aprobados en la sesión del Viernes 17 de diciembre de 1999, PE
282.375.
- Texto aprobado en relación con las estadísticas agrícolas comunitarias, A5-
0089/1999.
- Texto aprobado en la sesión del Viernes 17 de diciembre de 1999, PE 282.375,
p. 8.
- Working Document ENV/99/157, sobre la "Proposal for a Directive of the European Parliament and of the Council on national emission ceilings for certain
atmospheric pollutants, and Proposal for a Directive of the European Parliament
and the Council relating to ozone in ambient air", Doc. 10232/99 ENV 262
CODEC 425.

SENTENCIAS

- Auto del TJCE *Jaques Bonnamy c. Consejo de las Comunidades Europeas*, Asunto
C-264/94, Recopilación de Jurispridencia 1995.
- Auto del TJCE *Oliver Roujansky c. Consejo de la Union Europea*, Asunto C-235/94,
Recopilación de Jurispridencia 1995.
- Judgement of the Court of 22 September 1988, *French Republic c. European Parlia-
ment*, Asuntos acumulados 358/85 y 51/86.
- Judgement of the Court of 5 october 2000, *Federal Republic of Germany c. European
Parliament and Council of the European Union*, Case C-74/99, ECR 1999.
- Sentencia del TJCE *Amedo Chevalley c. Comisión*, Asunto 15/70, Recopilación de
Jurisprudencia 1970.
- Sentencia del TJCE *SA Roquette Frères c. Consejo*, Asunto 138/79, Recopilación
de Jurisprudencia 1980.
- Sentencia del TJCE *Maizena GmbH c. Consejo*, Asunto 139/79, Recopilación de
Jurisprudencia 1980.

- Sentencia del TJCE *Luxemburgo c. Parlamento Europeo*, Asunto 230/81, Recopilación de Jurisprudencia 1983.
- Sentencia del TJCE *Parti écologiste 'Les Verts' c. Parlamento Europeo*, asunto 294/83, Recopilación de Jurisprudencia 1986.
- Sentencia del TJCE *Parlamento Europeo c. Consejo de la Comunidades Europeas*, Asunto 34/86, Recopilación de Jurisprudencia 1986.
- Sentencia del TJCE *Comisión c. Consejo*, Asunto 165/87, Recopilación de Jurisprudencia 1988.
- Sentencia del TJCE *Parlamento Europeo c. Consejo de la Comunidades Europeas*, Asunto 302/87, Recopilación de Jurisprudencia 1988.
- Sentencia del Tribunal de Justicia *Tchernoby*, Asunto C - 70/88, Recopilación de Jurisprudencia 1991.
- Sentencia del TJCE *Directiva de estudiantes*, Asunto 195/90, DOCE C, 1990.
- Sentencia del TJCE *Comisión de las Comunidades Europeas c. República Helénica*, Asunto C-120/94, Recopilación de Jurisprudencia 1994.
- Sentencia del TJCE *Reino de Los Paises Bajos c. Consejo de la Unión Europea*, Asunto C-58/94, Recopilación de Jurisprudencia 1996.
- Opinion of Advocate General Fennelly, delivered on 15 June 2000, Case C-376/98 *Federal Republic of Germany c. European Parliament and Council of the European Union*, Case C-74/99.
- Order of the President of the Court of 13 December 1984, Germany c. Commission, Asunto 278/84, ECR 1984.

Lothar Berg

DER KILLERCODE

Thriller

Titelbild
Augen : Julia Schatz

Cover Hintergrund:
Gemälde „Willkür" Alexander Dik

Satz / Layout
Behrends / Berg

Bibliografische Information der Deutschen Nationalbibliothek

Die Deutsche Nationalbibliothek verzeichnet diese Publikation in der
Deutschen Nationalbibliothek; detaillierte bibliografische Daten sind im
Internet über http/dnb.de-nb.de abrufbar.

Herstellung und Verlag: BoD – Books on Demand, Norderstedt

ISBN 978-3-7526-2462-5

Wir sollten uns bewusst sein,

dass es der Tod ist,

der das Leben

so lebenswert erscheinen lässt!

(Lothar Berg)

Richard ließ sich von den Wellen treiben. Obwohl die ersten Sonnenstrahlen nur schwach waren, machte ihm die etwas frische Brise nichts aus, die die Wasseroberfläche leicht kräuselte.

Um diese Uhrzeit erwachte das Einkaufszentrum im Tempelhofer Hafen gerade zum Leben, und auf den Außenterrassen der Cafés erschienen die ersten Gäste mit einer Zeitung unter dem Arm. Der Kampf um die besten Plätze auf der Terrasse begann, um bei einem heißen Kaffee die Morgensonne zu genießen.

Von den sanften Wellen vorwärtsgeschoben, näherte sich Richard langsam seinem Motorboot, das hier im neuen Hafen gegenüber dem Ullsteinhaus seinen Liegeplatz hatte.

In einigem Abstand zu Richard schwammen ein paar Enten, schielten immer mal wieder zu ihm hinüber, gewöhnten sich dann an ihn und ließen sich nicht weiter bei ihrer Morgenwäsche stören.

Vorne im Kanal zog ein Motorboot vorbei. Nicht sehr schnell, aber es genügte, um einen erhöhten Wellenschlag in das Hafenbecken zu drücken, sodass die Boote an den Stegen heftiger zu schaukeln begannen.

Auch Richards Körper hob und senkte sich, schob sich noch näher an sein Motorboot, die Berlinette, heran. Der

Wellenschlag brach sich an der Bordwand, trieb Richards Kopf hoch, um ihn im selben Augenblick wieder in ein kleines Tal rutschen zu lassen. Richards T-Shirt klebte ihm am Leib, und durch die wenigen Haare schimmerte die Haut.

Mit einem dumpfen, klatschenden Geräusch schlug er mit dem Kopf gegen die Bordwand. Es störte ihn nicht, denn Richard lag mit dem Gesicht nach unten imkalten Nass.

*

Als sich die gut ein Meter fünfundneunzig große Gestalt durch den Eingang des Cafés Lebenskunst schob, zauberte die Bedienung ihr freundlichstes Morgenlächeln auf ihr Gesicht. Der athletische Mann mit den graugrünen Augen und dem kurz geschorenen dunklen Haar war sich seiner Wirkung durchaus bewusst. Er zeigte ein leichtes Schmunzeln um die Mundwinkel, das ihn nur noch attraktiver machte.

»Kaffee. Ganz normalen Kaffee. Eine große Tasse. Ich setze mich nach draußen.« Die Stimme war ruhig, tief und gelassen.
Sein Blick verließ die Kellnerin, als sie ihm zunickte.
Im Gegensatz zu den wenigen anderen Gästen suchte er nicht die Sonne, sondern wählte seinen Platz gegenüber der Berlinette. Aus dem schwarzweißkarierten Holzfällerhemd zog er eine kleine Digitalkamera und positionierte sie so auf

dem Tisch, dass das Motorboot im Bereich des Objektivs lag. Anscheinend uninteressiert sah er über das Wasser hinüber zum Modezentrum Berlin, das sich auf der anderen Seite befand.

»Bitte sehr, Ihr Kaffee! Kann ich noch etwas für Sie tun?« Die Stimme der Serviererin hatte einen leicht gespannten Unterton, als sie sich vorbeugte, um das Heißgetränk auf den Tisch zu stellen und nebenbei einen Blick in die Augen des Mannes zu erhaschen. Enttäuscht stellte sie fest, dass er sie inzwischen hinter einer Sonnenbrille verbarg. So konnte sie auch nicht erkennen, ob er einen Blick in ihren Ausschnitt riskierte, in dem ihre recht üppige Oberweite steckte.

Einem aufmerksameren Beobachter wären weder die Narben in dem gebräunten Gesicht des Mannes verborgen geblieben noch die gebrochene Nase. Der Bedienung aber fielen nur seine behaarten Handgelenke mit den kräftigen Händen auf, die ein festes Zupacken versprachen. Sein »Vielen Dank, vielleicht später« hinterließ ein warmes Gefühl in ihrem Bauch, und sie wusste, dass sie nun einen Tagtraum haben würde, der sie die sonst so langweilige Schicht beschwingt hinter sich bringen lassen würde.

Nikolaus Schweigert, im Allgemeinen nur Nik gerufen, lächelte. Die Kellnerin war höchstens sechsundzwanzig, und doch sendete sie ihm, dem Zweiundvierzigjährigen, eindeutige Signale. Niks Selbstbewusstsein hatte das zwar nicht nötig, aber gut tat es trotzdem.

Dennoch hatte seine Wirkung auf die Frauen auch Schattenseiten. Sie war für den größten Teil seines Lebens Fluch und Segen zugleich.

Nik sah auf die Spitzen seiner Turnschuhe, die unter der Jeans herauslugten. Er legte die Füße auf die Absperrung zur tiefer gelegenen Hafenpromenade und richtete sich auf eine längere Wartezeit ein.

Der Bootsbesitzer war seit zwei Wochen abgängig, wie das im Polizeijargon hieß. Niks Auftraggeberin war inSorge. Nicht so sehr um die Gesundheit ihres Mannes, sondern eher darum, dass er sich mit dem Geld und einer jüngeren Frau abgesetzt haben könnte.

Niks Nachforschungen in den vergangenen Tagen hatten ihn in die Nähe der Oranienburger Straße geführt. Der Mann, den es zu finden galt, war ein Nachtclubbesitzer, eine eher zwielichtige Erscheinung. Nik hatte es vermieden, im direkten Umfeld der Zielperson aufzutreten. Die Hinweise seiner Auftraggeberin, ein paar Euroscheine und ein wenig von seinem Charme, den er bei den Frauen auf dem Straßenstrich spielen ließ, zusammen mit ein paar Nachfragen in Registern, hatten ihn hierhergeführt.

Der Gesuchte hatte hier im Tempelhofer Hafen die kleine Motorjacht liegen, wo er sichmit jungen Frauen von seiner

Ehemonotonie erholte. Der Liegeplatz lief auf den Namen seiner Frau. Sie hatte ihn hier gesucht, aber niemanden angetroffen. Der Daimler des Nachtclubbesitzers war auf der Ullsteinbrücke entdeckt worden, wo er, von einer feinen Staubschicht überzogen, auf dem Seitenstreifen geparkt war. Also war er einige Tage nicht bewegt worden.

Nik vermutete, dass der Gesuchte inzwischen wieder auf dem Boot war. Da hatte der alte Sack außer Mandy wohl noch eine große Schachtel Viagra mit in die Koje genommen.

Heute würde er hier Nägel mit Köpfen machen. Entweder der Typ steckte bald den Kopf an Deck, oder er würde ihn an Bord aufsuchen. Nik steckte sich eine Zigarette an.

*

Jens Möckert hielt die Augen geschlossen, seine Hände streichelten das weiße Satinlaken. Er lauschte den Geräuschen aus der Küche, dem Klappern des Geschirrs, dem Sprudeln des kochenden Wassers und den kurzen Schritten. Das Schicksal hatte sein Leben in den vergangenen Monaten mächtig durcheinandergebracht. Seit er nach Berlin gekommen war, blieb ihm kaum Zeit zum Atmen. Für ihn war das alles eine fantastische, unwirkliche Welt, in der er sich befand. So viel war möglich, nichts schien unmöglich.

So weit er sich zurückerinnern konnte, war er in

Heimen groß geworden. Er hatte mehrere jugendamtliche Einrichtungen durchlaufen, war aber nie adoptiert worden, wie das immer in den schnulzigen Filmen passierte, an die er anfangs noch geglaubt hatte. Als er fünf war, erzählten sie ihm, dass seine Mama und sein Papa bei einem Autounfall umgekommen waren. Mit zehn eröffneten sie ihm die Wahrheit. Man hatte ihn ausgesetzt wie einen Hund, als er gerade mal zwei Jahre alt war. Damals hoffte er darauf, dass seine Eltern ihn wieder abholen würden. Ganz bestimmt.

Mit zwölf war er desillusioniert und kümmerte sich um sein Überleben. Mit achtzehn hatte man ihn, mit einem Abitur von 1,5, ins Leben geworfen. Das Einzige, das ihn mit Berlin verband, war die Tatsache, dass seine Mutter aus dieser Stadt stammte. Mehr wusste er nicht. Der Nachlass hatte nicht viel über ihre Vergangenheit hergegeben. Die meisten Papiere fehlten, und er hatte keinen Bock, nach mehr zu forschen. So war der Hinweis auf Berlin lediglich der Antrieb gewesen, die Stadt in Hessen zu verlassen, wo er die vergangenen Jahre untergebracht gewesen war.

Jens dachte an das Foto, das in der alten Brieftasche steckte, die mit seiner spärlichen, restlichen Habe in einem Schuhkarton lag. Tiefe Gefühle oder Trauer verband er nicht damit. Es war jedoch das Einzige, das ihm bestätigte, dass auch sein Leben eine Geschichte hatte. Ein Bild seiner Mutter. Sie alleine auf der Rosenthaler Straße, Ecke Neue

Schönhauser Straße. Das Foto stammte aus dem Jahr 1996, wie der Stempel auf der Rückseite auswies. Eine junge, blondierte Frau, die unbefangen in die Kamera lachte und irgendjemandem hinter dem Fotoapparat zuwinkte.

Jens war mit einem festen Plan in die Hauptstadt gekommen. Erst den Führerschein machen, das würde ruckzuck gehen – fahren konnte er schon, seitdem er vierzehn war. Mit der Pappe wäre er flexibler bei der Jobsuche. Vielleicht Blutkonserven fahren. Das wurde gut bezahlt, hatte man ihm erzählt. Unter gewissen Umständen durfte man dabei sogar das Blaulicht einschalten. Egal wie, auf keinen Fall würde er sein ganzes Leben in einem möblierten Zimmer verbringen, in dem das Schönste die Bettdecke war, die er sich über den Kopf ziehen konnte, wenn er sich in seine Traumwelt flüchtete, dem Traum von einem eigenen Café.

All das war völlig aus den Fugen geraten.

Jens stand auf und ging ins Bad, machte sich frisch. Das fahle, fast bleich wirkende Gesicht passte nicht zu seiner Entschlossenheit im Inneren. Die blonden Haare klebten gegelt am Kopf, und der dünne, gerade erst sprießende Oberlippenbart verlieh Jens den Anflug eines Gigolos der zwanziger Jahre. Seine schmale Gestalt verlor sich fast in der hohen Diele der Altbauwohnung, als er in die Küche ging.

*

Drei Pötte Kaffee und ein Schoko-Croissant später sowie mit der Aussicht auf ein Date mit Nicole, der Kellnerin, wurde Nik ungeduldig. Er stand auf, reckte sich und blickte hinüber zur Berlinette. Spitzenkahn, jedenfalls für Berliner Verhältnisse. Eine Azimut. Zwei Mercruiser Cummins, mit je 380 PS, Flybridge, geschätzte gute zwölf Meter lang. Nik kannte sich aus mit Motorjachten. Er hatte sie selbst gefahren. In Brasilien, in Kapstadt und sonst wo. Mal als Eigentümer, mal als gemieteter Skipper oder als Leibwächter. Auch größere als die hier. Aber die Berlinette musste man deshalb nicht verstecken. Der Aufbau war gepflegt, die Bordwand schneeweiß, der Name Berlinette leuchtete in einem kräftigen Rot. Das Boot lag mit dem Bug zum Kai und war dort doppelt vertäut. Es zerrte verhalten an seiner Fesselung. Weniger, um sich wirklich losreißen zu wollen, dachte Nik, sondern vielmehr, um seinen Willen kundzutun, dass es hier nicht freiwillig angeleint war und in den Wind und die Wellen gehörte.

Die höher steigende Sonne verkürzte den Schatten zwischen Bug und Kaimauer und gab die Sicht auf das Wasser frei. Niks Blick glitt über die Fender, die Leinen, hinunter zum steinernen Kai, an der Bordwand hinab zum Wasser. Er stutzte, kniff die Augen zusammen, nahm die Sonnenbrille ab. Irgendetwas hatte sich verändert.

Im spitzen Winkel zwischen Schiff und Hafenwand

schwamm etwas Helles im Wasser. Mal dümpelte es auf der Oberfläche, mal tauchte es für einen Moment in den glitzernden kleinen Wellen unter, um gleich darauf wieder aufzutauchen. Nik kletterte über die Absperrung, sprang auf die gut zwei Meter tiefer liegende hölzerne Promenade hinunter. Hinter sich hörte er Nicoles enttäuschtes »Hee, erst bezahlen!«, aber Nik winkte ab, ohne sich umzusehen. Vom Rand des Hafenbeckens aus erkannte er Richard, der immer noch, in unregelmäßigen Abständen, mit dem Kopf an die Bordwand seiner Berlinette schlug. Ab und zu tauchte sein weißer Turnschuh in den Wellen auf und blitzte kurz im Sonnenlicht.

Nik schoss ein paar Fotos. Von dem Boot, von Richard und von der Umgebung, dann nahm er sein Handy und wählte die Nummer der Polizei. Nicole erschien neben ihm, zupfte ihn an der Schulter.

»Die Rechnung. Ich kann mir das nicht erlauben …« Ihr entsetzter Blick fiel auf den Toten im Hafenbecken.

»Ach du Scheiße!«, entfuhr es ihr, als sie Richards aufgedunsenen Hinterkopf sah, von dem sich bereits einzelne Hautfetzen lösten. Eng presste sie sich an Nik.

Nicoles Oberweite war groß, fest und warm, wie Nik durch sein Hemd spüren konnte. Beschützend legte er einen Arm um die Frau.

*

15

»Richard Zastrow, geboren 1954 in Hannover. War mal eine große Nummer auf dem Kiez, gehörte zur BAD CITY AG, die direkt nach dem Mauerfall mit Prostitution, Drogen und Schutzgeldern groß abkassiert hat. War eine harte Truppe.« Kriminalhauptkommissar Max Rausch warf die Akte auf den Schreibtisch.

»Und heute?« Oberkommissar Winfried Betke sah seinen ranghöheren Kollegen erwartungsvoll an. »Fassen wir doch mal zusammen …«

»Na ja, zwischen 1994 und 2000 haben die mächtig Gegenwind bekommen, vor allem aus Osteuropa. Aber da waren die Jungs der AG schon satt und bequem. Das Pink Pool, das sie 1990 gleich nach der Wende eröffnet hatten, lief verdammt gut. Die haben sich die Taschen richtig vollgemacht. Aber, wie sagt man so schön? Die Katze lässt das Mausen nicht. Nach einem Raubüberfall 1998 mit zwei Toten stand die BAD CITY AG voll im Focus der Behörden. Die Jungs mussten von da an leisertreten, auch wenn man ihnen nichts nachweisen konnte. Nur so ein kleiner Mitläufer wurde verurteilt. Aber die Zeit der Ermittlungen hat die Gang ordentlich geschwächt. Neue Gangs haben das Sagen übernommen. Für die BAD CITY AG gibt's seitdem nur noch das, was die neuen starken Männer ihnen übrig lassen. Ein paar Plätze für die Frauen und das Pink Pool mit der Pension.«

»Mich wundert, dass die das so einfach hinnehmen«, sagte Betke.

»Was sollen sie machen? Die neuen Hardliner sind brutaler als die Gangsteropas – und sie sind hungrig. Die Alten sind froh, wenn sie bei Boxveranstaltungen in der ersten Reihe sitzen, ihren Mercedes fahren, hier und da noch die Hand aufhalten dürfen und sich ansonsten um Fettabsaugen und Botox kümmern können. Sie sind mehr oder weniger nur noch Platzhalter und Strohmänner.«

»Mmm«, brummte Betke vor sich hin, tippte mit dem Zeigefinger auf den Obduktionsbericht, »Zastrow war bis in die Speiseröhre und die Nasennebenhöhlen mit Bauschaum vollgepumpt.«

»Und durch den Schlitz im Klebeband auf seinem Mund haben sie das Sprührohr eingeführt«, ergänzte Max Rausch und schüttete sich einen Kaffee aus der Thermoskanne ein.

»In den Haaren waren Reste von Klebestreifen, als wenn man den Kopf fixiert hätte. Er hat auf jeden Fall noch gelebt, als man ihm die Augenlider tätowiert hat.«

»Das sieht nicht nach einer normalen Auseinandersetzung auf dem Kiez aus. Zastrow kümmerte sich nur noch um die Bücher und um seinen eigenen Spaß. Der war weg vom operativen Geschäft. Den hätte man mit Kapitalentzug effektiver unter Druck gesetzt. Wir sollten uns mal seine Kumpels Fäller und Lehnert vornehmen.«

Betke nahm ein paar dünne Akten und blätterte sie oberflächlich durch.

»Sind ja nicht mehr so viele im Geschäft von der alten Gang. Bernd Gross sitzt seit sechs Jahren, Uwe Trummler ist tot, Sven Gohlke ist verheiratet, lebt in Nauen und arbeitet seit elf Jahren als Gabelstaplerfahrer. Bleiben noch Gerd Prielow, der noch immer den Türsteher im Pink Pool mimt. Und Heinz Fäller und Udo Lehnert«.

Rausch nickte.

»Ja, wenn jemand etwas weiß, dann die beiden. Die drei haben gemeinsame Sache im Pink Pool gemacht, der Pension, und vielleicht hingen die noch hier und da in ein paar kleinen Sachen mit drin. Prielow ist nur Handlanger, aber skrupellos.«

»Hört sich doch eigentlich ganz lukrativ für die Brüder an.« Rausch grinste.

»Klar, nach außen hin machen sie noch die dicke Nummer. Aber in Wirklichkeit müssen sie selbst ordentlich Schutzgeld an die echt harten Jungs abdrücken. Wir müssen nur warten, bis ihnen die Daumenschrauben zu eng werden. Dann können sie sich überlegen, ob sie mit uns zusammenarbeiten oder in den Bau wandern wollen. Die kochen wir locker mit einer kleinen Ermittlung wegen Steuerhinterziehung weich. Wer will schon mit sechzig in den Knast.« Rausch grinste noch breiter. »Diese Old- School- Gangster sind berechenbar. Wir benutzen Lehnert und Fäller, um die neuen Herren an die Eier zu kriegen. Wir müssen nur auf die passende Gelegenheit warten.«

Betke wirkte nachdenklich.

»Und Zastrow? Sollte der auch für uns arbeiten?«

»Sicher!«

»Wurde er deshalb umgelegt?« Rausch schüttelte den Kopf.

»Nee, das ist alles erst planerischer Teil eines Strategiepapiers. Und wenn er deshalb umgelegt worden wäre, hätte der Mob das drastischer erledigt. Mit Baseballkeulen, Bleirohren oder mit einem Hammer jeden Knochen einzeln zertrümmert. Lang und qualvoll, das macht mehr Eindruck, und die Warnung an alle anderen, dass sie die Schnauze halten sollen, ist umso deutlicher. Ich hab ein Scheißgefühl bei dem, was wir hier auf dem Tisch haben.«

*

»Sag doch Beate. Frau Zastrow hört sich so sehr nach Witwe an!« Sie ließ ihre kleine weiße Hand auf dem braunen Unterarm von Nik liegen. Sie blickte ihn nicht an, sondern sah von der Terrasse aus hinunter in den Park. Nik spürte die warme Hand und wie ihr Zeigefinger gespielt unbewusst die Haare auf seinem Arm umkreiste. Beate Zastrow und er saßen auf der Terrasse des Zastrowschen Penthauses und blickten auf die Bäume und den Rasen.

»Sie sind Witwe, das ändert sich nicht, wenn ich Sie Beate nenne.« Nik nahm einen Schluck Whiskey aus dem Glas.

Beate Zastrow wendete sich ihm zu.

»Ach, Nik, ich fühle mich nicht als Witwe. Das mit Richard war keine Ehe mehr. Wir waren nur noch geschäftlich zusammen. Meist hat er in dem kleinen Apartment in der Linienstraße übernachtet und ist hier nur noch am Wochenende vorbeigekommen, um die Papiere für die Abrechnung vorbeizubringen. Er brauchte einfach seine Ruhe, hat den Druck nicht mehr so gut ausgehalten wie früher.«

Nik schüttelte den Kopf. »Wieso haben Sie mich dann damit beauftragt, ihn zu suchen?«

»In den letzten Monaten sind immer höhere Ausgaben aufgetaucht, die ungewöhnlich waren. Gleichzeitig sind die Einnahmen gesunken. Aber Richard hatte wohl vergessen, dass er mir beigebracht hatte, wie man die Bücher am Finanzamt vorbeifrisiert. Da hat man einen Blick dafür. Außerdem hat sich Richard modische Kleidung gekauft, ist öfters zum Friseur gegangen als früher und hat sich wieder täglich rasiert. Und dann lässt er sich ohne jede Ankündigung vierzehn Tage lang nicht sehen, geht nicht ans Telefon, und angeblich weiß niemand, wo er ist. So, und jetzt mal eins und eins zusammengezählt!"

»Warum sind Sie nicht zur Polizei gegangen?« Nik hielt sein Glas gegen die Sonne und blinzelte in das bunte Spiel der funkelnden Farben. Beate Zastrow lachte verächtlich.

»Nik, wenn du Einnahmen aus einer Table-Dance-Bar, einem Stundenhotel und dem Forderungsmanagement hast, wendest du dich an alle möglichen Leute, aber bestimmt nicht an die Polizei. Mein Mann hatte seine Freiheiten, da waren wir uns einig. Aber wenn der alte Gockel geglaubt hat, sich noch einmal verlieben zu müssen, und irgendeine junge Pussi in seine Tasche greift, dann geht mich das etwas an, dann geht es auch um mein Geld, um meine Existenz. Spaß ist die eine Sache, aber der hört beim Geld auf!« Beate Zastrows Stimme hatte einen metallischen Unterton bekommen.

Nur ganz zart, aber unüberhörbar. Nik spürte, wie ihm dieser Ton zwischen die Beine fuhr. Diese Mischung aus Engelsgesicht und stahlharter Berechnung brachte ihn auf Touren. Er fühlte die Herausforderung, diese Stimme zum Schnurren bringen zu müssen. Ihre schwarzen Haare, die dunklen Augen und die roten Lippen versprachen Sinnlichkeit pur. Der dünne Pullover betonte mehr die vollen Brüste, als dass er sie versteckte. Das alles war eine erotische Packung, die jeden Mann an den Rand der Beherrschung brachte.

Aber Nik reizte es eher, ihren inneren Widerstand zu brechen, diese Frau zu unterwerfen, sie ihren Materialismus aufgeben zu lassen und sich selbstvergessen zu ergeben. Er kannte die Anzeichen bei sich und wusste, dass er wieder einmal in Gefahr war, wie schon so oft. Dieses Gefühl hatte ihm stets Unheil beschert, deshalb war er nirgendwo zur Ruhe bekommen. Es waren immer diese Frauen, die ihn reizten, doch dahinter lauerte ein unkalkulierbares Risiko, dessen war er sich nur zu bewusst.

Er sah auf ihre Beine in der kurzen Hose, die sie auf den kleinen Hocker vor sich gelegt hatte. Sie waren glattrasiert und versprachen eine milde Kühle in der Hitze des Verlangens.

Sein Blick glitt weiter hoch, zu der Dreierknopfreihe des knappen Hosenbundes, zwischen dessen Rand und demPulli eine Handbreit nackte Haut zu sehen war. Fast glaubte Nik, das Blut unter der Haut pulsieren zu sehen. Sein Mund wurde trocken.

»Nik, woran denkst du gerade?«, gurrte ihre Stimme, und ihre kleine weiße Hand glitt ein paar Zentimeter seinen Arm hinauf in Richtung Bizeps. Er sah sie an, sah hinter dem Lächeln mit den ebenmäßigen weißen Zähnen ihre rosa Zunge.

»Wie sind Sie auf mich gekommen?« Nik versuchte mit seiner Frage, die Spannung geschickt zu überbrücken.

Die Türglocke meldete sich mit einem so grellen Ton, als ob der Altmeister der Spannung, Alfred Hitchcock, ihren Einsatz an dieser Stelle inszeniert hätte. Wieder schrillte die Türglocke. Und gleich noch einmal, ungeduldig, drängend!

Beate Zastrow schwang die Beine vom Hocker, lächelte ihm zu und ging in das Innere der Wohnung. Nik nahm einen weiteren Schluck Whiskey, schaute ihr nach, sah auf ihr Hinterteil, das sich perfekt in zwei halbrunde Hälften teilte und alle Wonnen dieser Erde versprach. Er schüttete sich noch einen Drink ein und legte die Beine auf den Hocker. Sein Gehirn arbeitete wieder klar. Diese Frau bedeutete Erotik und Ärger. Nik überdachte seine Alternativen. Für seine hormonelle Regulierung konnte er nachher immer noch Nicole, die Kellnerin aus dem Café, anrufen, die ihm ihre Telefonnummer zugesteckt hatte. Auf den lauernden Ärger mit Beate Zastrow konnte er gut und gerne verzichten.

*

Kriminalhauptkommissar Max Rausch setzte sein freundlichstes Lächeln auf, als Beate Zastrow die Tür öffnete. Sie war einen Kopf kleiner als er. Eine tolle Frau, äußerlich ein Rundumwohlfühlpaket, so etwas wünschte sich jeder Mann. Er auch.

»Ach, Sie? Hat sich etwas ergeben? Eine Spur? Ein Verdacht?« Sie trat zur Seite, ließ Rausch und Betke eintreten.

23

»Nein, nichts Wesentliches in den letzten Tagen. Wir suchen nach einem Motiv für den Mord und sind darauf gekommen, dass Ihr Mann die eine oder andere Affäre hatte«, sagte Rausch.

Beates Lachen war laut und spöttisch.

»Ach – und da glauben Sie, dass ich vielleicht aus Eifersucht …? Nein, mein Mann und ich führten eine sehr tolerante Ehe, glauben Sie mir.«

Rausch ging ein paar Schritte durch das Wohnzimmer in Richtung Terrasse, Betke studierte die Bücherwand und den Schreibtisch.

»Nun ja, Eifersucht und verletzte Eitelkeit sind bei Mord meistens das Motiv. Wenn nicht Sie, dann vielleicht ein Partner der Frauen, mit denen sich Ihr Mann getroffen hat. Vielleicht gab es aber auch Streit im Geschäft. Ihr Mann war ja in einem sensiblen Bereich engagiert. Deshalb würde ich gerne wissen … oh.« Rausch sah auf die Turnschuhe, die er hinter dem Kopfteil der Korbliege auf der Terrasse erkennen konnte, und den Qualm, der dort aufstieg. »Sie haben Besuch? Entschuldigen Sie bitte!« Betke trat neben ihn und sah ebenfalls hinaus.

Beate Zastrow lachte wieder. Auf der Terrasse schob sich ein Oberkörper hinter der Liege hervor, drehte sich zu den Besuchern herum. Ein Mann mit Sonnenbrille und Whiskeyglas in der Hand wurde sichtbar. Rausch grübelte einen Augenblick.

»Sind Sie nicht …!«

»Nikolaus Schweigert, der Mann, der Richard Zastrow im Hafenbecken entdeckt hat«, ergänzte Winfried Betke seinen Kollegen.

Nik erhob sich vollends, drückte die Zigarette aus und kam ins Wohnzimmer.

»Ja, das bin ich. Ist das ein Problem?«

Rausch hatte sich gefangen. »Gestatten Sie mir die Frage, was Sie hier machen? Dass Sie die Frau des Mordopfers kennen, haben Sie uns gar nicht erzählt.« Rausch blickte vielsagend über die Szenerie auf der Terrasse und auf das Glas Whiskey in Niks Hand. Beate Zastrow trat neben Nik, vielleicht eine Spur zu dicht.

»Ich habe ihn beauftragt, meinen Mann zu suchen. Herr Schweigert erstattet mir gerade Bericht!«

Betke schrieb einiges in ein Notizheft, schielte über den Brillenrand hinüber zu Nik und murmelte anzüglich.

»Gefunden hat er ihn ja.«

Schade, dachte Rausch, zu dicht, sie steht zu dicht bei ihm, sehr schade, damit war sie für ihn unerreichbar. Mit so einem Kerl konnte er nicht konkurrieren. Nicht mit seinen achtundvierzig Jahren, dem lichter werdenden rötlichen Haarkranz und den fünfzehn Kilo Übergewicht. Waschbrettbauch gegen Waschtrommel. Er rief sich zur Ordnung, sah Beate Zastrow fragend an, und sie klärte ihn auf.

»Es gab Unregelmäßigkeiten im Geschäft. Einnahmen, Ausgaben. Als er sich nicht mehr gemeldet hat, habe ich mir ernsthaft Sorgen um ihn gemacht. Wie Sie selbst sagen, er war in einem sensiblen Bereich Unternehmer, da sind Bedrohung oder Erpressung möglich.« Sie machte eine kurze Pause und setzte hinzu: »Ohne dass ich da etwas Genaues weiß.«

Rausch nickte, das ging ja auch in die Richtung einer seiner Überlegungen. Die Spur würde nicht weglaufen, im Moment war der Besucher für ihn interessanter.

»Herr Schweigert, kommen Sie bitte morgen Vormittag zu mir ins Landeskriminalamt! Sagen wir um elf?« Rausch hielt Nikeine Visitenkarte hin.

Der nickte, steckte die Karte ein.

»Wenn Sie darauf bestehen. Liegt etwas Bestimmtes an?«

»Nur noch ein paar Routinefragen, und Ihr Bericht interessiert mich auch brennend.«

Betke schob sich Richtung Ausgang, und Beate Zastrow hob fragend die Augenbrauen.

»Weshalb waren Sie nun da?«

Rausch sah noch einmal zu den beiden ander Terrassentür, und einem geschulteren Ohr wäre der pikierte Unterton aufgefallen.

»Das hat sich für den Moment erübrigt. Einen schönen Abend noch!«

Nik war sich klar darüber, welchen Eindruck die Polizisten jetzt haben mussten und zu welchen Schlüssen das führen konnte. In seinem Kopf zog ein leichter Schmerz auf, sein persönliches Warnsignal. Beate Zastrow kam auf ihn zu, blieb so dicht vor ihm stehen, dass er ihre Brüste an seinen Rippenbögen spüren konnte. Ihre Hände hingen seitlich herunter, und ihr Blick zu ihm hoch war die pure Hingebung. Sie verstand sich auf die Rolle der Hilflosen. Sie war ein Opfer.

»Was machen wir jetzt?«, wollte sie wissen. Diesmal war der Stahl in Niks Stimme.

»Ich denke, mein Auftrag ist erledigt. Ich habe Ihren Mann gefunden und schicke die Rechnung zu.«

Beate Zastrow trat zurück, sah ihn lange an, ein Lächeln spielte um ihre Lippen.

»Was ist passiert? Kalte Füße bekommen? Angst vor der Polizei? Oder vor mir?«

»Nein!« Nik steckte sich einen Glimmstängel zwischen die Lippen. »Bringst du die Rechnung vorbei?« Ihre Stimme sank eine Tonlage tiefer.

Nik zeigte hinüber zum Computer.

»Schick ich per E-Mail!« Er griff sichseine Lederjacke.

Beates Hüften lockten, als sie zum Schreibtisch ging. Während sie sich vornüberbeugte, spreizte sie ihre Beine eine Handbreit, die Hose spannte sich über die beiden

Fleischkugeln ihrer Rückseite. Nik schluckte und lenkte sich damit ab, dass er die Zigarette ansteckte. Beate richtete sich langsam wieder auf, reichte ihm einen Scheck.

»Ich denke, das ist so okay. Eine Rechnung brauche ich nicht!«

Für einen winzigen Moment hielten beide an dem Scheck fest, sahen sich an, dann löste Beate ihren Griff. Nik schaute auf das Papier, pfiff durch die Zähne.

»Das ist sehr großzügig!«, sagte er, ohne die Zigarette aus dem Mund zu nehmen.

»Schon gut.« Ihre Stimme hatte wieder diesen erotischen Unterton. »Ich muss ja nun mit keinem mehr teilen!«

Ohne ihn noch einmal anzusehen, ging sie zur Terrasse. Nik zog die Jacke an und öffnete die Eingangstür, zögerte, schüttelte den Kopf. Verdammt, warum machte der Teufel immer die süßesten Torten? Er zog die Tür hinter sich ins Schloss und ging zum Fahrstuhl.

*

»Leck mich am Arsch. So eine Scheiße! Das hat er nun davon, dass er seinen dämlichen Pimmel in alles reinstecken musste, was feucht und warm ist!« Heinz Fäller rammte die Faust in die Wand des kleinen Büros. »Der Penner, der ihn alle gemacht hat, lockt uns nur die Bullen auf den Hals. Jetzt haben die einen Grund zu schnüffeln und zu suchen!«

Der übergewichtige Mann mit dem kurz geschorenen grauen Haar blickte mit zornrotem Gesicht zu dem Mann hinter dem Schreibtisch.

»Nu mach dir mal nicht ins Hemd. Die Bullen glauben, es ist wegen seiner Rumfickerei. Was Besseres als ein eifersüchtiger Ehemann kann uns doch gar nicht passieren. Oder glaubst du vielleicht, die sind auf uns scharf, weil wir die paar Tausend in der Woche von den Hühnern nicht versteuern?« Mit knochigen Händen baute Udo Lehnert sich einen Joint.

»Mensch, begreifst du nichts? Es geht nicht um die Kohle von den Mädels. Ich rühre gerade einen Deal für ein paar Kilo Koks ein. Einpaar viele Kilos. Verstehst du? Da kann ich um mich herum gar nichts gebrauchen, was auch nur annähernd nach Bullen aussieht.«

Der dürre Mann hinter dem Schreibtisch nahm einen tiefen Zug aus seiner Tüte.

»Heinz, du steckst immer in irgendwelchen Geschäften oder Schwierigkeiten. Da passen die Bullen nie hinein. Jedenfalls ist Richard jetzt ein Ex-Partner.« Lehnert grinste. »Der war sowieso langsam zu weich. Du willst mir doch wohl nicht sagen, dass dir das nicht in den Kram passt, dass er die Hocke gemacht hat?«

Heinz Fäller fuhr herum.

»Wie meinst du das? Hast du etwa daran gedreht?«
Genüsslich stieß Lehnert kleine Rauchringe aus.

»Wieso ich? Richard war gegen das Drogengeschäft,
gegen die Frischware aus

Rumänien, gegen Kooperationen mit Rockern. Alles das,
was du willst. Jetzt hast du freie Bahn.«

Fällers Stimme klang gepresst, sein Zeigefinger stach in
Richtung Schreibtisch.

»Alter, bring keine Gerüchte in Umlauf, das …«

Es klopfte kurz, die Tür schob sich ein Stück auf, und ein
Glatzkopf mit Stiernacken schob sich herein.

»Mandy ist jetzt da!«, sagte er mit seltsam hoher Stimme.

»Na los, rein mit ihr!« Fäller kreuzte die Arme vor der
fetten Brust.

Blond, blaue Augen, Schmollmund, Lolitagesicht, ein
Meter dreiundsechzig groß und zweiundfünfzig Kilo schwer,
wobei der liebe Gott in einer seiner gesegneten Stunden
besonderen Wert auf die ausgeglichenen und zugleich
hervorstechenden Proportionen von Brüsten und Hintern
Wert gelegt hatte. Mandy war ein Goldstück und nicht älter
als zweiundzwanzig Jahre. In ihren Overknees, dem
knappen silbernen Paillettenhöschen und dem Hauch von
Top war sie eine fleischgewordene Praline de Luxe. Sie
lächelte selbstsicher zu Fäller hinüber, was den Dicken
kaltließ.

»Grins nicht so blöd. Wann hast du Richard zum letzten Mal einen geblasen?« Fäller fixierte sie aus zusammengekniffenen Augen. Mandy war verwirrt, damit hatte sie nicht gerechnet.

»Was? Wieso? Ich hab nicht …!«

KLATSCH – die Ohrfeige traf sie unverhofft und stieß sie an die Wand.

»Ich habe eine präzise Frage gestellt, und ich will eine ebenso präzise Antwort haben!«

Mandy rappelte sich wieder hoch. Angst und Wut stiegen in ihr auf. Sie hatte schon einige Wutausbrüche von Fäller miterlebt, war aber bisher selbst davon verschont geblieben.

»Ich weiß nicht – ist schon eine Weile her.« Fäller legte den Kopf ein wenig zur Seite, seine Rechte öffnete und schloss sich.

Hastig stieß Mandy hervor: »Bestimmt vier Wochen.«

»Lüg mich nicht an«, der Ton von Fäller war drohend. »Ich bekomme es sowieso heraus, wenn das nicht stimmt. Also, wann hast du Richard zum letzten Mal gesehen?«

»Aber ich sag doch. Vor vier Wochen. Ich werde ja wohl wissen, wann das war. Warum fragst du denn, wenn du es besser weißt.« Ihr Unterton bekam eine Spur von Trotz.

KLATSCH – die zweite Ohrfeige traf sie auf die andere Wange und warf sie auf die lederne Couch.

»Aber …«

Fäller war mit einem Schritt bei ihr.

»Red vernünftig mit mir, Schatz!«

Mandy blickte hilfesuchend hinüber zu Lehnert, der mit den Achseln zuckte. Ihr fiel wieder ein, dass gewaltsamer Sex zu Fällers Vorlieben gehörte, und nicht selten mussten sich die Mädels danach in ärztliche Behandlung begeben.

Fäller beugte sich so dicht über sie, dass sie seinen nach abgestandenem Alkohol und irgendeinem ausländischen Essen stinkenden Atem riechen konnte. Mandy spürte eine leichte Übelkeit aufsteigen.

»Du warst doch die letzten Wochen seine Ficke, seitdem er an den Prinz die Abstecke bezahlt hat? Oder hat er etwa noch nicht?« Mandy zog hilflos die Schultern hoch.

Fäller strich ihr über die Brüste, fand ihre Brustwarzen und drehte sie.

Mandy hielt die Luft an, als der leicht ziehende Schmerz einsetzte. Fäller grinste, kniff fester zu.

»Na, was ist? Wann hast du Richard zum letzten Mal gesehen?« Zwischen seinen Daumen und Zeigefingern quetschte er Mandys Brustwarzen. Mandy wimmerte. Die Finger zogen die Warzen lang, und sein Daumennagel bohrte sich hinein. Mandys Stimme war gepresst.

»Schon einen Monat nicht mehr. Ich rechne seit zwei

Wochen bei Udo ab. Richard hatte keine Zeit mehr für mich!«

»Lass es gut sein!« Gelassen kam die Stimme vom Schreibtisch. »Das stimmt!«

Fäller stierte hinüber zu Lehnert, der ihm mit einem gelangweilten Lächeln zunickte.

»Lass sie wieder an ihre Arbeit!«

Mandys Augen begannen feucht zu werden, nicht mehr lange, dann würden Tränen rollen. Fäller ließ ihre Brustwarzen los. Strich ihr überdas Gesicht und schob ihr langsam seinen nikotingelben Zeigefinger in den Mund, den er leicht vor- und zurückbewegte.

»Meine Kleine, wenn ich dahinterkomme, dass du gelogen hast, dann verbringen wir mal einen schönen Abend zusammen. Das istversprochen. Du freust dich doch?« Mandy nickte, so gut das ging. Fällers Finger stocherte in ihrer Mundhöhle herum. Trotz der Bedrohung kamen Mandy Bilder in den Kopf, wo Fäller vielleicht noch überall mit dem Finger gewesen war.

»Heinz!« Die Stimme von Lehnert war nicht scharf, eher ungeduldig. Fäller sah wieder zu Lehnert und zog seinen Finger zwischen Mandys Lippen heraus.

»Hör dich um, mit wem Richard sich getroffen hat. Und sieh zu, dass du einen Namen erfährst. Klar?«

Mandy sah hinüber zum Schreibtisch. Lehnert nickte ihr zu. Vorsichtig erhob sie sich, bog um Fäller herum und taumelte zur Tür.

»Es stimmt.« Lehnert schnippte die Asche vom Joint, blies auf die Glut.

»Mandy rechnet seit zwei Wochen bei mir ab. Seitdem sich Richard nicht mehr hat sehen lassen. Was hat er dir denn gesagt?«

Fäller goss sich ein Wasserglas halb mit Wodka voll, stürzte es in einem Zug hinunter.

»Aaahhh! Nix weiter, wollte mal ausspannen, bisken relaxen oder so. War ja sowieso komisch die letzten Wochen, seit er die kleine Fotze vom Prinz gekauft hat. Ich dachte, er wäre mit ihr tagsüber auf dem Boot und pennt sich abends aus, wenn sie anschafft.«

Lehnert stippte die Zigarette in den Aschenbecher.

»Richard ist Geschichte. Wir brauchen die Liste. Wahrscheinlich hat sie Beate.«

»Seine Alte?« Fäller grinste bei dem Gedanken an Beate Zastrow.

»Willst du sie auszahlen?« Lehnert malte Strichmännchen auf das Blatt Papier vor sich.

»Eher nicht. Wir sollten sie mal besuchen, um unser Beileid auszudrücken. Bei der Gelegenheit können wir gleich über die Geschäftsanteile sprechen.«

Fäller nickte.

»Das könnte Spaß machen!«

Nik hatte Nicole nicht angerufen, sondern eine Flasche Old
Crow Whiskey gekauft und es sich in seiner kleinen, ranzigen,
vierundfünfzig Quadratmeter großen Eineinhalb-Zimmer-
Wohnung bequem gemacht. Beate Zastrows Scheck reichte für
die Mietrückstände, die offenen Strom-, Gas- und
Wasserrechnungen. Er konnte den Kühlschrank auffüllen und
seinen alten Spritfresser, den VW Passat, wieder instand
setzen lassen. Damit wäre er aber auch wieder völlig blank.
Bei dem Gedanken verzog er das Gesicht.

Eigentlich hatte er überhaupt keinen Bock, sich um die
Angelegenheiten anderer zu kümmern. Die kleinen
Nickeligkeiten der Leute oder ihre Gehässigkeiten gingen ihm
am Arsch vorbei. Aber er konnte nichts Anderes. Er selbst
brauchte keinen Adrenalinstoß. Seit damals hatte er
Angstattacken, wenn er die Erinnerungen in sich erwachen
fühlte. Wenn er in Versuchung geriet, die Angst mit Wut zu
bekämpfen.
    Am liebsten würde er nur so dasitzen und nachdenken.
Über die Dinge des Lebens, wie sie zusammenstießen, sich
abstießen oder sich ineinanderfügten. War das Leben ein
Aufeinandertreffen von Zufällen oder war es eine einzige
Bestimmung? Wenn es Zweites war, was war dann seine

Bestimmung?

Über diese philosophischen Betrachtungen war der Abend vergangen und die Flasche leer geworden. Bevor die Bilder seines Albtraums Gestalt annahmen, kippte Nik irgendwann weg.

*

An diesem Morgen war der schale, etwas pelzige Geschmack im Hals ebenso unerträglich wie an all den anderen Morgen, an denen er wach geworden war, nachdem er sich ins Koma gesoffen hatte. Von der Couch aus konnte er den Tisch mit den vier Stühlen sehen. Drei davon waren belegt.

Auf einem Stuhl lagen seine Trainingsklamotten, auf dem zweiten die Sachen, die er zu Hause trug, falls er nicht darin einschlief, und auf dem dritten seine Kleidung für die Straße. Der vierte Stuhl war frei. Vor dem standen auf dem Tisch eine Schüssel mit Resten von Bratkartoffeln mit Rührei und die leere Flasche. Niks Hand tastete nach den Zigaretten. Er schloss wieder die Augen, steckte sich einen der Nikotinstängel an und inhalierte tief. Beate Zastrow ging ihm durch den Kopf. Er hätte bei ihr bleiben sollen.

Außer einem guten Essen und einem klasse Fick hätte er die Nacht sicherlich in einem First-Class-Bett verbringen können, würde jetzt in der Badewanne liegen, während die Gangsterwitwe ihm den Rücken einseifte. Sein Lächeln erstarb auf den Lippen, als im klar wurde, wo er war.

Es war zwölf nach zehn, und er würde sich beeilen müssen, wenn er rechtzeitig um elf bei diesem Hauptkommissar im LKA in der Keithstraße sein wollte. Ärger mit der Polizei wollte er möglichst vermeiden, denn das konnte ihn die Lizenz als Privatermittler kosten, die er erst seit neun Monaten besaß.

Nik riss sich aus den Gedanken und stellte sich auf die Füße, spülte sich den Mund mit dem schalen Rest Whiskey aus dem Glas. Im Bad zeigte der Spiegel sein Gesicht mit dem Dreitagebart und den Rändern unter den Augen.

Er hatte gerade die Jeans übergestreift, als das Handy klingelte. Nik lauschte der Stimme und knöpfte dabei sein Hemd zu.

»Ich beeil mich!«

*

Der Zeiger der großen Uhr gegenüber seinem Schreibtisch sprang ruckartig einen Strich weiter vor. Sieben Minuten nach zwölf. Max Rausch kratzte sich am Kopf, hob den Telefonhörer ab und wählte eine Nummer.

»Sag mal, wann sollte dieser seltsame Privatdetektiv hier sein? Das war doch heute, oder?«

»Um elf, Max, um elf! Ist der noch nicht aufgetaucht?« Betkes Stimme klang blechern durch den Hörer. »Ich bin gleich da, bin schon unten im Haus. Ich hab den Obduktionsbefund dabei!«

Wortlos legte Rausch auf. Sah auf die Uhr. Hatte denn heute gar keiner mehr Respekt vor der Polizei? Schnösel. Weiber verrückt machen war die eine Sache, sich an Termine zu halten eine andere. Aber wenn der Schnüffler es nicht anders wollte, dann würde er eben eine Vorladung bekommen oder mit der Streife vorgeführt werden. Rausch fühlte darüber für Sekunden so etwas wie Genugtuung, besonders, wenn er an Beate Zastrow dachte. Das Geräusch der Tür, Betkes Schnaufen und sein lautes

»Da bin ich« ließen das süße Bild wie eine Seifenblase zerplatzen.

Betke ging rüber zum Tisch, setzte sich an seinen Schreibtisch. Mit einem lauten Klatschen ließ er mehrere Ordner auf die Schreibtischplatte fallen. Rausch kannte diese kleinen theatralischen Auftritte seines Kollegen und sah gelangweilt zu.

»Nu sag schon. Ist etwas Interessantes dabei?« Betke wackelte mit dem Kopf.

»So Überraschendes eigentlich nicht. Der Zahnvergleich und der Abgleich mit den hausärztlichen Daten hat bestätigt, dass es Zastrow ist. Das war ja fast sicher, nachdem wir in seiner Hose den Ausweis gefunden haben und seine Frau die Uhr und die Kette identifiziert hat.« Rausch nickte.

»Ja, die waren auch auf dem Foto zu sehen.«

»Genau«, Betke blätterte weiter in der Akte. »Professor Loewe schreibt hier, dass Zastrow etwa zwei Wochen auf Grund gelegen haben muss. Tierfraß, Hautablösung, schwarz werdende Haut und der ganze Kram belegen das. Zastrow muss in der Nacht vor seiner Entdeckung oder am Morgen hochgekommen sein.«

Rausch massierte beide Hände ineinander. »Und? Sonst irgendetwas? Koks, Viagra, Alkohol, Körperflüssigkeiten oder so?« Betke legte den Bericht zur Seite.

»Max, der war zwei Wochen im Wasser. Ein paar Viecher haben dran schnabuliert, und die Haut löst sich ab. Da ist nix mehr.«

»Was bringt uns das Ganze also?«

»Bei der kriminaltechnischen Untersuchung ist immerhin die Marke von dem Sekundenkleber und dem Bauschaum festgestellt worden.«

»Und?«

»Normale Baumarktware. Wir prüfen, aber das wird wenig Erfolg haben.«

»Sonst noch etwas?«

»Du kennst doch Loewe, der legt sich ohne wissenschaftlichen Beweis nicht fest. Aber er sagt, dass Zastrow am Bauschaum erstickt ist, während man ihm rechts das *i* und links das *o* auf die Augenlider tätowiert hat.«

Betke legte den Obduktionsbericht zur Seite und griff einen anderen Ordner.

»Die Spurensicherung hat das Boot auseinandergenommen.«

»Ja?«

»Der erste Befund: jede Menge Spuren von Sperma und Körperflüssigkeiten zwischen Flecken von Marmelade, Gleitgel, Sekt, Sahne, Obst, Schokolade und Zigarettenasche. Sonst nichts, wie abgesaugt. Drei unterschiedliche Personen. Sperma mit Sicherheit von Zastrow. Die anderen beiden weiblich. Alle weiblichen Spuren sind ungefähr von vor vier Wochen und älter, die jüngsten Spermaspuren circa zwei Wochen. Hat sich's wohl auch gern mal selbst gemacht.«

»Mhm! Altes Ferkel, hat der keine Reinemachefrau?« Betke blickte seinen Kollegen an, und Rausch tat ihm den Gefallen.

»Da kommt doch noch etwas?«

»Ja.« Der Kriminaloberkommissar konnte seinen Triumph kaum verbergen. »Heute ist der siebenundzwanzigste. Richtig?«

»Und weiter?«

»In seinem Planer ist am elften ein verwischter Teilabdruck, der von der Größe her nicht von Zastrow stammen kann, von dem wir ja in der Kartei die Prints haben.«

»Mhm – da könnte ja auch mal jemand vorgeblättert haben.« Betke glühte.

»Glaube ich nicht, denn das Blatt vom zwölften fehlt, ist rausgerissen worden!«

Max Rausch lehnte sich zurück. Das waren Details, Puzzlestücke, aber keine zusammenhängende Spur. Er wippte mit dem Kugelschreiber in Richtung Betke.

»Gut, wir brauchen also zwei Frauen, die sich in Zastrows Bett gesuhlt haben, und eine Person, die ein Kalenderblatt rausgerissen hat. Wenn wir den Kreis der Verdächtigen alleine um den Kiez ziehen und vielleicht noch unzufriedene Partner und Prostituierte aus den letzten zwei bis fünf Jahren in Betracht nehmen, müssen wir ungefähr hundertsiebzig Huren und etwa sechzig männliche Personen überprüfen, falls die Dateien nichts ergeben. Die Staatsanwaltschaft wird uns einen Vogel zeigen, wenn wir den Kostenantrag einreichen.«

Aber Betke hatte noch einen in petto.

»Vielleicht haben wir auch schon den Anfang des roten Fadens.«

»Wie?«

»Zastrow hat seine Post immer schön ordentlich jeden Tag übereinander in die Ablage auf seinen Sekretär geworfen …«

»Das bringt uns nicht weiter.«

»Doch, zwischen der Post vom sechsten und

41

siebten lag eine Visitenkarte.«

»Ach nee!«

»Rat mal, von wem?«

Rausch trommelte ungeduldig mit dem Finger auf die Tischplatte.

»Na, von wem schon? Vonder Sozialstation oder von Essen auf Rädern! Spuck's aus!«

Ein leicht beleidigter Zug trat in Betkes Gesicht.

»Von dem Schnüffler, von Schweigert!«

Rausch ließ sich zurück gegen die Rückenlehne des Sessels sinken, die Überraschung war ihm anzusehen, was Betke sofort versöhnlichstimmte.

»Leck mir die Bollen«, ließ sich Rausch für einen Augenblick gehen, »der Name taucht aber jetzt ein wenig zu oft bei uns auf. Das erhöht die Notwendigkeit eines ausführlichen Gespräches mit dem Herrn. Haben wir da schon etwas?«

Betke griff sich einen drittenOrdner.

»Nicht allzu viel. Alles ein wenig vage. Geboren in Frankfurt am Main. Eltern verstorben. Geht schon mit zwölf in Kampfsportvereinen ein und aus. Muay Thai, Wing Tsun, Judo, Jiu-Jitsu, Boxen, Ringen und so weiter. Ein harter Brocken. Lehre als Werkzeugmacher. Arbeitet später als Fahrer bei einer Geldtransportfirma. Bekommt 1996 ein Angebot für einen Profivertrag im Freefight in Holland. Ab da tauchen Lücken auf. Seine Spur verliert sich immer öfter. Das BKA hat uns unterrichtet, dass er in Coober Pedy nach Opalen geschürft hat, in Jwaneng Sicherheitchef für eine Diamantenmine war. Hinweise, dass er 2003 im Zweiten Liberianischen Bürgerkrieg unter Charles Taylor gekämpft hat, sind nicht endgültig bestätigt. In Minas Gerais, in Brasilien, hat es einen Toten bei illegalen Kämpfen gegeben, an denen er beteiligt gewesen sein soll. Der Verdacht brachte Schweigert für achtzehn Monate in den Knast von Ponte Nova. Von dort ist er mysteriöserweise ohne Verhandlung und ohne jede offizielle Begründung entlassen worden. Monate später tauchte er als Skipper in La Guaria in Venezuela auf. Angeblich für Touristentouren oder als Eskorte für Reiche.«

Rausch hob die Hände.

»Meine Güte, das ist ja eher eine Rolle für ein Drehbuch. Was macht der denn jetzt hier? Dem muss es doch sterbenslangweiligsein.«

Betke verschränkte die Arme hinter dem Kopf. »Tja, vor sechzehn Monaten hat er sich in der Hinterhauswohnung in der Skalitzer Straße angemeldet. Nichts Dickes, nichts Auffälliges. Bezieht keine öffentlichen Gelder, hat mal hier und mal da gejobbt. Alles immer nur Aushilfsarbeiten. Jedenfalls soweit wir das über die offiziellen Stellen rausbekommen haben. Dann hat er den erfolgreichen

Abschluss des IHK- Zertifikatslehrgangs zur Fachkraft Detektiv hingelegt und eine Detektei angemeldet. Wahrscheinlich kümmert er sich nur um kleine Fälle. Alltagskram. Scheidungen, Untreue, Begleitung, Überführungen und der ganze Müll.«

Rausch blinzelte in die Lampe an der Decke.

»Milieu?«

»Negativ.«

Der Hauptkommissar erhob sich vom Stuhl, ging ein paar Schritte auf und ab.

»Sagt das BKA irgendetwas von einem ausländischen Kartell oder einer kriminellen Vereinigung, die hier oder in Europa Fuß fassen wollen?«

»Du meinst, Schweigert könnte so etwas wie die Speerspitze sein?«

»Wäre doch möglich. Die Taktik der kleinen Schritte.«

»Und wie passt der Mord an Zastrow da hinein?«

»Angst verbreiten! Unsicherheit schaffen! Misstrauen säen!«

»Und Beate Zastrow ist noch ein schöner Bonus obendrauf!« Rausch nickte grimmig.

»Richtig. Wenn er Zastrow umgelegt hat, würde er durch den Suchauftrag der Witwe unverdächtig in den inneren Kreis eingeführt werden.«

»Vielleicht machen die beiden auch gemeinsame Sache?

44

Warum hat er den Leichenfund gemeldet?« Betke kaute auf einem Bleistift herum.

»Um uns seine Rolle plausibel zu machen, wenn wir im Laufe der Ermittlungen auf ihn stoßen.«

*

Die Frau lächelte, als Jens Möckert die Küche betrat. Dass sie einen Hauch größer als er war, ging in Ordnung. Jens roch den Kokosduft, der von ihrem Körper ausging und spürte diese unglaublich zarten Lippen auf denseinen.

»Guten Morgen, mein Liebling«, sagte Noely und schmiegte sich kurz an ihn. »Möchtest du Toast oder Brötchen?«

Ihre Stimme weckte die Erinnerungen darüber, wie er sie vor knapp einem halben Jahr kennengelernt hatte.

»Toast«, sagte er abwesend und hing seinen Gedanken nach, sah wieder alles vor sich.

Er war damals erleichtert gewesen, dass sie ihn im Café Behrends auf der Kantstraße genommen hatten. Zuerst für sechs Euro die Stunde, sechs Tage in der Woche, drei Monate Probezeit. Gerne würde er auch Doppelschichten machen und mit Vorliebe am Wochenende arbeiten, hatte er gesagt. Der Geschäftsführer hatte beschwichtigt. Erst einmal sehen, wie er zurechtkäme. Sein Revier war recht groß, und die Außenterrasse, auf der er damals gesessen hatte, gehörte dazu. Zechprellerei ging zu seinen Lasten, das war ein Wermutstropfen in der ganzen Sache. Aber Jens war sich sicher, dass er das hinbekäme.

Nach dem Gespräch setzte er sich auf die Terrasse, bestellte einen Kaffee und betrachtete als Gast seinen zukünftigen Arbeitsplatz.

»Entschuldigung, darf ich bitte mal den Zucker haben!« Die Stimme war nicht sehr hell, aber auch nicht besonders tief. Eine Spur zu rau für Samt und gleichzeitig zu weich für Nessel. Sie hatte einen eigentümlichen schleppenden Tonfall und erweckte seine Neugierde. Jens blickte zum Nachbartisch. Die Erscheinung passte zu der Stimme. Er schätzte die Frau auf Anfang, höchstens Mitte dreißig. Ihr kupferfarbenes Haar war zu einem kunstvollen Zopf geflochten, der über die linke Schulter nach vorne bis zwischen die beiden Brüste hing, die sich unter der weißen Bluse abzeichneten. Er ertappte sich dabei, dass er unschlüssig war, ob er den Zopf betrachten sollte oder die beiden Rundungen links und rechts.

»Bitte.« Wieder diese Stimme. Jens fühlte sich ertappt wie ein kleiner Junge.

»Ja, natürlich, Entschuldigung, hier der Zucker!« Fast stieß er den Zuckerstreuer um, fing ihn noch rechtzeitig und reichte ihn hinüber.

»Danke, sehr aufmerksam.« Sie nahm den Streuer,

berührte seine Hand für einen winzigen Augenblick, wie er meinte einen winzigen Augenblickzu lange, um zufällig zu sein. Aus den Augenwinkeln beobachtete er sie. Sah die kleine, feste Hand, wie sie den Zuckerspender kräftig schüttelte. Ein feines Muskelspiel lief dabei den Unterarm hinauf.

Unauffällig ging sein Blick weiter nach oben. *Himmel, was für eine Haut. Nicht braun, nicht oliv, nicht creme. Eine eigenartige Tönung, wie eine Mischung aus Karamell und und und …*, ihm fiel nichts weiter ein. Die Haut war straff, der Hals kräftig, aber schlank.

Hastig trank Jens einen Schluck von seinem Kaffee. Die Frau beachtete ihn nicht weiter, rührte ihren Kaffee um und sah gelangweilt zu dem Treiben auf der Straße. Jens unterdrückte den Wunsch, sie weiter anzustarren. Das könnte peinlich werden. Er studierte die Speisekarte, ohne sie wirklich zu lesen.

»Hallo, Ihr Zucker!«

Diesmal wandte er den Blick nicht von ihrem Gesicht ab, das ihn erneut faszinierte. Ein wunderschöner Mund, volle Lippen und eine kleine freche Nase. Sie hatte die dunkelsten Augen, die er je gesehen hatte. Als sie zu lächeln begann, zeigten sich kleine Grübchen neben dem Mund, die sie nur noch verführerischer machten. Zwischen den perlweißen Zähnen rutschte kurz die weiche Zunge hervor, benetzte die

47

Oberlippe. Ohne jede Effekthascherei oder die Absicht, eine Wirkung zu erzielen.

»Ihr Zucker!«

Jens fing sich. In ihren Augenwinkeln fielen ihm filigrane Fältchen, nein, Hautmuster, auf, die sie nur noch begehrenswerter erscheinen ließen.

»Ja, danke. Aber behalten Sie ihn ruhig, ich trinke Kaffee sowieso ohne.«

Sie hob die Augenbrauen an, und ihr Mund kräuselte sich leicht, als sie ihm zuhörte. Jens bekam das Gefühl, dass er etwas Kluges gesagt hatte, ohne zu wissen, was.

»Für mich muss er süß sein, sonst bekomme ich ihn nicht runter.«

Der schleppende Tonfall klang nach wie eine kleine Ballade. Was sollte er antworten? Dass sie selbst der stärkste Süßstoff war, den er je getroffen hatte? Dass er ab sofort seinen Kaffee ebenfalls mit Zucker zu sich nehmen würde, wenn sie das verlangen würde? Dass er alles zu sich nehmen würde, wenn sie ihre Aufmerksamkeit weiterhin bei ihm lassen würde? Der Moment war vorbei, die Magie dahin. Er hatte es verpasst. Die Sekunden waren verflogen, in denen er das Gespräch hätte fortführenkönnen.

Sie drehte sich wieder von ihm weg, stellte den Zucker zu sich auf den Tisch und nahm eine Sonnenbrille aus ihrer Tasche.

Komm schon, hak das einfach ab. Da kannst du nicht ran.
Noch nicht. Die will etwas Anderes als einen Neunzehnjährigen,
der nichts zu bieten hat. Sie wird sich beschweren, wenn du sie
vollquatschst, und den Job hier bist du los, bevor du ihn
angetreten hast.

Jens rief sich zur Ordnung, ging in das Innere des Cafés und suchte die Toilette im Keller auf.

Als er wieder nach oben kam, war der Platz am Tisch der Kupferfarbenen leer. Ein flaues Gefühl der Enttäuschung zog durch seinen Magen, dann sah er sie. Sie stand vorne an der Kasse neben einem reiferen Herrn, der gerade bezahlte. Na also, sie war hier verabredet gewesen. Jens konnte den Blick nicht von ihr nehmen. Mit den hohen Absätzen war die Frau vielleicht einen Meter achtzig groß, und wenn Jens in der Lage gewesen wäre, einen perfekten Körper zu malen, dann wären es diese Beine und dieser Hintern gewesen. Die hautenge weiße Jeans verbarg nichts und gab trotzdem nichts preis. Die Frau hakte sich bei ihrem Begleiter ein, und sein Traum verließ das Café.

Jens dachte an die dreizehn Euro und fünfundsiebzig Cent in seinem Portemonnaie, mit denen er noch bis zu seiner ersten Schicht auskommen musste. Das lenkte ihn ab, und er beschloss entweder zu Fuß zu gehen oder schwarz zu fahren.

Sie war danach jeden Tag erschienen, saß stets auf der Terrasse, wo er bediente, und Jens hatte sich nicht an ihr sattsehen können. Sie hatte regelmäßige Treffen in dem Café, und Jens schätzte, dass sie entweder in Versicherungen machte oder eine Künstleragentur betrieb. Zwischen ihnen entwickelten sich kleine, unbedeutende Gespräche. Dann hatte er es gewagt, sie einzuladen. Sie waren in einer Pizzeria etwas essen gewesen, wo Noely anbot, dass er mit zu ihr kommen könnte, die halbe Stunde für hundertfünfzig Euro. In Jens' Kopf hatte sich alles gedreht, und er war aufgestanden, hatte fluchtartig die Pizzeria verlassen.

Sie kam einige Tage nicht in das Café, was eine Sehnsucht in ihm weckte. Als sie wiederauftauchte, lächelte sie ihm zu, und sein Verlangen rief einen solchen Schmerz in ihm hervor, dass er sich einen Vorschuss auf seinen Wochenlohn geben ließ, hundertfünfzig Euro. Er ging mit zu ihr, und genau eine halbe Stunde später zog er sich wieder an und war verloren.

Noely stellte ihm ein gekochtes Ei, zwei Scheiben Toast mit Konfitüre und eine Tasse Kaffee hin. Zärtlich strich sie ihm über die Wange. Jens umfasste ihre Hüfte, um zu spüren, dass er sich nicht in einem Traum befand.

Seinen Job damals im Café war er schnell losgeworden, weil das Geld einfach nicht ausreichte, um Noely immer öfter nahe zu sein. Er hatte begonnen, sein Glück an

Spielautomaten zu suchen, spendete Blut und versuchte sich in allen möglichen Jobs, die er immer wieder aufgab, weil die Einnahmen einfach zu wenig waren und zu langsam flossen. Er lernte einen Dealer kennen, für den er mit Briefchen tickte. So konnte er sich Noely öfter leisten. Der Dealer wurde verhaftet. Jens verlor sein Zimmer, und die Reisetasche mit den letzten Klamotten, die er noch nicht verkauft hatte, klaute man ihm am Bahnhof. Er besaß nichts mehr, abgesehen von der alten Brieftasche, die er an einem Band auf der Brust trug, und dem Bild seiner Mutter. Ohne die Hoffnung, Noely wiedersehen zu können, gab er sich auf. So sah ihn Noely am Kurfürstendamm, wo er bettelte.

Sie nahm ihn mit, damit er duschen konnte. Dann bot sie ihm an, ein paar Tage bei ihr zu bleiben, bis er eine Arbeit gefunden hätte. Er blieb, unfähig, sich ihr zu entziehen. Wenn Noely ihre Freier mitbrachte, musste er sich im Gästezimmer einschließen oder raus aus der Wohnung. Am liebsten war er dann unterwegs, wollte von ihrem Geschäft nichts hören, nichts wissen, es tat zu weh. In diesen Zeiten half ihm das Foto seiner Mutter. Zerknittert und fleckig war es geworden, trotz der dünnen, durchsichtigen Plastikhülle, in die er es gepackt hatte. Es war das Einzige in seinem Leben, das er mit niemandem teilen musste. Selbst vor Noely hielt er es verborgen. Das Foto war sein Geheimnis. Es war seine Geschichte.

Ihr gemeinsames Wohnen blieb frei von Sex. Einen Freier auf Pump oder auf Kredit gab es bei ihr nicht. Er vergoss die eine oder andere Träne, wenn er allein war und an die bezahlten Stunden mit ihr dachte. Aber ihr jetzt so nahe zu sein, war immer noch besser, als sie nicht mehr sehen zu dürfen. Jens übernahm die Hausarbeit, machte sauber, wusch die Wäsche und ging einkaufen, kochte. Wenn sie nicht anschaffte, verbrachten sie viel Zeit miteinander, redeten über die aktuellen Tagesereignisse oder diskutierten Weltprobleme, besuchten Ausstellungen oder sahen sich Filme an.

Eines Abends, als sie sich eine DVD angesehen hatten, nahm ihn Noely an die Hand und zog ihn in ihr Schlafzimmer, nicht in das Zimmer, wo sie mit den Freiern schlief, sondern in ihr privates Zimmer. Dort hatten sie sich geliebt und waren eng umschlungen eingeschlafen.

Sie begann ihm Geld hinzulegen, kleidete ihn ein und meldete ihn bei der Fahrschule an. Das war jetzt zwei Monate her.

»Was bist du so ernst«, riss ihn Noelys Stimme aus den Erinnerungen.

»Ich bin einfach nur glücklich«, erwiderte Jens.

*

»Vierhundert pro Tag. Du musst ja einen Vogel haben.

52

Hältst du mich für dämlich?« Ihre Stimme hatte wieder diesen stählernen Unterton, der Niks Blut auf Betriebstemperatur brachte. Beate Zastrow sah trotz ihrer Blessuren in den weißen Laken des Krankenbettes im Klinikum Steglitz noch immer gut aus.

»Ich zahle dir dreitausend plus Spesen im Monat. Dazu Kost und Logis bei mir im Gästezimmer. Bei zweihundertfünfzig Quadratmetern Wohnfläche wird das ja wohl zu ertragen sein. Wenn du keine vernünftigen Klamotten hast, kauf ich dir welche, und du kannst den Daimler von Richard fahren, sobald ihn die Spurensicherung wieder freigegeben hat.«

Nik betrachtete sie eindringlich.

»Was erwarten Sie dafür?«

Beate verzog schmerzhaft den geschwollenen Mund.

»Zunächst einmal, dass mir so etwas nicht noch einmal passiert.« Sie zeigte auf die blutunterlaufenen Stellen an Armen und Schultern. Ihr Gesicht mit den Prellungen sprach für sich allein, und die Gürtelstriemen auf Brust und Rücken hatte sie ihm schon gezeigt.

»Dann machst du den beiden Drecksäcken klar, dass alles so bleibt, wie es unter Richard geregelt war.«

»Ist das alles?«

»Fürs Erste ja.«

»Fürs Erste?«

»Später können wir mal sehen, ob du auch der Richtige dafür bist, dass die Drecksäcke für das hier ihr Fett abkriegen.« Beate Zastrows Stimme war eiskalt.

Nik wartete, bis sie ihn ansah.

»Ich hab Sie schon einmal gefragt. Wieso ich?«

»Zufall, ich hab einen Detektiv gesucht und bin irgendwie an deinen Namen geraten.« Sie wirkte ein wenig unsicher.

»Irgendwie? Bei Ihnen ist doch nichts irgendwie.«

»Was soll das? Es war eine Empfehlung. Ich weiß nicht mehr.« Ihre Stirn zog sich ärgerlich zusammen. »Was ist? Bist du mit im Boot?«

Nik überlegte kurz, rechnete durch. Er war pleite, und ein Job als Leibwächter war okay, damit kannte er sich aus. Es passierte meistens weniger, als sich der Auftraggeber vorstellte. Das konnte leicht verdientes Geld sein, und die Finanzspritze passte im Moment ganz gut.

»Warum haben die beiden Sie maßgenommen?«

Beate Zastrow seufzte genervt, schüttelte verständnislos mit dem Kopf.

»So ein großer harter Kerl und keine Ahnung vom Geschäft. Der Kuchen muss in festen Händen sein, sonst tauchen die Schmarotzer auf und besetzen die angeblich herrenlosen Felder. Verstehst du? Auf dem Kiez werden Anteile verkauft, erobert oder gestohlen, aber auf gar keinen Fall vererbt. Es lauern zu viele Raben, die sich was wegpicken wollen. Du musst die Hand drauflegen und sagen ›Das gehört mir‹. Sonst bist dudraußen. Wenn Araber, Russen und Rocker das Gefühl haben, dass es eine Schwachstelle gibt, stellen sie den Fuß in die Tür und versuchen zu übernehmen. Alles klar?«

»Und keiner steht zu Ihnen?«

Beate Zastrows Miene nahm einen verächtlichen Ausdruck an.

»Ratten. Alles Ratten. Ich bin schließlich nicht Ma Baker. Ich kann vielleicht einem das Gehirn rausvögeln, aber einen K. o. hauen kann ich nicht. Wenn es um die Beute geht, frisst der Schwächste im Rudel als Letzter.«

Er sah den bitteren Zug um ihren Mund, sah in all der Wut auch die Enttäuschung in ihren Augen. Sie lag verloren, alleingelassen und auf eine seltsame Art hilflos in der weißen Krankenhausbettwäsche. Darüber täuschten auch ihre grobe Sprache, der harte Klang ihrer Stimme und ihre wütenden Gesten nicht hinweg. Nik roch ihre Furcht, alles zu verlieren. Sie musste gerade erleben, wie schnell das in ihrer Welt ging. Ihr Rüde war totgebissen, und die Hündin stand mit dem Rücken zur Wand, während sich das Rudel über die Beute hermachte. Ihm fiel ein, dass er nicht wusste, wie sie es bis in das Apartment und an die Seite von Richard Zastrow geschafft hatte. Wie sie seine Ehefrau geworden war. Wahrscheinlich kam sie von der Straße und wollte auf keinen Fall dahin zurück. Nicht nach diesem guten Leben. Er wusste, dass es falsch war, was er gleich tun würde, doch er war sich jetzt bereits bewusst, dass er sich nicht dagegen wehren konnte, wenn sie noch diese eine Karte ausspielen würde. Er hasste sich dafür und hoffte, dass sie nicht den Joker ziehen würde. Sie schien zu ahnen, auf was es ankam. Ihre Stimme hatte ein wenig Traurigkeit und Mitleid.

»Ich will wissen, wer Richard umgelegt hat. Das bin ich ihm schuldig, dass das Schwein büßt.«

Nik schüttelte leicht den Kopf, verdammt, genau das war es, was er nicht hatte hören wollen. Aber er nahm ihre Hand.

»Okay, ich bin dabei. Ich passe auf Sie auf und kläre das mit Ihrem Anspruch. Ich stehe hinter Ihnen, wenn Sie verhandeln, und ich versuche den Killer zu finden. Aber keine kriminellen Strafaktionen mit mir oder während unserer Zusammenarbeit. Ist das klar?«

Beates Händedruck war fest, sie ließ sich in das Kissen sinken.

»Na gut, machen wir das erst einmal so. Danke.«

Nik schraubte sich in die Höhe und hielt ihr die offene Hand hin. Beate sah ihn an, versteckte ihre Unsicherheit hinter einem Anflug von Aggressivität.

»Was?!«

Da lag sie, klein und verletzt und doch so wütend und kämpferisch. Er konnte sehen, wie ihre Halsschlagader heftig pochte. Die Hände lagen auf dem Oberbett und waren zu Fäusten geballt. Trotz der Blessuren im Gesicht war sie schön, oder besser gesagt, sie war verführerisch. Am liebsten hätte er ihr die schwarze Strähne aus dem Gesicht gestrichen, die ihr über die Stirn gerutscht war. Der harte Glanz ihrer Augen schien einen versöhnlichen Schimmer bekommen zu haben. Er spürte den Wunsch ihr zu sagen, dass alles gut werden würde.

»Was ist?« Ihre Stimme drang in sein Gehirn wie der kalte Stahl ins Fleisch. Nein, er hatte sich geirrt, ihre Augen hatten keinen versöhnlichen Schimmer, sondern blitzten hart wie Diamanten, während sie mit einer energischen Bewegung ihr Gesicht selbst von der Haarsträhne befreite. Sie sah fragend auf seine offene Hand. In Niks Gesicht zuckte kein Muskel, seine Miene verriet nichts von seinen Gedanken.

»Die Wohnungsschlüssel! Ich schaff meine Sachen zu Ihnen. Der Arzt hat gesagt, Sie können Montag nach Hause, wenn keine Komplikationen auftreten. Ich hole Sie gegen neun ab. Bis dahin keine Besuche, keine Telefonate, von denen ich nichts weiß, keine Geschenke annehmen, und medizinisches Personal nur zu zweit ins Zimmer lassen. Klar?«

»Bist du mein Gefängniswärter?«

Er spürte den leichten Trotz, den kleinen Widerstand in

ihr. Das gefiel ihm.

»Nein, nur Ihr Bodyguard. Aber my game, my rules. Bereiten Sie für morgen eine Vollmacht für den Daimler vor, und ich brauche Bares für Spesen. In einer Stunde sitzt jemand hier vor der Tür, der aufpasst. Er meldet sich mit *Bambi* und gibt Ihnen einen Funkalarmknopf. Den machen Sie mit dem Armband am Handgelenk fest. Wenn Ihnen irgendetwas nicht koscher vorkommt, drücken Sie ihn, und der Mann ist bei Ihnen.«

Beate Zastrow griff in die Schublade des Nachtschrankes, klaubte ein Schlüsselbund und ihre Geldbörse heraus.

»Jawoll, mon General! Habe verstanden!«

Sie nestelte drei Schlüssel von dem Bund und zog ein paar Scheine aus der Börse.

»Der kleine hier ist für die Haustür, der hier für den Fahrstuhl, der für die Wohnung, und der Code der Alarmanlage ist 1641977. Die Anlage ist …«

»… unter der Ablage am Flurspiegel«, unterbrach Nik sie. »Und übrigens, die achtunddreißig sieht man Ihnen wirklich nicht an.« Er blätterte routiniert Zwanziger, Fünfziger und Hunderter durch. Tausend, gut, damit konnte er anfangen.

»Wieso …?«

»Die Alarmanlage habe ich bei meinem Besuch gesehen, und Ihr Alter war ein Bluff. Also werden wir den Code für die Alarmanlage austauschen. Auf die Idee mit dem

Geburtsdatum kommen andere auch.«

»Wenn du meinst. Das Gästezimmer ist übrigens …«

Nik wischte die Fortsetzung ihres Satzes mit einer Handbewegung weg.

»Ich richte mich so ein, wie es für den Job am besten ist!«

Er war schon an der Tür, als ihn ihre Stimme einholte. Kalt, hart, kompromisslos.

»Your game, your rules – but I'm the boss!«

*

»Ach nee, der Nikolaus.« Hauptkommissar Rausch konnte sich den Sarkasmus nicht verkneifen, fand aber sofort wieder in seine Beamtenrolle zurück. »Entschuldigen Sie, Herr Schweigert, aber das musste ich jetzt an den Mann bringen. Wissen Sie, dass ich heute bereits einen Streifenwagen zu Ihnen geschickt habe, um nachzusehen, wo Sie abgeblieben sind?«

»Kein Thema, Herr Kommissar«, klang Niks sonore Stimme aus dem Hörer. »Sie haben ja Recht. Aber besondere Umstände haben es mir unmöglich gemacht, heute Vormittag pünktlich bei Ihnen zu sein.«

Rausch wechselte den Telefonhörer von der Linken in die Rechte. »Und deshalb rufen Sie jetzt an?«

»Genau, ich wollte fragen, ob wir das Gespräch auf nächste Woche verlegen können oder ob ich jetzt gleich vorbeikommen soll?«

Rausch ignorierte die Frage.

»Hatten die besonderen Umstände etwas mit dem Toten aus dem Hafen zu tun?«

Niks Lächeln konnte der Kriminalbeamte nicht sehen, aber vielleicht ahnte er es.

»Ach, wissen Sie was, kommen Sie doch einfach noch vorbei. Ich bin sowieso länger hier. Schaffen Sie es bis neunzehn Uhr?«

»Ich beeil mich, vielleicht klappt es schon vorher!«

»Wenn Sie Probleme haben, ich kann Ihnen auch einen Streifenwagen schicken, wenn Sie möchten!« Der Spott und die Warnung waren nicht zu überhören.

»Ich schaffe das bestimmt. Bei der angespannten Haushaltslage möchte ich doch den Steuerzahler nicht unnötig mit Kosten belasten.«

Jetzt war es an Rausch zu lächeln.

»Gut gekontert! Ich hoffe, Sie haben nachher genauso gute Antworten.«

»Bis gleich, Herr Rausch.«

Hauptkommissar Max Rausch stützte sein Kinn auf die Hände. Er wurde nicht schlau aus Schweigert. Bis auf seinen Lebensweg war der Mann eher unauffällig. Nicht einmal unsympathisch, aber das waren viele Verbrecher nicht, darum waren einige oft so erfolgreich. Schweigert war in

Deutschland noch nicht polizeiauffällig geworden.

Bei Interpol lag auch nichts vor. Konnte er ein Auftragskiller sein? War er der Auskundschafter einer neuen Gang? Oder war er wirklich nur ein gestrandeter Kerl, der sich mit Detektivarbeit über Wasser hielt, und die Suche nach Richard Zastrow war bloß sein Job gewesen? Das Telefon läutete, und Rausch hob ab.

»Bernhard hier«, knarrte die Stimme des KTUlers Bernhard Sorge aus dem Hörer. »Max, ich hab da noch etwas. Auf der Visitenkarte von dem Detektiv waren neben seinen Abdrücken noch ein Rest von Zastrows Daumen und ein nicht identifizierbarer kleinerer.«
»Sorry, aber das bringt mich jetzt auch nicht wesentlich nach vorne.«

*

Der smaragdgrüne VW-Bus war neu und fiel selbst auf dem riesigen Parkplatz des Havelparks in Dallgow auf. Sein Besitzer, ein großer blonder Mann mit kleinem Bauch und Hüftrolle, wischte den fettigen Abdruck einer Kinderhand von der Schiebetür, die er geöffnet hatte, um seinen Einkauf einzuladen. Ab und zu ging sein suchender Blick über den Parkplatz, ob Karin und die beiden Enkel schon zu sehen waren. Nach und nach stapelte er den Einkauf vom Einkaufswagen in den Bus um. Als er sich aufrichten wollte, sah er den Schatten, der über ihn in den Bus fiel. Er richtete sich auf.

»Hallo, was kann ich …!«

Er spürte nur kurz den Schmerz am Hals, schaffte es aber nicht einmal mehr, sich dorthin zu fassen, bevor er zusammenbrach.

Die dunkel gekleidete Gestalt mit dem Elektroschocker war kleiner als das Opfer und musste einige Anstrengungen unternehmen, um den großen Blonden in den Bus zu schieben. Mit geübten Griffen wickelte das Phantom ihm zwei-, dreimal das silberne US-Klebeband um Mund und Genick.

Nachdem es die Hände des Bewusstlosen hinter dem Rücken zusammengeklebt hatte, brachte es noch zwei Klebestreifen auf den Augen an. Bevor es die Schiebetür zuschob, nahm es einen Müsliriegel aus dem

Einkauf und zog das Papier ab. Ein Blick sagte ihm, dass der Schlüssel im Zündschloss steckte. Schnell saß das Phantom hinter dem Lenkrad, startete den Wagen und fuhr aus der Parkreihe auf die B 5. Als der Bus sich in den fließenden Verkehr Richtung A 10 einfädelte, drückte der Finger im Handschuh das Radio an. Das Phantom biss in den Müsliriegel und summte mit vollem Mund *All Summer Long* von Kid Rock mit. Der aufkommende Wind wehte die Verpackung des Müsliriegels an den Rand des Parkplatzes zu dem anderen Müll.

Das T-Shirt klebte Nik am Körper, er war pitschnass. Mit einem Ende des Handtuchs wischte er sich den Schweiß aus dem Gesicht, ließ die Schultern hängen, genoss den Moment der Entspannung nach dem harten Training. Er war seilgesprungen, hatte zwölf Runden am Sandsack gearbeitet, acht Runden gesparrt und sich die letzten dreißig Minuten mit Bambi beim Grappling verausgabt. Der Bodenkampf gab ihm jedes Mal endgültig den Rest. Jetzt war er platt. Die Bank ächzte und vibrierte, bog sich gefährlich zu ihrer Belastungsgrenze nach unten, als sich der Trainingspartner neben Nik niederließ,

»Und? Was war das für 'ne Braut da im Krankenhaus? Haste die schon durchgezogen? Erzähl mal. Los. Zwischen die Titten würd ich auch mal gern meinen Aal packen. Erzähl doch mal!« Der riesige, farbige 150-Kilo- Brocken war aufgeregt wie ein Zehnjähriger zu Weihnachten. Er stieß Nik fast von der Bank, als er ihn mit einem aufmunternden Klaps zum Reden bewegen wollte. Nik seufzte.

»Mensch Bambi, pass doch auf.« Nik sah in das Kindergesicht des dreißigjährigen Kongolesen neben sich und konnte nicht wirklich böse sein.

»Da war nichts. Das ist nur eine Auftraggeberin. Mehr nicht.«

Sein Banknachbar schüttelte mit einem Grinsen den Kopf. »Ist klar. Ist klar, verstehe, Diskretion, Auftraggeberin. War guter Job im Krankenhaus. Wie geht's weiter mit der Auftraggeberin?« Bambi steckte den Daumen der rechten Hand zwischen den Zeige- und Mittelfinger durch, während er gleichzeitig versuchte, Nik mit einem kameradschaftlichen Schulterstoß zu erwischen. Der war auf der Hut und pendelte aus, indem er sich mit dem Rücken nach hinten gegen die Wand fallen ließ.

»Wo isse denn jetzt, die Schnalle?«
Nik stützte die Unterarme auf die Knie.

»Du warst doch dabei, als ich sie gestern abgeholt habe. Sie ist gleich für ein paar Tage weggefahren, um sich zu erholen. Wenn wieder was zu tun ist, ruf ich dich sofort an, ist doch klar«.

»Warum bisse nicht mit? Musste schön nah dran bleiben an dem Schmuckstück.«

Nik stand auf, ging in Richtung Umkleide.

»Ist alles gut organisiert. Da passiert nichts.«

Nik verließ das Sportstudio, wo er sich nach Möglichkeit drei- bis viermal in der Woche für zwei bis drei Stunden auspowerte. Ein Blick auf die Uhr sagte ihm, dass es zweiundzwanzig Uhr dreißig war. Er lenkte Beate Zastrows BMW, Richards Mercedes war immer noch bei der Polizei, in Richtung Alexanderplatz. Genau genommen ging es Nik im

Moment gut. Er verdiente Geld, hatte keinen Stress und fuhr einen klasse Wagen. Trotzdem funkte irgendetwas in seinem Kopf Alarm. Die Geschichte war zu unübersichtlich. Nik kratzte sich den Kopf.

Einige Zeit später parkte er den Wagen in der Mulackstraße und lief über die Gormann zur Linienstraße. Gegenüber der Hausnummer 130 setzte er sich in einem Café an den Fenstertisch, bestellte einen doppelten Whiskey und steckte sich eine Zigarette an. In Jeans, Hemd, Militärjacke und Strickmütze fiel er hier nicht auf. Die Servicekraft brachte ihm unaufgefordert einen Aschenbecher, trotz des Rauchverbots. Noch zwei weitere doppelte Whiskey lang beobachtete Nik die dunklen Fenster im ersten Stock und den Hauseingang gegenüber, bevor er sicherhob. Fünfundvierzig Euro stand auf der Rechnung, egal, ging ja auf Spesen. Nik gab generöse fünfzig Euro. Leben und leben lassen, wenn man es sich leisten konnte.

Die Schlüssel zum Haus und zum Apartment hatte er von Beate.

Vielleicht fand er hier einen Hinweis auf den Mörder. Auf den Fahrstuhl verzichtete er und ließ die Flurbeleuchtung aus. Natürlich, drei Türen, kein Namensschild mit Zastrow. Zwei Wohnungen nach vorne raus. Eine mit Ballert und eine mit Claubert, wie er im schwachen Mondlicht erkennen konnte. Beate hatte Claubert gesagt. Nik betrat das Apartment und schloss hinter sich ab. Sollte noch jemand die Neugierde hierhertreiben, würde ihn das Aufschließen der Tür warnen.

Er blieb für ein paar Augenblicke im Flur stehen, um die Augen an das Dämmerlicht zu gewöhnen, und verdunkelte dann die Zimmer mit den Vorhängen. Seine LED-Stirnlampe spendete ausreichend Licht. Nik zog sich dünne Handschuhe über.

Sorgfältig durchkämmte er die Wohnung. Überall Bilder von Richard. Richard mit Frauen in Bars, auf dem Sofa, im Bett, Richard auf dem Boot, Richard auf der Straße mit ein paar Huren, Richard immer wieder mit verschiedenen Autos, Richard im Boxring. In jungen Jahren als Sportler und im Alter als Sponsor. Richard mit Kumpels, aber vor allem Richard, Richard, Richard.

Im Kleiderschrank teure und exzessive Klamotten. Von dem Paar Schlangenlederstiefeln bis zur Goldlamee-Jacke war alles da. Im Schlafzimmer ein riesiger Flachbildschirm und eine große Sammlung Pornofilme. Richard erfüllte jedes Klischee.

Die Hausbar vom Feinsten bestückt. Nik fand einen erlesenen Whiskey und schüttete sich ein Wasserglas voll, das er während seiner Suche mitnahm. Nichts Persönliches. Kein versteckter Safe, keine Briefe oder Notizen. Nichts Schriftliches außer ein paar halbgelöste Kreuzworträtsel.

Im Kühlschrank nur Fertigsnacks, ein paar Eier, ein

bisschen Käse sowie drei verschiedene Sorten Wurst. Wiener, geräucherte Knacker und Bockwurst. Auf dem Ceranfeld des Herdes kein Topf, keine Schüssel, keine Kanne, keine Flecken – nichts. Richard hatte mit Sicherheit hier nie gekocht. Im Mülleimer nur eine saubere Mülltüte. Im Bad dasselbe. Keine dreckige Wäsche, keine Schmutzspuren in der Eckbadewanne. Ein paar teure Toilettenartikel für den Herrn und ein paar kostspielige Parfüms für die Frau. Na klar, Richard hatte eine Reinemachefrau beschäftigt.

Als Nik zum dritten Mal das Glas nachfüllte, fiel ihm die Ecke eines Briefumschlags auf, der unter einem Tablett hervorlugte. Nicht versteckt, sondern eher versehentlich unter das Servierbrett geraten. In dem Briefumschlag entdeckte er DIN-A4-Hochglanzfotos, auf denen eine verführerische Blondine abgebildet war. Im Lolita- und Schulmädchenoutfit zeigte sie, was alles möglich ist, wenn man hemmungslos ist und das nötige Spielzeug dafür hat. Die Aufnahmen waren hier in dem Apartment gemacht worden. Nik steckte die Fotos zurück in den Umschlag, ließ sich in einen Sessel fallen und resümierte.

Beate war in Polen an der Küste, in einem Gesundheitshotel. Da war sie sicher. Den Mietwagen hatte Nik auf einenBekannten gebucht, und die Alias-Reservierung im Hotel war Routine gewesen. Die Zastrow hatte für zehn Tage gebucht, so konnte er erst einmal hier in Ruhe das Terrain sondieren. Wie war der Stand der Dinge? Er steckte sich eine Zigarette an, goss sich das Glas noch einmal voll.

Das Gespräch bei Kriminalhauptkommissar Rausch hatte kaum fünfundvierzig Minuten gedauert. Rausch hatte ihm mitgeteilt, welche Verdachtsmomente gegen ihn vorlagen. Nik hatte ihm mit den üblichen Floskeln und Unschuldbeteuerungen geantwortet, woraufhin ihn der Polizist eindringlich gewarnt hatte, dass er die Ermittlungen nicht behindern dürfe und alles sofort mitteilen müsste, was zur Klärung des Falls beitragen könnte. Ansonsten müsste er mit strafrechtlichen Konsequenzen rechnen.

Bla, bla, bla. Mit dem Versprechen, Rausch sofort zu informieren, wenn ihm etwas auffallen würde, hatte Nik sich verabschiedet. Der Kriminalhauptkommissar hatte es nicht versäumt, den Versuch zu starten, ein eindrucksvolles Gesicht aufzusetzen, und er hatte auch nicht auf den berühmten Satz »Ich habe ein Auge auf Sie!« verzichtet.

Nik ging zum Fenster, spähte durch einen Spalt zwischen den Vorhängen hinunter auf die Straße. Was hatte er bis jetzt? Das Boot, diese Wohnung.

Mandy Soundso war Richards Geliebte gewesen, Heinz Fäller und Udo Lehnert waren seine Geschäftspartner, und Gerd Prielow der Mann fürs Grobe, jedenfalls laut Beate Zastrow. Richard war tot, erstickt worden, mehr hatte

Rausch nicht gesagt. Erstickt worden? Nicht erwürgt, nicht stranguliert. Da hielt der Polizist noch etwas zurück, das spürte Nik. Vom Rand des Hafenbeckens aus hatte er nicht viel erkennen können. Zuerst waren einfach zu viele Leute da gewesen, und hinterher hatten die Bullen ihn nicht mehr nah genug rangelassen.

Diese Mandy, hatte Beate gesagt, verdrehte Richard seit Wochen den Kopf. Das war ernster als die üblichen Affären und hatte sie beunruhigt. Seit vier Wochen war Richard fast gar nicht mehr nach Hause gekommen. Er hatte nur noch kurz die wichtigsten Unterlagen vorbeigebracht und ansonsten mit ihr telefoniert. Vor zwei Wochen dann absolute Funkstille. Nun gut, inzwischen wusste man, warum. Vom Grund des Tempelhofer Hafenbeckens ließ sich eben schlecht kommunizieren. Man hatte Richard wahrscheinlich an Bord kaltgemacht und dann über die Reling geschickt. Das sah nicht nach Profiarbeit aus. Dem Killer war egal, ob die Leiche entdeckt würde. Oder er war in Panik gewesen. Vielleicht wollte er aber auch, dass die Leiche gefunden wurde?

Nik zündete sich eine weitere Zigarette an. Während er dem Qualm nachstarrte, versuchte er einen Sinn in dem Mord zu entdecken. Richard war erstickt worden. Was kam denn da in Betracht? Um was ging es? Um Geld? Wie die Aktion der beiden Geschäftspartner gegen die Zastrow zeigte, war das durchaus möglich. Seine beiden Partner? Jemand drittes?

Erstickt, vielleicht im Streit um irgendwelche Anteile? Dann einfach entsorgt, um Vorsprung zu bekommen?

Oder weil Richard die Ablösesumme für seine Gespielin nicht an ihren Zuhälter bezahlt hatte? Da herrschten strenge Regeln. Übernahmen waren kein Problem, aber die Kohle für die Frauen musste stehen, ansonsten konnte das als Respektlosigkeit gewertet werden. Aber Ersticken war da nicht üblich.

Wie und womit war Richard überhaupt erstickt worden?

Das könnte einen Hinweis ergeben. Was hatte Rausch damit gemeint? Eine äußere Erstickung? Ein Fremdkörper in den Atemwegen?

Ging es um Rache? Wenn ja, wofür?

Nik trommelte mit den Fingern auf dem Briefumschlag. Na klar! Ein Unfall beim Sexspiel. Richard hatte sich bestimmt beim Sex knebeln lassen, und das war schiefgegangen. Zusammen mit Viagra hatte ihn das aus dem Leben gestoßen. Das war die wahrscheinlichste Lösung.

Nik stand auf. Er musste diese Mandy finden. Mit routinierten Bewegungen nahm er die Kippen aus dem Aschenbecher und steckte sie ein. Hinterher spülte er das Glas ab. Er war zwar mit der Erlaubnis der Witwe hier, also ganz legal, aber die Polizei musste schließlich nicht gleich auf alles mit der Nase gestoßen werden. Die konnte für ihr Geld ruhig was tun. Mit ihren eigenen, manchmal eigenwilligen Interpretationen konnte sie einem das Leben unnötig schwer machen.

Nik griff sich den Briefumschlag mit den Fotos, sah sich noch einmal kurz um und ging zur Tür.

Nahe dem Ausgang hing ein Foto mit Richard und vier weiteren Männern mit Nikolausmützen, neben einem kleinen Weihnachtsbaum auf einer Bar. Die Männer schienen im besten Alter zu sein. Sie strotzten vor Selbstbewusstsein. Ganz offensichtlich die Bosse. Ein fünfter Mann im weißen Dinnerjacket stand hinter der Bar, goss Champagner in Gläser, während eine junge Frau mit einem Baby auf dem Arm ihn anlächelte. Im Hintergrund ein Kalender von 1977. Das Ganze sah nach einer Familien- oder Betriebsfeier aus. Nik schob das Foto zu den anderen in den Umschlag.

Einen Moment lauschte er. War da etwas im Treppenhaus? Nein, falscher Alarm. Er schaltete die Stirnlampe aus, schloss die Tür auf und betrat vorsichtig den Hausflur. Nichts regte sich. Aber der schwere Geruch in der Luft war auffällig. Irgendein Rasierwasser oder Parfüm. Ein wenig großzügig verwendet, vielleicht wollte der Träger damit jemanden beeindrucken. Nik verriegelte die Tür und verließ das Haus.

Eine halbe Treppe oberhalb von Richards Wohnung pressten sich Lehnert und Fäller an die Wand, hörten, wie die Tür

71

geschlossen wurde und rasche Schritte die Treppe hinunterliefen. Vom Flurfenster aus sahen sie die große Gestalt, die das Haus verließ. Der Mann trug Jeans, Militärjacke und Strickmütze. Der weiße Umschlag in seiner Hand leuchtete unter dem Licht der Straßenbeleuchtung. Lehnert zog den Schlüssel zu Richards Apartment aus der Tasche.

*

Seine Unterschenkel hingen über die Kante nach unten, und das gestaute Blut darin verursachte ihm Schmerzen. Die Arme waren mit demselben Spezialklebeband an die Tischbeine gefesselt, mit dem auch der Mund verklebt war. Um Brust, Hüfte und Oberschenkel spannten sich Zurrgurte, auf sein Gesicht war eine Lampe gerichtet, die ihn blendete. Wenn er die Augen verdrehte, konnte er schemenhaft die Gestalt erkennen, die sich mit ihm im Raum befand. Der blonde Mann auf dem Tisch hatte furchtbare Angst.

Die Bewegungen des Phantoms waren schnell, aber nicht hektisch. Dem Rucksack entnahm er einen Streifen Lochbandeisen und bog es dem Mann auf dem Tisch so über die Stirn, dass die Enden links und rechts auf der Tischplatte ausliefen.

Als er mit dem Akkuschrauber die Schrauben durch das Lochband auf der Platte fixierte, spannte sich das Eisen und quetschte die Haut auf der Stirn zusammen, sodass sie wie kleine Wülste an den Kanten der Eisenbänder hervorquoll.

Der Mann riss die Augen weit auf und schrie – soweit ihm das möglich war. Seine Anstrengungen, sich loszureißen, blieben hilflos im Ansatz stecken. Panisch versuchte er etwas zu sagen, zu betteln oder zu stammeln. Doch das Phantom reagierte nicht.

Das Letzte, das der Blonde sah, war die kleine Flasche mit der Aufschrift *SEKUNDENKLEBER*! Der Versuch, die Augen durch Schließen zu schützen, war ebenso absurd wie sinnlos. Es brannte, eine Hand rieb über beide Augen, und dann war da die Finsternis. Die schreckliche, unwiderrufliche Finsternis. Er konnte die Augen nicht mehr öffnen. Das Bewusstsein darüber steigerte seine Angst über die Schmerzen hinaus bis an die Grenze seines Verstandes. Zwischen seinen Beinen entstand eine Pfütze, und der Urin tropfte vom Tisch auf die Erde.

Mit einem Stich öffnete das Phantom einen Spalt im Klebeband über dem Mund, schnitt dabei mit dem Messer durch die Lippe bis in das Zahnfleisch.

Der Körper des Blonden zuckte unter seinen Fesseln. Blut lief in den Mund, in den Rachen, und er verschluckte sich, hustete, würgte, rang nach Luft. Bei seinem nutzlosen Kampf um die wenigen Minuten, die er noch zu leben hatte, erlitt er einen weiteren Schock, als der Killer ihm das

Spritzrohr der Bauschaumdose durch den Schlitz im Klebeband einführte und bis in den Hals schob.

Mit dem Zischen begann der letzte Akt für den Mann auf dem Tisch. Der Schaum verteilte sich in der Speiseröhre, quoll auf, quetschte die Luftröhre zusammen, füllte die Mundhöhle aus und stieg bis in die Nase hoch. Das Gehirn schaltete jedes rationale Denken aus, signalisierte nur noch panische Angst, Todesangst. Inmitten seiner Erstickungskrämpfe nahm er das schrille, hohe Surren wahr, das sich seinem Kopf näherte. Als der erste Stich der Tätowiermaschine in sein Augenlied eindrang, verließ ihn sein Verstand endgültig, und eine Ohnmacht erlöste ihn von den Qualen. Das Phantom tupfte das Blut vom Augenlid und konzentrierte sich auf seine Arbeit.

*

»Du hast einen unglaublichen Körper!« Jens strich mit den Fingerspitzen über Noelys Rückenlinie. Er mochte es, wenn es unter ihrer Haut zuckte. Noch immer faszinierte ihn ihr vollendet geformtes Hinterteil, die muskulösen Beine. Jedes Mal, wenn sie sich bewegte, reflektierten die feinen Muskelbewegungen ein Spiel von Licht und Schatten. Er küsste ihre Schulter.

»Alles nur gesundes Essen und Sport!« Noely lag bäuchlings neben ihm auf dem breiten Bett und studierte

Annoncen in der Zeitung.

»Hier, das ist es!« Noely schob die Zeitung zu ihm herüber. Mit einem roten Filzstift war eine Annonce eingekreist.

SCHICKES CAFÉ – KLEINE PRÄSIDENTENSTR. NÄHE MONBIJOU PARK, ORANIENBURGER STR., HACKESCHER MARKT – 85 QM – KAUFPREIS 205.000 EURO.

»Bist du verrückt«, entfuhr es Jens. »Zweihundertfünftausend. Wo soll denn das Geld herkommen? Auf gar keinen Fall!«

Noely lachte ihr spezielles Lachen, leise, volltönend und mit ein wenig Spott untermalt. Er liebte dieses Lachen. Ihr kleiner Bizeps rollte sich zusammen, als sie sich eine Haarsträhne aus dem Gesicht strich.

»Nun mal langsam, Schatz. Ich hab das überschlagen. Hundertfünfundzwanzigtausend habe ich. Dasselbe brauchen wir noch einmal für den Rest, für die Erstausstattung und für Sonstiges.«

Jens schwirrte angesichts der Summe der Kopf, einen klaren Gedanken konnte er nicht fassen.

»Das kann doch gar nicht klappen. Wie lange willst du denn daran abbezahlen?«

Doch irgendwo in einer hinteren Ecke seines Gehirns entstand das Bild eines eigenen Cafés. Da war die Chance, das Angebot. Aber durfte er das zulassen, dass Noely sich dafür verschuldete? Sich dafür weiter verkaufte?

»Es wird ein paar Umstellungen in unserem Leben geben. Der Kredit hätte eine Laufzeit von drei Jahren, was einer monatlichen Rate von ungefähr viertausend Euro entspricht. Ich werde allerdings nicht mehr hier in der Wohnung arbeiten und bin nachts weg.«

Ein ungutes Gefühl durchzog Jens, ein wenig Schmerz, ein wenig Traurigkeit. Seine Hand glitt von ihrer Hüfte, lag einen Moment auf dem Laken, dann schob Jens die Hände unter den Kopf.

»Du hast dich schon entschieden, nicht wahr?«

Noely drehte sich auf die Seite und betrachtete ihn nachdenklich.

»Jens, was ist denn? Es ist doch auch dein Traum. Wie lange willst du denn für einen eigenen Laden arbeiten? Zehn oder fünfzehn Jahre? Oder willst du einen pachten und klein-klein rumkrebsen? Die Lage von dem Café ist klasse, der Preis ist okay, vielleicht kann man ja sogar noch etwas herunterhandeln.«

Jens stand auf, ging nackt zum Fenster, sah hinaus. Eine Mischung aus Hilflosigkeit und Wut machte sich in ihm breit.

»Ja, vielleicht kannst du dem Verkäufer zwei- oder dreimal einen blasen, damit das Café billiger wird.« In seiner Stimme klang Bitterkeit und Eifersucht mit. Er sah nicht, wie Noely belustigt schmunzelte.

»Na und? Ob nun hier für hundertfünfzig oder in seinem Büro, wenn der Preisnachlass stimmt. Du weißt, dass es mein Geschäft ist. Wir leben ganz gut davon.«

»Ich will das nicht. Ich will mit dir ein eigenes Café haben. Aber ohne Freier. Eingeschränkt, aber glücklich.« Er holte noch einmal tief Luft. »Und sowieso, keine Bank gibt dir so einen Kredit.«

Sie setzte sich auf die Bettkante und stützte den Kopf in ihre Hände, während sie ihn betrachtete.

»Jens, das ist kein Problem. Mein Banker kennt mich, weiß, was ich mache. Er bucht, was ich jeden Monat weglege.«

»Ist das auch ein Kunde?«

»Ja.«

Das Geräusch, das von Jens zu ihr herüberklang, war irgendetwas zwischen Schluchzen und Ersticken. Er ballte die Faust und schlug in den Vorhang. Diese verdammten fremden Schwänze in ihr! Sie war eine Hure, das brachte ihn immer noch fast um, aber ein eigenes Café war noch nie so nahe gewesen.

»Was für Veränderungen soll es denn noch geben?« Sie stand auf, zog sich langsam an.

»Ich werde auf der Oranienburgerstraße arbeiten. Von zehn Uhr abends bis Open End. Sechs Tage in der Woche. Sonntags frei.«

Sie sah nicht, dass Jens ein feuchter Schimmer in die Augen stieg.

»Wir ziehen in die Gegend der Oranienburger. Du bekommst ein paar schicke Sachen zum Anziehen, eine Rolex und so weiter. Wir kaufen einen Mercedes.«

Jens drehte sich zu ihr herum, die gepresste Stimme zeigte, dass er wütend war.

»Noely, ich bin kein Zuhälter, ich bin dein Lebenspartner. Oder etwa nicht?!«

Sie richtete sich auf, sah ihm gerade in die Augen, und ihre Stimme hatte einen nüchternen Klang.

»Jens, Schatz, natürlich bist du mein Lebenspartner. Mein Geliebter. Aber mach die Augen auf, du bist schon längst mein Zuhälter. Du lebst von dem Geld, das ich mit Sex von Freiern anschaffe. Davon werden die Miete, das Essen, dein Führerschein und deine Kleidung gekauft. Mir macht das nichts aus, weil ich dich liebe. Aber Fakt ist, dass der Mann, der vom Geld einer Prostituierten lebt, ein Zuhälter ist.«

Sie hielt seinem Blick stand, ignorierte den Schmerz darin.

»Du brauchst da nirgendwo als Zuhälter aufzutreten. Ich kaufe mich da ein. Das regelt sich alles über Standgeld und Prozente.«

Aus Jens' Augen wich langsam die Panik. Bevor er etwas sagenkonnte, fuhr Noely fort.

»Du bleibst im Café. Das wird Tag- und Nachtschicht haben. Also brauchen wir Angestellte. Kümmere dich darum, dass der Laden läuft. Nach und nach wird es auch nachts Betrieb geben. Vielleicht auch Frühstück mit den Mädels und den Jungs vom Kiez, das ist lukrativ.«

Jens hatte sich gefangen.

»Und wenn es Ärger gibt?«

»Mach dir da keine Gedanken. Dass mir nichts passiert, gehört alles zum Geschäft. Das kostet Geld. Niemand dort lässt sich das Geschäft verderben oder seine Einnahmequelle wegnehmen. Da gibt es absolute kommerzielle Arrangements.«

»Versteh ich nicht.« Jens zuckte mit den Schultern. »Wie soll das funktionieren?«

Noely seufzte.

»Jens, stell dich doch bitte nicht so gewollt naiv an. Ich gehe dort anschaffen und bezahle meinen Platz. Dafür, dass ich kein Freiwild bin, suche ich mir einen Geschäftspartner, der auch meine Interessen gegenüber den Freiern und der Konkurrenz vertritt. Dafür erhält er eine prozentuale Geschäftsbeteiligung. Was soll daran kompliziert sein?«

Jens gab seinen Widerstand auf. Er wusste, mit seinen Bedenken kam er nicht weiter bei ihr.

»Also gut. Von wie viel Geld reden wir?«

»Gott sei Dank, endlich sind wir bei den wirklich

wichtigen Dingen. Ich plane, dass ich so zwischen sechs- und neuntausend Euro im Monat machen kann, mal mehr, mal weniger. Wenn das Café angelaufen ist, sollte es auf jeden Fall dasselbe abwerfen. Mittags und abends Touristen und in den frühen Morgenstunden der Kiez zu Gast. Das wäre ideal.«

Jens knöpfte sein Hemd zu. Seine Stimme klang ein wenig belegt, fast beleidigt.

»Wann fängst du an?«

Noely trat nah auf Jens zu, legte ihm beide Hände auf die Schultern.

»Komm, sei jetzt nicht so. Nicht ich, sondern wir. Es ist die einzige Möglichkeit. Nur für drei Jahre. Länger nicht. Dann ist das Café schuldenfrei. Wir können es verkaufen. Zusammen mit dem, was wir zusätzlich angespart haben, gehen wir in den Süden. Okay?«

Sie versuchte ihn zu küssen, aber Jens wandte sich ab.

»Lass mich!«

Noelys Arme hingen schlaff an ihr herunter.

»Was ist?«

Jens ging zum Kühlschrank, nahm sich eine Flasche Bier heraus.

»Ich versuche mich in meine Rolle als Zuhälter reinzufinden …«

*

Das Pink Pool unterschied sich nicht wesentlich von all den
anderen Bars und Table-Dance-Schuppen auf dieser Welt. Nur
das deutsche Gesundheitsamt sorgte dafür, dass es sauberer
zuging als in den Kaschemmen Kalkuttas, den Absteigen in
Tanger oder den Bars am Strip. Das Angebot, die Kundschaft
und die Nutznießer waren austauschbar. In ihren Gesichtern
standen die gleiche Gier, der gleiche Stumpfsinn und das
gleiche Mienenspiel wie überall auf diesem Globus, wo mit
Erotik, Sex und Perversion Geld verdient wurde.

Nik hatte das Holzfällerhemd vom Vortag gegen T-Shirt
und Lederjacke getauscht und anstelle der Strickmütze ein
wenig Pomade ins Haar gestrichen. So passte er in das
Publikum.

Seine große Gestalt und das smarte Gesicht mit den
harten Zügen fielen inmitten der Nachtschwärmer nicht
besonders auf. Lediglich der Türsteher und einige wenige
Jungs aus der Szene schauten zweimal zu ihm hinüber, als er
für einen Moment auf dem kleinen Podest stehen blieb, um
sich von dort in dem Treiben zu orientieren. Sie spürten,
dass er keiner der üblichen Freier war. Sie ahnten, dass von
ihm Gefahr ausgehen konnte, wenn man ihn herausforderte.
Wie unter Hunden üblich, rochen die Rüden einen der ihren.

Als Nik die paar Stufen hinunter in den Barraum stieg,
ein paar Table- Dance-Dollar einlöste und sich mit einem
Drink in die Nähe der kleinen runden Tanzfläche an einen

Tisch setzte, ließ die Aufmerksamkeit der Beobachter nach. Nik war jetzt einer der vielen Gäste.

Er brauchte eine halbe Stunde, um die groben Zusammenhänge im Pink Pool zu erkennen. Die Tänzerinnen waren auch für einen Besuch im Zimmer zu buchen. Die Bardamen dirigierten das interne Geschäft vom Tresen aus. Wenn die Mädels von der Straße Kundschaft hatten, tranken sie vorher oder hinterher etwas mit ihren Kunden im Pink Pool oder gingen direkt von der Straße in die Pension. Von hier drinnen kam man durch die kleine Tür neben einer der vier Tanzplattformen über den Hof zu den Zimmern.

Während vor ihm eine zierliche Rothaarige ihren makellosen Körper in verwegenen Windungen und Verbiegungen setzte und Nik ihr hin und wieder einen Bardollar in den Slip schob, suchten seine Blicke die Bar ab. Die Rothaarige bemerkte sein Desinteresse an ihren gymnastischen Übungen und schob sich näher an den Bühnenrand.

»Großer, was du auch suchst, du findest es bei mir. Privat-Dance?

Zimmer?«

Nik sah sie für einen Augenblick aufmerksamer an. Sie schob ihr Becken rhythmisch vor und zurück, öffnete und schloss die Schenkel. Ihre Zunge spielte zwischen den Lippen des geöffneten Mundes.

»Mandy – ich suche Mandy. Ist sie da?«

Die Rothaarige machte ein enttäuschtes Gesicht, versuchte es noch mit einer weiteren aufreizenden Pose und merkte dann, dass der Mann vor ihr nicht auf ein kurzes Vergnügen aus war. Sie beugte sich vor, ließ Nik ganz dicht an ihre rosa gepuderten Brustspitzen heran.

»Fünfzig! Aber Euro, keine Dollar! Pass auf, hier sind überall Kameras.«

Nik wusste Bescheid. Unter dem Tisch, vor neugierigen Augen versteckt, faltete er den Fünfziger zwischen ein paar Tanz-Dollar. Die Rothaarige dreht ihm nun den Rücken zu, und Nik schob ihr die paar Dollar mit dem Fünfziger unter das Gummi ihres Slips.

Die Musik verging und die Rote verließ das Podest, kam zu Nik und strich ihm über den Nacken, beugte sich zu ihm hinunter.

»Mandy kommt gerade herein, die kleine Blonde mit dem fetten Kerl!«

Nik schüttelte den Kopf, sodass jeder Beobachter glauben musste, dass er ihr Angebot abgelehnt hatte. Im Spiegel hinter der Tanzstange konnte Nik den Eingang beobachten. Er erkannte die Frau sofort wieder. Es war die Blondine von den Fotos in Richard Zastrows Apartment. Sie zog einen Fettwanst hinter sich her, lachte laut, warf den Kopf in den Nacken. Ihr Freier warf sich in die Brust und

schnippte mit den Fingern nach einer der Bardamen. Kurz
darauf stand eine große Flasche Schampus vor den beiden.
Das Abenteuer würde für den Dicken teuer werden.

*

Der dichte Morgennebel am Dretzsee wurde nur schwach
vom zuckenden Blaulicht durchbrochen. Hauptkommissar
Peske zog die Jacke fester um den Oberkörper.

»Was um Gottes willen treibt Sie denn um vier Uhr in der
Früh hier heraus in diese verdammte Wildnis?«

Peske sah den langen Mann im Lodenmantel vor sich an,
der die Kälte nicht zu spüren schien. Der deutsche
Rauhaarteckel an seiner Seite musterte den Polizisten
aufmerksam.

»Es wird Sie seltsam anmuten, aber das ist meine Arbeit
hier. Ich war auf Sau!«

Peske sah den Mann in Grün verwundert an.

»Was waren sie?«

»Heute Nacht war Vollmond, das musste ich
ausnutzen und bin auf
Wildschweinabschuss gegangen. Wir haben hier einen
Überbestand, der nicht nur die Äcker der Bauern,
sondern auch …!«

»Schon gut, schon gut. Ich habe verstanden. Und die
Hütte hier ist eine Art Unterkunft für Sie und Ihre Leute?«

»Nicht direkt. Hauptsächlich wird sie als Materialstelle für die Forstarbeiter und als Futterlager für den Winter benutzt.«

Peske gab das Blickduell mit dem Teckel auf, der seine Augen nicht von ihm abwandte.

»Und gegen vier Uhr haben Sie den Bus entdeckt?«

Marquardt, der Förster, nickte.

»Ich wollte rüber zum Wildacker und die Schweine angehen, die dort ständig brechen. Dabei hab ich den Bus da zwischen den Bäumen gesehen.«

Peske zog die Augenbrauen hoch.

»Respekt! Bei den Sichtverhältnissen!«

Marquardt schob seinen Hut ein wenig weiter in den Nacken.

»Herr Kommissar, das ist mein Job. Das ist hier meine Welt, ich sehe sofort, wenn auch nur ein Zweig abgebrochen ist. Was denken Sie denn?« Peske deutete mit der Hand eine entschuldigende Geste an.

»Schon gut, war nicht als Kritik gemeint. Wie ging es dann weiter?«

Der Teckel neben Marquardt setzte sich auf sein Hinterteil. Der Förster dachte einen Moment nach.

»Ich bin dann hin zum Bus. Die Seitentür stand auf. Ich dachte, das sind bestimmt ein paar Teenager, die nicht schnell genug ihre Schlüpfer runterbekommen können, und bin zur

Hütte. Die Tür war aufgebrochen, aber kein Laut war zu hören. Ich hab dann mit Hedwig«, Marquardt klopfte auf sein Gewehr, »die Tür weit aufgestoßen und laut HALLO gerufen.«

Peske schrieb mit.

»Ich hab dann noch ein- oder zweimal gerufen.« Marquardt hielt einen kurzen Augenblick inne, dachte nach. »Dann hab ich Grete eingeschaltet.« Als er das fragende Gesicht von Peske sah, zeigte er auf die große Taschenlampe.

»Und dann habe ich die Leiche auf dem Tisch gesehen. Wie ein erlegtes Tier …«

Peske nickte, er hatte begriffen und sah hinüber zu dem smaragdgrünen Bus. Mysteriös das Ganze. Ein Bus mitten hier im Wald, der Tote mit dem Bauschaum in der Luftröhre, mit zugeklebten Augen und den Tätowierungen auf den Lidern.

Ein Uniformierter kam auf Peske zu, hielt einen Zettel in der Hand. »Wir haben den Halter ermittelt. Sven Gohlke aus Nauen. Eine Vermisstenanzeige liegt auch schon vor.«

Peske griff sich das Papier und drehte sich abrupt um. Der Teckel schoss vor, konzentrierte sich auf die Waden von Peske, aber ein energisches »Sitz!« von Marquardt ließ ihn abstoppen.

*

»Na, was ist, Langer? Einsam heute früh? Suchst du ein bisken Wärme, vielleicht sogar Hitze?« Mandy hatte trotz der frühen Morgenstunden noch immer ihr strahlendes Lächeln aufgesetzt, und ihr Kindergesicht heuchelte eine Unschuld, die ihre Worte sofort wieder Lügen straften. »Komm mit. Für dreihundert mit Blasen und einer Nummer, die dir die Knie weich werden lässt.«

Die kleine Blonde ließ ansatzweise ihr Becken kreisen und stieß die Zunge in die linke Wange. Nik sah der erotischen Vorführung einen Moment lang zu.

»Du bist Mandy. Richtig?« Nik bemerkte den winzigen Augenblick des Zögerns in Mandys Buhlen um ihn als Feier und setzte nach.

»Keine Panik, ich bin kein Bulle. Ich muss dich wegen Richard sprechen.«

»Richard? Was für'n Richard? Ich kenn keinen Richard!« Mandy ging zwei, drei Schritte weiter, steckte sich eine Zigarette an. Nik brauchte nur einen, um wieder neben ihr zu sein. Vorsichtig hielt er sie am Arm fest, was Mandy veranlasste, sich mit einer heftigen Bewegung frei zu machen.

»Heee, anfassen kostet!«

Nik sah ihren hastigen Blick und schaute zum Straßenrand. Er bemerkte den schwarzen Mercedes, auf dessen Beifahrerseite langsam die Scheibe herunterfuhr. Zigarettenqualm stieg nach draußen. Er ließ Mandy wieder los und griff in die Seitentasche seiner Lederjacke.

»Okay, hundert ohne Blasen und ohne Nummer. Ich

stell ein paar Fragen, und du nickst oder schüttelst mit dem Kopf.«

Mandy wandte sich ihm wieder zu, poussierte ihn erneut und legte einen Arm um seine Hüfte. Ihre Lippen bewegten sich kaum.

»Nicht hier, Langer!« Ihr Blick bohrte sich durch ihn hindurch in Richtung Mercedes. »Und dann auch einhundertfünfzig!«

Nik verstand, zählte das Geld ab und gab Mandy die Hälfte, die ihre Kippe in Richtung Mercedes schnippte.

»Okay! Komm, wir gehen aufs Zimmer!«

In der Scheibe des Restaurants beobachtete Nik den schwarzen Mercedes, dessen Beifahrerfenster wieder hochfuhr. Er blieb in der Parklücke stehen. Aufpasser. Das waren nur Aufpasser, damit den Mädels während ihrer Arbeit nichts passierte.

Mandy hing sich bei Nik ein. Ihre Kolleginnen nickten ihr zu, waren vielleicht ein wenig neidisch auf ihre attraktive Beute, die zwischen den dickbäuchigen Ehemännern und angesoffenen Touristen selten genug war. Die wenigen Meter zum Hauseingang der Pension brachten sie schweigend hinter sich. Nik hatte Schwierigkeiten, sich den trippelnden Schritten der kleinen Blondine anzupassen.

Am Eingang zur Pension musste Mandy ihren schmalen Körper einsetzen, um die schwere Altberliner Haustür zu bewegen. Nik half ihr, drückte mit einer Armbewegung die Tür weiter auf. Mandy stolperte kurz, und Nik fing sie mit einer Hand an der Schulter ab.

»Scheiße, das Licht geht mal wieder nicht!« Mandys Worte lösten Alarm bei ihm aus. Zu viele Sachen stimmten nicht.

Mandy hatte nicht einmal versucht, den Lichtschalter zu erreichen, und unter seiner Hand spürte er die Muskelbewegungen ihrer Schulterpartie und ihres Oberarms. Sie entglitt mit einer eiligen Bewegung seiner Hand.

Nik reagierte automatisch, knickte leicht ein und deckte instinktiv seine Hals- und Gesichtspartie mit der Linken, während seine Rechte nach vorne in das Dunkel tastete.

Stoff raschelte, hastige Atemzüge waren zu hören, und von links traf eine Baseballkeule Niks Schulter, glitt ab, streifte sein Ohr und prallte an die Haustür. Nik ignorierte den Schmerz im Schulterbereich und stieß mit dem Ellenbogen nach links, traf aber nur ins Leere.

Er spürte instinktiv, dass er mit dem einen Schläger nicht alleine war, und ließ sich mit dem Rücken gegen die Haustür fallen. Keine Sekunde zu spät. Der Quarzhandschuh wischte über seine Augenbraue, die sofort aufriss. Sie waren zu zweit, einer links, einer rechts von ihm. Die linke Schulter wurde taub und ließ sich nicht mehr einwandfrei bewegen, das Blut von der Braue lief in sein Auge.

Seine Augen gewöhnten sich an das wenige Licht im Hausflur, das nur mit ein paar hellen Flecken durch die dreckigen Scheiben der Hoftür in den Hausflur drang.

Irgendwo im Hausflur klackerten die Stiefel von Mandy, eine Tür quietschte, und ihre Absatzgeräusche verschwanden ganz.

Er nahm die dicke Gestalt mit dem Holz wahr und sah den schnellen Schatten. Der Baseballschläger. Nik ließ sich auf die Knie fallen, und die Keule schlug über ihm an die Tür.

Der Quarzhandschuh traf ihn am Ohr. Nik fiel mit dem Gesicht auf den dreckigen Bodendes Hauseingangs. Er musste hier raus, sonst machten sie ihn fertig. Sie hatten ihn kalt erwischt. Wenn der Dicke jetzt den Baseballschläger in Position brachte, war es vorbei.

Mit der Rechten drückte sich Nik hoch, sah auf die Beine zu seiner Linken und traf mit einem Kick die Kniescheibe des Gegners, der mit einem Schrei zurücktaumelte. Holz klapperte auf den Boden.

Nik rollte sich mit aller Kraft auf die rechte Seite, genau in die Füße von Quarzhandschuh, den diese Aktion ins Straucheln brachte. Auf dem Boden liegend, strampelte der sich frei, erwischte Nik mit einem Tritt auf den Mund, mit einem indie Rippen.

Nik kam mühsam auf die Beine. Quarzhandschuh

stemmte sichebenfalls wieder hoch, positionierte sich zwischen Nik und dem Ausgang. Nik war klar, dass er sich nicht noch einmal erwischen lassen durfte, dann würde er parterre bleiben.

»Mach die Drecksau fertig!«, jammerte der Dicke irgendwo im Dunkeln.

Quarzhandschuh war schnell, sehr schnell sogar. Er flog heran. Nik hatte nur eine Chance, er riskierte einen Hammerkick, trat in die dunkle Masse und traf. Er glaubte zu hören, wie der Unterkiefer seines Gegners an den Oberkiefer schlug. Der Ansturm warf Nik ebenfalls zu Boden. Sein Kontrahent fiel auf die Knie, dann nach vorne auf das Gesicht.

Für einen Augenblick herrschte Stille im Hausflur, sogar das Gejammer des Dicken hatte aufgehört. Aber nur für den Moment.

»Gerd? Gerd, was ist?«, stieß er dann hervor.

Nik war scheißegal, was mit Gerd war. Er wollte nur weg. In der Schulter hämmerte es wie verrückt, sein Schädel schien zu zerspringen, und in den Rippen stach ihm der Schmerz wie eine glühende Nadel in die Innereien. Er fühlte eine aufkommende Übelkeit und ein leichtes Schwindelgefühl.

Nik hatte schon die Türklinke zur Straße in seiner Rechten, als er den schweren Geruch wahrnahm, den er schon einmal gerochen hatte. Damals, im Hausflur, als er

Zastrows Apartment in der Linienstraße verlassen hatte.

»Ihr werdet alt, Männer. Das ist wohl nichts mehr für euch!«, sagte eine ruhige, fast gleichgültige Stimme hinter Nik. Als er das Knistern hörte, dieses typische harte Knistern, das all die Erinnerungen wieder wachrief, überfiel ihn Panik. Er drückte die Klinke der Haustür herunter. Dann waren da der Schmerz und das grelle Licht um ihn herum, das Mosaikpflaster raste auf ihn zu, im letzten Moment drehte er sich auf die Seite, fiel auf die demolierte Schulter. Der Schmerz schützte ihn vor der aufsteigenden Ohnmacht. Er sah in das schöne Gesicht, das sich über ihn beugte.

»Ich muss weg hier … unbedingt … bitte!«, brachte er mühsam hervor. Das Gesicht nickte beruhigend. Eine Hand stützte ihn, er kam auf die Beine, während das Unterbewusstsein seine Schritte lenkte.

»Notarzt … Feuerwehr!«, verstand Nik zusammenhanglos, wehrtedie Hand ab, taumelte weiter.

*

Kriminalhauptkommissar Rausch sah nachdenklich auf die Gruppe Männer im Besprechungszimmer des Landeskriminalamtes Berlin und klopfte auf ein Papier vor sich.

»Der zweite Bauschaumtote. Diesmal in Brandenburg. Genauer gesagt, am Dretzsee. Wie bei Zastrow im Hafen, hier auch Sekundenkleber in den Augen und beide Augenlider tätowiert. Diesmal M und L. Der Bus des Opfers ist fast klinisch gesäubert worden. Keinerlei Spuren oder Hinweise auf einen Fremden. Es gibt zwei Tatorte. Den Ort der Entführung auf dem Parkplatz des Einkaufszentrums bei Dallgow. Und den Ort der Tötung am Dretzsee. Außer den gleichen Tatumständen hat er noch etwas mit unserem Bauschaumtoten aus dem Tempelhofer Hafen gemeinsam.« Rausch machte eine bedeutungsvolle Pause. »Er war Mitglied der BAD CITY AG. Dazu Ideen? Fragen?«

»Wie ist der Täter vom Dretzsee weggekommen, wenn er dort den Bus hat stehen lassen?«

»Wie lange war das Opfer tot, bevor man es gefunden hat?«

Rausch nickte. Als ob er sich nicht schon selbst diese Fragen gestellt hätte.

»Der Täter scheint gut organisiert vorzugehen. Wenn er sich vorbereitet hat, wovon ich ausgehe, hatte er mehrere Möglichkeiten. Gohlke war etwa drei, dreieinhalb Tage tot, als der Förster ihn gefunden hat. Vom Parkplatz verschwunden ist er Samstagmittag gegen vierzehn Uhr. In der Nacht von Dienstag auf Mittwoch war Vollmond, da hat ihn der Förster Mittwochmorgen um vier Uhr gefunden.«

Seeger, ein Hauptkommissar aus Rauschs Abteilung, kombinierte weiter.

»Der Mörder hat dafür gesorgt, dass der exakte

Todeszeitpunkt nicht festgestellt werdenkann. Wenn man ihn erwischt, präsentiert er nachträglich ein entsprechendes Alibi …«

»Genau«, sagte Betke, »Wie im Tempelhofer Hafen. Sonst hätte er Zastrow nicht versenken müssen. Ein vager Todeszeitpunkt in einiger Entfernung zu seinem Aufenthaltsort verschafft ihm die Möglichkeit für ein Gummialibi. Ein weiterer Beweis dafür, dass die Morde gut vorbereitet sind, zumal wir ihm erst einmal auf die Spur kommen müssen.«

Rausch klopfte energisch auf das Pult.

»Leute, das sind alles Spekulationen und Annahmen, die uns in keine Richtung bringen. Wo haben wir einen konkreten Ansatzpunkt?«

Ursula Zalecki, die einzige Frau in der Mordkommission, meldete sich zum ersten Mal zu Wort.

»Klarer Fakt ist nun mal die BAD CITY AG. Der haben beide Opfer angehört. Zastrow noch immer im Milieu aktiv, Gohlke seit über zehn Jahre draußen und solide. Sieht auf den ersten Blick nach Rache oder Abrechnung aus.«

Betke legte die Stirn in Falten, überlegte.

»Könnte aber auch ums Geschäft gehen, und Gohlke musste nur dran glauben, um den Verdacht auf Rache zu lenken.«

»Bleiben noch Fäller, Lehnert und Prielow«, steuerte Rausch hinzu.

»Und theoretisch Trummler«, warf Zalecki ein. Rausch winkte ab.

»Der ist tot. Geschreddert und gepresst in der Verwertung, wo er sich nach seinem Ausbruch versteckt hatte. Hat damals ein halbes Jahr gedauert, bis die Staatsanwaltschaft nach den ganzen Analysen und Gutachten die Akte zugeklappt hat.«

»Verwandte von Trummler, die ein Motiv haben könnten?« Zalecki ließ nicht locker.

Rausch dachte nach.

»Unbekannter Vater. Die Mutter ist erstochen worden, als er noch klein war. Dann war da noch ein älterer Bruder.«

»Was ist aus dem geworden?«

»Wie hieß der noch?« Rausch versuchte sich zu erinnern. »Fällt mir jetzt nicht ein. Der war so drei, vier Jahre älter als Uwe Trummler. War bei der Bundeswehr, in irgendeiner Spezialeinheit.«

»Was macht der heute?«, hakte Betke nach. Rausch sah ihn vorwurfsvoll an.

»Mensch, Winfried! Woher soll ich das denn wissen? Der Bruder ist überhaupt nicht interessant. Er hatte schon einige Jahre vor dem Tod seines Bruders keinen Kontakt mehr zu ihm. Aber wenn du willst, kannst du das ja mal recherchieren.« Zalecki sah auf.

»Also Fäller, Lehnert und Prielow.«

Rauschs Augen zogen sich zu kleinen Schlitzen zusammen.

»Ich habe da eine ganz abwegige Idee. Was, wenn plötzlich Beweise aufgetaucht sind, die alle von der BAD CITY AG mit dem Raubüberfall von 1998 belasten, für den Trummler damals lebenslänglich in den Bau gegangen ist? Immerhin gab es zwei Tote. Jetzt erpresst irgendjemand die alte Gang. Vielleicht ein Insider, der mehr über den Überfall weiß? Dann könnte auch Gohlke der Erpresser sein, weil er mit zwei Kindern und einem Job in Nauen nicht mehr ganz zufrieden ist. Zusammen mit Zastrow, der aussteigen will. Und nun räumt die Bande die beiden aus dem Weg.«

Betke dachte nach.

»Und warum der Bauschaum? Der Kleber? Die Tätowierung?«

Rausch zuckte mit den Schultern.

»Wir sollten auf jeden Fall auch einmal die Angehörigen der Opfer des Raubüberfalls überprüfen. So ein Trauma kann auch ein Motiv sein.« Rausch klatschte motivierend in die Hände. »Na, dann los, irgendwo da liegt der Schlüssel.«

*

Beate Zastrow war genau seit sechs Stunden zurück. Ihr anfängliches Erschrecken über Niks Zustand war in beißenden Spott übergegangen. Das Auge, wo ihn der Quarzhandschuh getroffen hatte, war leicht geschwollen und zeigte eine dunkle Färbung. Wenn er hustete, krümmte er sich unter den Schmerzen der geprellten Rippe. Auch die linke Schulter war nach der Bekanntschaft mit dem Baseballschläger noch nicht wieder fit.

Das üblicherweise gepflegte Wohnzimmer hatte sich in eine Art Mischung aus Schlachtfeld und Müllhalde verwandelt. Zwischen Fastfood- Verpackungen und gebrauchter Wäsche hatten sich Untertassen mit Zigarettenkippen und Kaffeetassen mit Whiskeyresten gefunden.

Beate Zastrow hatte gelüftet, aufgeräumt und legte letzte Hand an, um die alte Ordnung wiederherzustellen.

»Da hab ich wohl auf den falschen Gaul gesetzt!« Sie rückte den Stuhl unter den Schreibtisch. »Die haben dich ja schnell plattgemacht.«

Nik schluckte den Spott hinunter. Sie hatte ja recht. Was sollte er dazu schon sagen.

»Weißt du denn wenigstens, warum, Champion?«

In ihrem zu weiten Trainingsanzug sah man nichts von ihren Reizen, nur ihr Gesicht und ihre Stimme ließen mehr erahnen.

»Keine Ahnung. Ich habe noch nicht einmal mit einem der drei vorher gesprochen. Nur Mandy habe ich nach Richard gefragt.«

Beate setzte sich auf den Schreibtisch.

»Das wird der Auslöser gewesen sein. Was aber,

fürchten die drei, könnte jemand über den Mord an
Richard herausfinden?«

»Vor allem, was weiß Mandy? Und wieso war das da im
Hauseingang so clever organisiert? Zwischen dem Treffen
auf der Straße und dem Überfall lagen gerade mal drei bis
vier Minuten.«

Beate hüpfte vom Schreibtisch, ging in Richtung Küche
drehte sich um.

»Mann, groß, stark, schön und dämlich. Was glaubst du
denn? Die Straße ist organisiert. Ein Blick, eine
weggeschnippte Kippe, ein Nicken oder irgendeine Geste,
ein Anruf, ein Codewort, und die Falle steht. Ich bin mir
sicher, Mandy war auf den Namen Richard vorbereitet. Was
möchtest du? Rühr- oder Spiegelei?«

Nik antwortete nicht. Ihm ging der Morgen noch einmal durch
den Kopf.

Dieser Scheiß Elektroschocker hatte ihn zum Glück nicht
nachhaltig erwischt, sondern war am Kragen der Lederjacke
abgerutscht. Gleichzeitig mit dem leichten Stromstoß war
Nik aus der Tür auf das Pflaster des Gehwegs gefallen. Er
erinnerte sich an das Gesicht, an die dunklen Augen, die
beruhigende Stimme der Frau, die versucht hatte ihn zu
stützen, um ihm wieder auf die Beine zu helfen. Zunächst hatte
sie einen Notarzt rufen wollen, doch er hatte abgelehnt. Auch
den Gedanken an ein Krankenhaus hatte er ihr ausreden

können. Nach einer halben Minute war er wieder klar und hatte sie beruhigen können, dass ihm nichts fehlte. Sie hatte ihm noch bis in das Taxi geholfen und war dann für einen Moment am Straßenrand stehen geblieben, hatte zu ihm hingesehen, bevor sie vom Getümmel der übrigen Passanten aufgesogen worden war.

Nik hatte sich in das Apartment von Beate gerettet und sich sinnlos betrunken. Zum einen, um die Schmerzen ertragen zu können, und zum anderen, um den Dämon der Vergangenheit in Schach zu halten, der sich wieder zurückgemeldet hatte.

Beates Kopf erschien im Durchgang zur Küche.

»Ich will ein Treffen mit Lehnert, Fäller und Prielow. Kriegst du das hin? Oder soll ich das alleine machen? Rühr- oder Spiegelei?«

Nik fühlte sich von ihrer Dynamik überrumpelt. In seiner Verfassung war er noch nicht fit für eine weitere Auseinandersetzung. Da brauchte er noch ein paar Tage.

»Ich glaube nicht, dass das im Moment etwas bringt.«

»Angst?«

Aus der Küche kam der Duft von Ei, Zwiebeln und Speck.

»Pffft.« Nik stieß die Luft durch die Lippen. »Nein. Ich denke nur, es ist zwischen uns beiden geregelt, dass ich die Strategie festlege!«

»Wieso? Ich bin der Boss, und ich zahle nicht dafür, dass

du hier ein Lazarett aufmachst, dich mit meinem Whiskey zuschüttest oder Spesen verballerst, ohne Ergebnisse zu liefern. Ich zahle auch nicht für keine Strategie. Willst du kündigen?« Beate Zastrow verschwand wieder in der Küche.

In Nik regte sich Widerstand gegen ihren Ton. Er hatte nicht übel Lust, die ganze Sache hinzuschmeißen. Stattdessen goss er sich noch einen Goldgelben ein, den er in einem Zug hinunterstürzte.

»Spiegelei!«, rief er zur Küche hinüber.

Er nahm die Tube mit der Sportsalbe und begann seine Schulter und das Gelenk einzucremen.

»Komm jetzt, das Ei ist fertig«, rief Beate.

Nik zog sich das Unterhemd über, ging zu ihr und setzte sich an den Tisch. Beate schob ihm die Schüssel mit Rührei und Speck rüber.

»Mach dir keine Gedanken, wir treffen die drei nur, um über das Geschäft zu reden. Sie wollen mich rausdrücken. Da brauche ich einen starken Mann, also reiß dich zusammen. Oder soll ich sicherheitshalber einen anderen mitnehmen?«

Ihre Stimme war frei von Ironie, sondern klang ganz klar und nüchtern. Einfach geschäftsmäßig. Nik schüttelte den Kopf.

»Schon gut. Ich bin auch daran interessiert! Nächste Woche, okay?« Das brachte ihm fünf Tage der Erholung und

Zeit für die Vorbereitung.

Sein Tonfall und seine Miene ließen den Schluss zu, dass die Angelegenheit langsam einen persönlichen Charakter bekommen hatte.

*

Jens hielt einen Augenblick inne und betrachtete Noely, die auf der Leiter stand und sich streckte, damit sie mit dem Pinsel auch den oberen Rand des Goldstreifens erreichte, den sie unterhalb der Decke auf die rote Wand strich. In dem viel zu großen weißen Papieroverall sah sie zum Anbeißen aus. Im Gegenlicht zeichnete sich ihr Körper schemenhaft ab, und die Tatsache, dass sie darunter nur einen kleinen Slip trug, beflügelte Jens' Fantasie zusätzlich. Längst hatten sie ihre Unstimmigkeiten geklärt.

Übermorgen, am Freitag, würde Eröffnung ihres Latinas sein, wie sie ihr Café letztendlich getauft hatten. Gegen den Namen Noelys hatte sie sich gewehrt. Sie wollte nicht so sehr in der Öffentlichkeit stehen, und außerdem war so eine Bezeichnung für ein Café nicht außergewöhnlich genug. An fast jeder Ecke hießen sie Bei Petra oder Monika, hatte sie argumentiert.

Doch Jens wollte einen Bezug zu ihr herstellen, und so war es das Latinas geworden.

»Komm doch mal runter«, sagte Jens und legte das

Teppichmesser beiseite. Noely sah zu ihm hinunter und lächelte. Kleine goldfarbene Tupfer blinkten auf dem Overall und zwei, drei winzige auch auf ihrem Gesicht.

»Ich weiß, was du denkst. Aber jetzt nicht. Ich schwitze, ich stinke, und wir müssen fertig werden.«

»Das werden wir mit einem Quickie zwischendurch auch. Und ich liebe es, wenn du nach Salz schmeckst und nach Schweiß duftest.«

Noely wandte sich wieder ihrer Arbeit zu.

»Ach nein, für einen Quickie bin ich mir zu schade«, tat sie gespielt geziert. »Außerdem kommt das Amt in einer Stunde. Da sollte der Teppich faltenfrei und stolpersicher verlegt sein.«

Jens beugte sich wieder über die Auslegware.

»Arbeiten, malochen, Knechtschaft. Was ist nur aus meinem Leben geworden. Da soll mir mal einer erzählen, das Leben auf dem Kiez besteht nur aus Partys und Geld scheffeln.«

Noelys Lachen entschädigte ihn.

»Das kommt noch, das kommt noch. Übermorgen die Eröffnung, dann ziehen wir in die neue Wohnung, und danach fange ich auf der O an. Von da an geht es richtig los.«

Sie hatte wie immer recht. Die neue Wohnung, ein Altbau mit vier Zimmern in der Auguststraße, war bezugsfertig. Ihr Standplatz auf der O war bezahlt. Auch, wer sie als Partie übernehmen und ihr damit einen Platz zuweisen würde, war geklärt. Die kleine Mannschaft aus 400-Euro-Kräften für den Zweischichtbetrieb im Café stand bereit.

Jens hatte sich an seine neuen Anziehsachen gewöhnt, er mochte die Rolex und freute sich auf den Mercedes, auch wenn der gebraucht war. Aber er hatte Ledersitze, Massagerollen und eine Sitzheizung.

Die Zeichen standen auf Erfolg.

*

»Wer bist du?« Lehnerts Stimme hatte diesen gleichgültigen, fast abweisenden Klang, der schon viele seiner Gesprächspartner abgeschreckt oder provoziert hatte.

»Lass den Quatsch, du weißt genau, wer ich bin. Ich vertrete die Interessen von Beate Zastrow, und ich hatte … sagen wir mal … diesen Unfall im Hausflur neben dem PinkPool.«

»Unfall?« Udo Lehnert legte die Füße auf den Schreibtisch, zog an dem Joint und lauschte der Stimme aus der Freisprechanlage.

»Ja, Unfall, als ich mit Mandy sprechen wollte.« Nik ließ sich nicht aus der Ruhe bringen, es waren immer die gleichen Spielchen, auf der ganzen Welt.

»Ach so, sag das doch gleich. Aber tut mir leid, wir führen über die Freier unserer Damen kein Buch. Warst du mit Mandy nicht zufrieden? Willst du dich beschweren? Eins sag ich dir gleich … Geld gibt es nicht zurück!«

»Es geht nicht um Mandy und nicht um meinen Unfall. Es geht um, sagen wir mal, um das Malheur von Beate Zastrow. Da ist Klärungsbedarf.«

»Ja«, Udo goss sich einen Whiskey ein, »ich hab davon gehört. Schlimme Sache. Die Welt ist gefährlich geworden.«

»Laber nicht so schlau. Wir haben Aufnahmen von der Überwachungskamera in ihrer Wohnung und einen Fingerabdruck von Fäller, der die Finger nicht vom Suff lassen kann…«

»Schmier dir deinen Vortrag in die Haare. Geh damit zu den Bullen, wenn du was hast.« Lehnert schickte ein belustigtes Lachen hinterher. »Aber sülz mich hier nicht voll. Ich bin weder Beates Mutter noch die Staatsanwaltschaft. War es das jetzt?«

Nik sah aus dem Fenster. Verdammt, dieser alte Knochen ließ sich nicht so einfach bluffen.

»Gut, kommen wir zum Wesentlichen. Beate beansprucht Richards Anteile für sich, ebenso Schmerzensgeld.«

Lehnerts Lachen wurde nun voller und lauter.

»Spinnt ihr beide? Welche Ansprüche? Was für Schmerzensgeld. Kommt mal wieder runter.«

»Lehnert … lass die Tricksereien. Beate hat die Bücher geführt, nicht Richard. Sie kennt den ganzen Betrieb in- und auswendig. Richard hat sich nur um die Sonderzahlungen gekümmert. Aber darüber weiß Beate auch Bescheid. Ihr eben nicht!«

»Sonderzahlungen?«, unterbrach Lehnert Nik und legte den Joint in den Aschenbecher, stellte die Füße auf den Boden. Zum ersten Mal bekam sein Gesicht aufmerksame Züge.

»Hab ich Sonderzahlungen gesagt?« Niks Gesicht überzog ein feines Lächeln. »Ach? Tatsächlich? Hört sich am Telefon manchmal nicht so deutlich an. Wir sollten persönlich darüber reden. Oder?«

Udo Lehnerts Stimme drückte Wohlwollen aus.

»Na klar, komm einfach abends ins Pink Pool, und bei einem guten Glas bereden wir alles, hinterher noch ein wenig Entspannung … wäre doch ein tolles Ding, wenn wir nicht zu einer Einigung kämen.«

Nik lehnte sich zurück, jawohl, das war ein guter Anfang.

»Pink Pool … keine schlechte Idee. Aber ich will euch nicht auf der Tasche liegen. Ich melde mich bis morgen und sag dir, wo wir uns treffen.«

Lehnert schwieg einen Moment zu lange, um seine Unsicherheit wirklich verbergen zu können.

»Hee … aber ausreichend vorher … damit man sich das einrichten kann … du weißt ja … Termine, Termine und so.«

»Hör auf! Wir treffen uns morgen Nachmittag, siebzehn Uhr. Ich rufe dich eine halbe Stunde vorher an. Also sei im Büro.«

Lehnert versuchte es noch einmal.

»So läuft das nicht. Das ist viel zu knapp, von wegen Verkehr in Berlin … schon mal von gehört? Und dann Parkplatz und so weiter …«

»Vergiss es … es wird erreichbar sein, und ihr könnt ein Taxi nehmen.«

»Ihr?«

»Na klar. Bring die beiden anderen mit. Aber sag ihnen, sie sollen Baseballschläger und Quarzhandschuh zu Hause lassen.«

»Ich weiß nicht, was du meinst …«

»Mann … Lehnert … ich rede von Fäller und Prielow.«

»Mhm.« Lehnert tat, als müsste er überlegen. »Na ja … ich kann nicht für die beiden entscheiden. Da muss ich erst einmal fragen, was die morgen für Pläne haben. Einfacher wäre es abends hier bei uns.«

Diesmal war es das Lachen von Nik, das durch den Hörer dröhnte, es klang herzhaft und belustigt.

»Das ist keine Bitte, das ist eine Ansage, Lehnert. Entweder seid ihr morgen da … oder wir verkaufen die

Anteile und … na du weißt schon … an irgendwelche Interessenten. Großfamilien, Bruderschaften oder osteuropäische Geschäftsleute …«

»Es reicht!« Lehnerts Stimme bekam einen scharfen Klang. »Lehn dich nicht zu weit aus dem Fenster.«

»Versuch gar nicht erst, mir Angst zu machen, Lehnert. Weißt du, Wissen ersetzt den Elektroschocker, Computer den Schlagstock und die Globalisierung die regionalen Schlägertrupps. Ich sehe euch morgen!«

Das Klicken signalisierte Lehnert, dass Nik aufgelegt hatte. Frechheit!
Dummes Schwein.

»Wir werden sehen«, bellte er trotzdem noch in Richtung Mikro und drückte das Gespräch selbst auch noch einmal weg. Selbstbetrug war das, aber es machte das miese Gefühl ein klein wenig besser. Nachdenklich griff er zum Handy, tippte eine Nummer ein und lauschte dem Rufzeichen.

»Bist du bescheuert?«, klang Fällers Krächzen aus dem Hörer. Für ihn war der Anruf um vierzehn Uhr eine ebenso abwegige Zeit wie für andere um fünf Uhr morgens.

»Der Lange von Beate will uns sehen.« Lehnert ließ es einfach so im Raum stehen und lauschte der Stille. Dann ein kurzes Husten, ein Schniefen und ein Räuspern. Irgendetwas wurde in ein Glas gegossen, dann tiefe Schluckgeräusche.

»Na und? Mir doch egal. Was will der?« Fällers Stimme

hatte wieder den gewohnten rauen, aggressiven Klang.

»Beate will Richards Anteile behalten, und er will Kohle für die Massage, die wir ihr verpasst haben.«

»Hat die 'nen Pfeil im Arsch? Der mach ich 'nen Innendarmpiercing, und dem Langen polier ich die Fresse. Der hat sowieso noch was gut bei mir.« Fäller massierte sich das Knie.

»Das wird nicht ganz so einfach. Beate ist schließlich offizielle Erbin als Witwe, und Richard ist eingetragener Gesellschafter und Miteigentümer. Sie hat die Bücher geführt und …«, Lehnert machte eine bedeutungsvolle Pause, »… sie weiß von der Liste. Außerdem dürfen wir nicht vergessen, dass sie sich auskennt …«

»Eben«, bellte Fäller ungeduldig dazwischen. »Eben. Da weiß sie, was ihr blüht.«

»Na ja, das haben wir schon versucht. Und was hat es genutzt? Nichts, im Gegenteil. Und dieser Typ da bei ihr ist auch nicht eingeschüchtert.«

»Leck mich am Arsch mit dem Kram. Dann gibt es eben einen Ausflug in die grenznahen polnischen Wälder … ich kenn ein paar Reiseunternehmen …! Wo treffen wir sie? Ich kann da ein paar Vorbereitungen treffen!«

»Heinz!« Lehnerts Stimme hatte einen unerwarteten metallischen Klang. »Diesmal ist es anders. Wir müssen uns anhören, was sie wollen. Sei einfach morgen um sechzehn Uhr hier im Büro.«

Wieder ein Schlucken am anderen Ende, Eis klingelte in einem Glas, das mit einem harten Geräusch abgestellt wurde.

»Scheiß neumodischer Kram, viel zu viel Gequassel. Bumm in Fresse … so läuft das. Gut, ich bin morgen da!«

»Bis dann!« Lehnert trennte die Verbindung, rieb sich die Schläfen. Dreck. So etwas mochte er überhaupt nicht. Die Dinge liefen total falsch. Er wusste nicht, was sich Beate vorstellte. Er wusste nichts von ihrem Partner. Er kannte den Treffpunkt morgen nicht, und von den Sonderzahlungen und der Erpressung hatte er nur eine vage Vorstellung. Das war Richards Ding gewesen, da hatte er den Deckel draufgehalten. Das hatte ihn unentbehrlich gemacht. Für ihn selbst, Lehnert, war immer wichtig gewesen, dass die Kohle floss, wo sie herkam, war ihm egal. Der Kuchen war schon klein genug, um ihn vielleicht auch noch einmal neu aufzuteilen. Die Geschäfte auf der Straße liefen schleppend, da machten sich bei den Touris die Krise und die Existenzangst bemerkbar. Die Mädels wurden immer kecker, und dazu wurde der Druck von extern auf den Kiez stärker. Da gab es Gruppierungen, die nicht nur ihren Machtbereich ausweiten, sondern auch ihre Einnahmen erhöhen wollten. Es war an der Zeit, sich zurückzuziehen. Und den besten Preis erzielt der, der als Erster an den Markt geht. Wenn erst einmal ein anderer seinen Fuß mit in der Tür hat, drückt er den Preis für die anderen Anteile.

Fäller würde sowieso eines Tages entweder mit eingeschlagenem Schädel oder täglich besoffen und zugekokst auf der Oranienburger enden. Der würde niemals verkaufen, und wenn man ihm alles weggenommen hätte, würde er immer noch glauben, der Boss zu sein. Hauptsache, er bekäme ab und zu seine Nase voll Koks, eine Flasche Suff und könnte irgendeine Hure quälen, selbst wenn die immer älter sein würden. Mit dem bescheuerten Sadisten sah er für sich auf gar keinen Fall eine sichere Zukunft. Da könnte er gleich Selbststeller werden oder sich eine Grabstelle aussuchen.

Prielow würde bei jedem bleiben. Noch ein paar Jahre an der Tür und als Wirtschafter in der Pension und zum Schluss als Einkäufer, Saubermann und Junge für alles.

Aber er, Lehnert, hatte andere Pläne. Florida war sein Ziel. Doch da fehlten noch ein paar Hunderttausend. Die letzten Jahre hatten Geld gekostet. Die Investitionen in Immobilien im Osten warfen aktuell nicht gerade den ersehnten Gewinn ab, machten vielmehr Miese. Selbst der Verkauf der Wohnung auf Mallorca würde derzeit eher Verlust bringen. Er war ja nicht bescheuert. Schon lange hatte er begriffen, dass sie mit ihrer Pension und dem Pink Pool nur die Außenreklame für die anderen kriminellen Organisationen waren. Sie waren noch der Kleber in der Fassade, der das

110

Gebäude zusammenhielt. Wirklich zu bestimmen hatten sie nichts mehr.

Ihr Dasein war nur dem geschuldet, dass man sich einen offenen Krieg, auf den die Bullen nur warteten, nicht leisten konnte. Der Druck von Polizeiseite wurde zudem immer stärker. Was war das für eine Aussicht? Entweder Spitzel sein, Knast schieben oder das Grab schaufeln. Auf nichts davon hatte er Bock.

Die Worte von Nik hatten seine Überlegungen nur bestärkt. Aber erst einmal hören, was die beiden morgen anbieten würden. Lehnert griff zum Telefon, wählte eine Nummer.

»Gib mir mal bitte Wassili.«

*

»Hallo!«

Biep … biep … biep …, die Kassiererin zog den Bauschaum, den Sekundenkleber, das Fixband über den Scanner.

»24,60«, sagte sie ohne aufzublicken, nahm den Zwanziger und den Fünfer entgegen. »Geht es so, oder brauchen sie eine Tüte?«

»Nein danke, keine Tüte.«

Die etwas träge, fast sanfte Antwort ließ sie aufblicken. Sie lächelte, so etwas bekam man hier in Frankfurt/Oder nicht jeden Tag zu sehen.

»Bitte sehr, vierzig Cent zurück. Den Bon?« Sie hielt den Kassenzettel hin, der ihr aus der Hand genommen wurde. »Schönen Tag noch«, kam ihr routinemäßig über die Lippen, während sie den nächsten Artikel eines neuen Kunden vom Laufband nahm.

»Hallo!«

Biep … biep … biep …, der Scanner spielte seine eintönige Melodie.

»Wir haben da ein Angebot an Grassamen…«

Die automatische Schiebetür zischte, und draußen auf dem Parkplatz startete ein Auto.

*

Kriminalhauptkommissar Max Rausch tippte mit dem Zeigefinger auf die Tischplatte. Vor ihm lag die Akte Zastrow. Sie waren noch keinen Schritt weitergekommen. Ebenso wenig mit dem Fall Gohlke. Die Puzzleteilchen lagen noch zu weit auseinander, es gab kein Muster, nach dem er sie zusammenfügen konnte. Alles war reine Spekulation. Das Motiv, die Verdächtigen, wenn er überhaupt einen hätte, und die bis jetzt ermittelten Indizien. Gut, es waren zwei Mitglieder der ehemaligen BAD CITY AG, wie sie sich selbst genannt hatten. War das Zufall? Nein, daran glaubte Rausch nicht.

Denk nach, Rausch, denk nach. Was könnte die beiden ehemaligen Kameraden noch heute miteinander verbinden? Eine alte Schuld? Der Raubüberfall von 1998? Die beiden Toten des Überfalls? Der tote Uwe Trummler? Der offensichtlich das Bauernopfer gewesen war. Oder gab es da noch ein Geheimnis, was aufzufliegen drohte? Das jemand unbedingt zu verbergen suchte? Verdammt, wo war das Steinchen, das die Lücke schloss, das eine konkrete Spur legte, die er erkennen konnte?

Rausch blätterte weiter in der Akte, blieb bei dem Foto vonRichards Witwe hängen. Verflucht scharfes Weib, was solche Frauen nur immer an diesen miesen Typen fanden … vielleicht sollte er da noch einmal nachhaken, vielleicht ergab sich noch der eine oder andere Hinweis.

Die Bürotür wurde aufgestoßen, schwang frei und stieß an den Garderobenständer, der bedenklich wackelte, aber zum Schluss doch seinen Halt wiederfand.

»Mensch Winfried, wie oft habe ich schon gesagt, dass du die Tür festhalten sollst?«

»Mhm!« Betke schob die Augenbrauen nach oben, während er, auf einem Bein stehend, mit dem anderen Hacken versuchte, die Tür ins Schloss zu befördern. Gleichzeitig balancierte er dabei ein Tablett mit belegten Brötchen und zwei Kaffee, wobei es ihm die Papiere zwischen den Lippen unmöglich machten zu antworten.

Am Schreibtisch nahm ihm Rausch die Papiere aus dem Mund.

»Danke«, kam es über Betkes Lippen. Er suchte einen freien Platz, platzierte das Tablett mit den Brötchen auf einem Schemel und stellte Rausch einen Kaffee auf den Tisch.

»Michael Trummler, der Bruder des Toten. Bundeswehr. Zeitsoldat. Spezialkommando. KSK. Nachrichtenoffizier …«

»Der nächste Irre, Max.«

»Tja«, Rausch kratzte sich am Kopf, »Irak, Somalia, Ruanda …«

»Die kommen rum, ich immer nur bis Mallorca oder Rügen!«

»… Bosnien, Albanien, Kosovo, Mazedonien …«

»Komisch.« Der Kriminalhauptkommissar drehte die dünne Akte in den Händen, blätterte die wenigen Seiten erneut durch. »Überall nur kurze Zeiten, aber alles ohne Details und mit Verschluss vermerkt. Weiß der Deubel, was das zu bedeuten hat.«

Winfried Betke kniff die Augen ein wenig zusammen und wackelte mit dem Kopf.

»Weiß nicht. Die haben ja so ihre Geheimnisse, die sie uns mit Sicherheit nicht mitteilen werden.«

»Die Staatsanwaltschaft …«

»Habe ich schon probiert. Da wurde gleich abgewinkt

und an das Ministerium verwiesen.«

»Wo wohnt Trummler jetzt?«

»Das ist das Komische. Er ist nirgendwo in Deutschland gemeldet. Hat seine Dienstzeit 2001/2002 nicht verlängert.«

Rausch genehmigte sich einen Schluck Kaffee.

»Was soll das heißen, er ist nirgendwo gemeldet?«

»Laut Auskunft des Einwohnermeldeamtes und anderer Institutionen öffentlicher Träger ist er seit 2004 unbekannt verzogen.«

Rausch stierte in den Kaffee.

»Und der ist nie mehr aufgetaucht?«

Betke tat sich schwer. Er griff in die Innentasche seines Jacketts und holte einen zerknitterten Zettel hervor. Rausch schielte misstrauisch zu ihm hinüber.

»Was ist das?«

»Na ja … wie soll ich es sagen.« Betke zögerte, fasste sich dann ein Herz. »Na ja, ich habe eine Connection zu einem vom Verfassungsschutz!«

Rausch hob überrascht die Augenbrauen. Betke fuhr fort.

»Es gibt da wohl auch private Auftragnehmer, die militärisch eingesetzt werden.«

Als Betke ins Stocken kam, machte Rausch eine ungeduldige Handbewegung.

»Und Trummler hat dann wohl ab 2002 in

Afghanistan auf eigene Rechnung gearbeitet. Tauchte 2003 in Liberia auf.«

»Und weiter ... was weiter?« Rausch war voll konzentriert.

»Na ja, soll unbestätigten Angaben zufolge 2006 im Kongo und 2007 im Sudan gewesen sein.«

Betke sah seinen Vorgesetzten erwartungsvoll an, der mehr zu erwarten schien.

»Wie ... was? War das alles?«

Betke hatte noch einen letzten Trumpf.

»2009 wurde er nach Den Haag im Prozess gegen Charles Taylor als Zeuge der Verteidigung geladen.«

»Ja schön ... prima ... und? Sitzt er irgendwo?« Kriminaloberkommissar Betke zuckte mit den Achseln.

»Er ist nie in Den Haag aufgetaucht. Spurlos verschwunden, als hättees ihn nie gegeben.«

»Scheiße!« Rausch knallte mit der flachen Hand auf den Schreibtisch, dass die Kaffeetasse tanzte.

»Aber das heißt ja nichts. Haben wir ein Foto von ihm?«

»Das letzte verwendbare ist von 1998. Ich gebe es mal an die Techniker, mal abwarten, was der Computer zaubern kann, wie er heute aussehen könnte.«

*

Der Freitag begann mit einem ganz leichten Nieselregen, der Nik jedoch früh um halb sechs nicht von einem leichten halbstündigen Lauftraining abhielt. Er konnte in Ruhe seine Gedanken ordnen und dem kommenden Tagesablauf Struktur geben. Zunächst musste er unbedingt einen geeigneten Treffpunkt finden. Einen, an dem sich die Männer um Lehnert nicht auskannten, zu dem sie keine Verbindungen hatten und der leicht zu erreichen war und nicht in ihrem Machtbereich lag. Das hatte er gelernt: Verhandle nie dort, wo der Gegner zu Hause ist. Beate Zastrow brauchte er nicht zu fragen, die kam aus dem gleichen Stall wie die Männer aus dem Pink Pool. Außerdem wurde es Zeit, dass er die Zügel in die Hände nahm.

An der Ecke holte er sich die Tageszeitung, drei Körnerbrötchen und zwei Croissants, schob sich alles unter die Trainingsjacke. Locker lief er wieder weiter in Richtung Beates Zuhause.

Ihr Verhältnis zu ihm war geschäftlicher geworden, seitdem er ihr Leibwächter war. *Oder vielleicht mag sie keine Verlierer*, überlegte er und dachte dabei an seine Abreibung. Das machte sie für ihn aber umso verlockender. Wenn er sich vorstellte, wie sie sich bewegen würde, wenn er in ihr wäre, könnte er ihr einfach so die Klamotten vom Leib reißen und sie so lange vögeln, bis sie darum bat, aufzuhören. Und er würde nicht aufhören … Scheiße, das waren nicht die richtigen Gedanken beim Frühsport im Regen. Nik konzentrierte sich wieder auf die Umgebung und grinste über sich selbst. Mancher wird nie erwachsen.

Er hatte bereits geduscht, als auch Beate aufstand. Sie trafen sich in der Küche, wo Nik frühstückte und die Zeitung las.

»Guten Morgen«, kam es von ihren Lippen. Sie war auch ungeschminkt eine Augenweide. Sie trug ein T-Shirt, das die Schenkel nur knapp bedeckte. Beate setze sich ihm gegenüber auf den Stuhl, schlug ein Bein unter.

»Guten Morgen«, antwortete Nik ohne aufzusehen.

Beate lächelte, griff ein Croissant und stippte es kurz in Niks Kaffee.

»Schon im Studium? Was steht denn so drin heute?«

»Nichts … das Übliche … Mord … Krieg … Hunger!« Nik blätterte um. So wie sie den Croissant aß, war das mehr als ein Versprechen, wie Nik aus den Augenwinkeln erkennenkonnte.

»Hast du schon einen Treffpunkt für heute ausgemacht?«, wollte Beate mit vollem Mund wissen.

»Ich bin noch dabei, checke zwei oder drei gegeneinander ab, um es optimal zu treffen.«

Ihr Lachen war spöttisch, fast verächtlich.

»Also noch keinen Plan. Wie ich es mir dachte.« Das letzte Stück Croissant verschwand aufreizend in ihrem Mund, und für einen Moment schloss sie genussvoll die Augen. Hätte nur noch gefehlt, dass sie geseufzt hätte.

Niks Blick glitt über die Zeitung:

NEUERÖFFNUNG HEUTE 12:00

UHR!

»Sie täuschen sich. Ich denke, ich weiß, wo.« Selbstsicher lehnte sich Nik auf dem Stuhl zurück und betrachtete Beate, die das letzte Süße vom Finger lutschte.

»Ja?« Ihre Augen sahen ihn unschuldig und bewundernd an. Aber verdammt, er wusste, dass es nur Show war, dass dahinter ein klarer Verstand steckte, der ihn mal verspottete und mal mit ihm spielte.

Da war wieder diese gefährliche Mischung, die nach Unterwerfung schrie.

»Ja, heute eröffnet am Monbijoupark ein neues Café. Das Latinas. Da muss sich jeder erst einmal orientieren, es werden jede Menge Leute dort sein. Ich fahre nachher dort vorbei und sondiere mal das Terrain. Wenn es passt, bestelle ich gleich einen Tisch, der strategisch günstig ist.«

Sie standen gleichzeitig auf.

»Gute Idee, du scheinst doch so deine Qualitätenzu haben.« Ihr Lächeln hatte wieder diesen verdammten kleinen Spott. Sie war vor ihm an der Spüle, beugte sich leicht vor. Nik musste um sie herumreichen, als er sein Geschirr abstellen wollte. Verdammt, schob sie ihren Arsch weiter nach hinten? Oder drückte er seine Hüfte nach vorne? War das die Hitze ihres Fleisches, das er durch den Jeansstoff fühlte?

»Ganz schon eng hier in der Küche, nicht?« Ihre Stimme war heiser, und Niks Hände waren nur wenige Zentimeter von ihren Hüften entfernt.

»Ich hab dir alles aufgeschrieben und drüben auf den Schreibtisch gelegt, damit du für heute Nachmittag ausreichend Hintergrundinfos hast und nicht wie ein Erstklässler dasitzt!«

ZACK, die Stimme schnitt wie Stahl in sein Gehirn. Da war sie wieder, die Eiseskälte, die ihn erschrak und die ihn doch lockte. Beate war mit einer Körperdrehung aus seinem Bereich und tippelte in Richtung Schlafzimmer.

»Ich leg mich noch einmal hin. Du kannst mich später beim Friseur absetzen, wenn du zu diesem Café fährst.«

Sie war der Boss. Nik ging rüber zum Schreibtisch und griff sich die dünne Mappe, schenkte sich einen Whiskey ein und setzte sich auf die Terrasse. Die erste Zigarette am Morgen steckte er sich mit geschlossenen Augen an, nahm einen tiefen Zug, um dann die Blätter mit Zahlen, Daten, Namen und Fotos zu studieren.

Ein klares Bild stieg vor seinen Augen auf, er erkannte Zusammenhänge und Strukturen, jedenfalls so weit, wie es die Geschäfte von Richard Zastrow, die jetzt die seiner Witwe waren, betrafen.

Die Einnahmen schienen gerade mal so die Kosten zu decken und ließen nur ein schmales Einkommen zu. Sie waren natürlich nur Fake, aber das waren die offiziellen Erklärungen.

Viel wichtiger waren die internen Zuständigkeiten und Besitzverhältnisse. Es war nicht mehr viel übrig vom ehemaligenImperium. Fäller, Lehnert und Zastrow teilten sich noch das Pink Pool, wobei Lehnert vierzig Prozent hielt und die beiden anderen gerade jeder dreißig. Anders verhielt es sich mit der Pension. Hier lag Zastrow mit fünfzig Prozent vor den beiden anderen mit je fünfundzwanzig Prozent. Das alles war kein Problem, solange sie eine Gemeinschaft gewesen waren. Jetzt aber würde neu geteilt, ausgezahlt oder verkauft werden. Das eine war ohne das andere nicht mal die Hälfte wert, wobei die Pension in ihrer Lage schon ein Kleinod war, die auch sicherlich bei einer Trennung gut alleine laufen würde.

Nik trank sein Glas leer, entdeckte am letzten Blatt der Notizen einen Zettel, der mit einer Büroklammer angeheftet war. Namen und Zahlen.
Unterstrichen oder gelb markiert. Illegale Abgaben und stille Teilhaber von Zuwendungen. Adressen, wo kassiert wurde, und Adressen, wo man abgeben musste. Beates Anmerkung

»Auswendig lernen und verbrennen« war nicht zu übersehen. Verdammt, so langsam bekam alles eine Perspektive.

Beate hatte recht. Nik studierte den Zettel eine ganze Weile, bevor er ihn in Brand setzte und sich eine neue Zigarette an der Flamme ansteckte. Er blickte hinüber in Richtung ihres Schlafzimmers, stellte sich vor, wie sie auf dem Bauch lag, sich unruhig bewegte, während sie sich streichelte.

Acht Uhr … er hatte noch zu tun, wenn er heute Nachmittag im Rennen bleiben wollte.

*

Der Besuch zur Neueröffnung war zufriedenstellend.

Das Interieur hatte genau die Feinabstimmung zwischen südamerikanischem Flair und westeuropäischer Gastronomie.

Jens legte einen völlig unerwarteten Charme an den Tag, den Noely von ihm so nicht erwartet hätte. In schwarzer Hose, weißem Hemd und mit der roten Krawatte begrüßte er die Gäste gleich an der Tür, schaute sich nach Plätzen für sie um und geleitete sie zum Tisch. Sein solariumgebräuntes Gesicht unter dem blonden Haarschopf strahlte, er war glücklich.

Noely hielt sich im Hintergrund. Sie saß an einem Tisch und sah eher wie ein Gast als die Eigentümerin aus. So war es ihr Wunsch. Erst einmal sehen, wie sich die Verhältnisse zwischen Kiez und Café entwickeln würden. Es war sicherlich nicht so gut, gleich zu Anfang alles offen zu zeigen.

Jens blickte zu ihr hinüber, schenkte ihr ein Lachen, drehte sich wieder zum Tresen, sprach mit einer Angestellten, deutete auf einen Tisch, auf dem leere, gebrauchte Gläser standen.

Noely presste die Lippen zusammen. Es war nicht richtig, diesen jungen Menschen so an sich zu binden. Eines Tages würde es vorbei sein. Sie war doppelt so alt wie er, das konnte keine Zukunft haben. Schon heute Abend würde sie vor dem Pink Pool ihre erste Schicht haben und wieder anschaffen gehen. Fremden Männern ihren Körper anbieten, Sex verkaufen und Jagd auf das Geld der Freier machen. Es ging nicht anders, wenn sie ihr Ziel erreichen wollte.

Und Jens? Der ahnte von all dem nichts, von dem begrenzten Glück, die eingeschränkte Zeit, die ihnen noch blieb. Aber was sollte es, auch sie hatte ein Recht auf zärtliche Momente, auf glückliche Augenblicke. Ob er ahnte, dass sie ihn nicht liebte?

Nicht so, wie er es für sie empfand und von ihr für sich erwartete. Dass er ihr zeitweises Ticket für eine andere Welt war, die sie nie gehabt hatte.

Dass sie ihn dafür liebte, wie er war. Jung, naiv, unschuldig und voller Vertrauen in die Zukunft.

Er glaubte, alle Höhen und Tiefen schon erlebt zu haben,

aber er war weit davon entfernt, auch nur annähernd den Vorhof zur Hölle je gesehen zu haben. Nicht so wie sie. Das musste er auch nicht, das sollte er auch nicht.

Noely würde für ihn sorgen und ihn so lange beschützen, wie es hielt und wie es ihr möglich war.

Sie stand auf. Sechzehn Uhr dreißig. Zeit, sich noch ein wenig hinzulegen, um sich danach aufzustylen und sich mit ein oder zwei Gläsern Sekt in Stimmung zu bringen.

»Schönen guten Tag, willkommen im Latinas. Darf ich Sie darauf aufmerksam machen, dass dieser Tisch ab siebzehn Uhr vorbestellt ist? Wenn sie vielleicht … tut mir leid, der Tisch auch. Aber hier vielleicht?« Jens hofierte eine Gruppe Touristen zu dem Tisch in der Nische.

Na bitte, Noely schmunzelte, schon zwei Vorbestellungen am ersten Tag. Während Jens die Gruppe an ihren Tisch brachte, sah er aus den Augenwinkeln Noelys versteckte Abschiedsgeste, als sie das Café verließ. Schnell winkte er eine der Kellnerinnen heran und ging auf die Straße, lief Noely die paar Meter hinterher, zog sie in einen Hauseingang, wo er sie in die Arme schloss und sie leidenschaftlich küsste.

»Es ist toll, einfach toll. Es ist unglaublich, du bist unglaublich.«

Sie holte Luft, strich ihm über das Haar und lächelte ihr unvergleichliches Lächeln. Jens fasste sie fester.

»Geh heute nicht auf die O zum Anschaffen. Lass es uns

so versuchen. Wir schaffen das. Wir schaffen alles.«

»Fang nicht wieder damit an!« Ihr Lachen verschwand.

»Du weißt, ich will das so. Es geht nur so.«

Er nickte ernst.

»Ja, ich weiß, ich dachte ja nur …«

Da war er wieder, der große Junge, der mit seinem Baukasten spielte.

»Los, jetzt zurück, du hast Neueröffnung.« Diesmal lachte sie wieder und steckte ihm kurz ihre Zunge in den Mund. Jens erwiderte den Kuss, bis sie sich seiner Umarmung geschickt entzog, ihm in den Hintern kniff.

»Ich sehe nachher noch einmal kurz rein!« Und schon war sie auf der Straße.

Jens sah ihr einen Moment hinterher, bevor er sich wieder ins Café begab, wo ihm sofort der große Kerl auffiel, der neben dem Eingang stand und das Café aufmerksam taxierte. Verdammt, erster Tag und schon ein Schutzgelderpresser?

»Ich denke, du hast reserviert?«, sagte die kleine, attraktive Frau, die neben dem Mann stand und Jens erst jetzt auffiel.

»Warten Sie doch mal ab, da wird sich schon jemand um uns kümmern.« Der Hüne strahlte Gelassenheit aus.

»Entschuldigung, ich habe gehört, Sie haben einen Tisch bestellt? Mein Name ist Jens, ich bin der Inhaber. Auf welchen

Namen haben Sie

reserviert?«

»Nik … einfach nur Nik!«, brummte der Riese.

»Originell, wirklich originell«, kam es spöttisch von
seiner Begleitung.

Jens verkniff sich ein Lachen, auch die Starken schienen
es nicht immer einfach zu haben.

»Für wie viele Personen?«

»Fünf!«

»Ah ja, dann bitte hier!«

Er führte die beiden an den Tisch neben dem Fenster. Nik
nahm sich den Stuhl in der Ecke, wo man ihn nicht von der
Straße aus sehen konnte, er aber den gesamten Laden im
Blick hatte. Beate Zastrow platzierte sich neben ihn, sodass
die übrigen drei Plätze direkt gegenüber dem Fenster und
das Café im Rücken lagen. Sie sah in die Karte, die dekorativ
in Gelb, Blau und Rot gehalten war.

»Der Kuchen hier sieht aber echt lecker aus.« Beate
Zastrow tippte auf das Bild. »Schade, versaut aber die Figur.«

»Das wird Ihrer Traumfigur nicht schaden«, tönte der Bass
von Nik ungewohnt charmant.

»Habe gar nicht gemerkt, dass dir das aufgefallen ist.«
Sie schaute ihn an und bemerkte, dass er sie nicht ansah,
sondern seine Aufmerksamkeit den drei Gestalten schenkte,
die sich gerade ins Café schoben.

Lehnert vorneweg, dahinter Prielow, und zum Schluss der hinkende Fäller.

Schnell hatten sie Nik und Beate Zastrow entdeckt, setzten sich an den Tisch, der sofort von Lehnerts schwerem Rasierwasser erobert wurde.

»Blöder Tisch.« Lehnert sah sich unbehaglich um.

»Wer hat denn den Scheißladen ausgesucht?« Fäller zeigte auf das Rauchverbot, während Prielow schweigend vor sich hinstarrte.

»Schön, dass ihr die Zeit gefunden habt«, erwiderte Nik. Fäller ignorierte Nik, grinste Beate Zastrow offen an.

»Gut siehst du aus, warst du im Urlaub?«

»Arschloch!«

»Das ist keine Basis für ein vernünftiges Gespräch.« Lehnert tat so, als ob er aufstehen wollte. Aber Nik machte eine beschwichtigende Handbewegung.

»Ruhig, mal ganz ruhig. Wir können doch hier die Spielchen lassen. Ich denke, wir wissen alle, um was es geht.«

»Darf ich Ihnen etwas bringen?« Die helle Stimme der Bedienung unterbrach den etwas frostigen Dialog am Tisch, woraufhin jeder seinen Wunsch bekanntgab. Als die Servicekraft gegangen war, beugte sich Nik vor.

»Also, wir müssen folgende Fakten klären. Erstens: der Überfall auf Beate. Zweitens: der Überfall auf mich. Drittens: die Geschäftsanteile von Richard, die Beate geerbt hat. Viertens: die Marktanteile an der Straße. Fünftens: die

Sonderkunden von Richard … falls daran Interesse besteht.«
Das Schweigen am Tisch dauerte wenige Sekunden. Fäller war
der Erste, der loslegte.

»Ihr könnt mich mal am Arsch lecken. Hier wird gar
nichts verhandelt …!«

In seinem Rücken entstand ein wenig Stuhlgeschiebe
und Gepolter, als sich ein weiterer Gast an den Zweiertisch
in seinem Rücken setzte. Nik nutze die Unterbrechung.
»Ruhig, Mensch, ruhig. Es macht keinen Sinn, sich hier
anzumachen.«

Beate räusperte sich.

»Also, Jungs, wir kennen uns. Ich bin lange genug dabei.
Ich weiß, dass ihr nicht mehr die großen Bosse seid, dass
mancher Monat dünne ist und dass ihr das Bare nicht in
großen Haufen rumliegen habt.«

»Also bitte …« Lehnert fühlte sich ein wenig bei der Ehre
gepackt.

»Lass gut sein, Heinz.« Beate schüttelte den Kopf. »Was
willst du mir denn erzählen? Wenn es anders wäre, hättest du
nicht seit vier Jahren denselben Wagen, und dein Dispo wäre
nicht dauernd in Anspruch genommen.«

Als die Getränke kamen, trat für einen Moment
Schweigen ein. Fäller bestellte sichgleich den nächsten
Drink. Beate blieb dran.

»Ich habe keine Angst vor euch, früher ja, aber

heute nicht mehr. Ihr seid alt geworden, bequem und fett.«

»Also, ich lass mir doch hier nicht von einer dummen Kuh …« Fällers Gesicht wurde puterrot.

»Klapp den Unterkiefer an«, fuhr ihm Beate eiskalt in die Parade.

»Auch vor dir nicht, Fettsack. Mach hier keine unnötige Pose. Manche Tageseinnahmen reichen ja gerade mal für die Zinsen deiner Schulden. Was die Mädels vorne anschaffen, hast du doch hinten schon wieder verkokst und verzockt.«

Fäller holte Luft, um zu antworten, aber Beate Zastrow ließ sich nicht stoppen.

»Ich bin noch nicht fertig. Also … das Pink Pool hat einen Geschäftswert von zweihundertfünfzigtausend, die Pension zweihunderttausend. Ich zahle euch aus. Udo bekommt von mir hunderttausend cash, der Dicke achtzigtausend auf die Hand, und damit gehören mir die beiden Läden alleine.«

Nik zuckte überrascht zusammen. Davon war nie die Rede gewesen, dass Beate alles übernehmen wollte. Das sollte hier eine Schlichtungsverhandlung werden.

»Tickst du noch ganz sauber? Dir haben sie wohl ins Gehirn geschissen …«, regte Fäller sich auf, stürzte sein Getränk hinunter, winkte der Bedienung.

Beate sah ihn ganz ruhig an.

»Ich bin noch nicht durch. Ihr habt mich plattgemacht.«

»Tu mal nicht so. Hat dir früher doch Spaß gemacht, die harte Tour, nicht nur mit Richard.« Fäller grinste dreckig.

»... wolltet mir Angst machen. Wer weiß, wie das ausgegangen wäre, hätte nicht der Lieferdienst geklingelt. Egal ... dafür gibt es Abzüge.«

»Blöde Fotze, wenn du glaubst hier auf Capone machen zu können,bist du schief gewickelt!« Fäller holte mit seinem rechten Arm aus. In seinem Rücken knarrte ein Stuhl schwer unter einer Last. Eine mächtige schwarze Pranke legte sich auf Fällers Ellbogengelenk, zwang ihn innezuhalten.

»Musse nicht tun. Musse nicht tun!« Bambi grinste breit, leckte sich über die Lippen, während er mit einem Auge zu Beate schielte und dabei Fällers Gelenk quetschte, der die Augen verdrehte, um einen Blick auf seinen neuen Gegner zu bekommen. Als ob es keinen Widerstand gäbe, drückte Bambi den Arm von Fäller runter, bis der auf dessen Knie lag. Noch ein freundliches Lächeln des Mannes aus dem Kongo und ein letzter Blick zu Beate, die ihm ein Auge zukniff, dann drehte er sich wieder zu seinem Tisch rum, als ob nie etwas geschehen wäre.

Prielow hatte mit einer schnellen Bewegung unter seine Jacke gegriffen, war aber von Nik gestoppt worden, der ihm die Klinge eines Messers in die Leiste gedrückt hielt.

Ungerührt fuhr Beate fort.

»Eure Huren könnt ihr weiterhin behalten und laufen lassen. Das ist mehr als genug.«

Prielow und Nik verständigten sich mit einem Blick, und Nik schloss das Einhandmesser, steckte es weg.

»Die Liste …«, warf Lehnert ein.

»Das ist es. Ich habe keinen Bock, hier jede Woche einen neuen Krieg zu führen. Ich brauche Frühstücksdirektoren, die das Gesicht zeigen. Ihr behaltet eure Büros und bekommt einen monatlichen Repräsentationsbonus von zweitausend. Die Liste bleibt meine. Denkt dran, sie schützt auch euch und eure Geschäfte.«

»Warum glaubst du, sollten wir uns darauf einlassen?« Lehnert stellte die erste vernünftige Frage.

»Das ist ganz einfach«, ergriff Nik das Wort. »Weil ihr pleite seid, weil ihr den Respekt auf der Straße verloren habt und weil euch ohne einen klugen Kopf im Hintergrund die Polizei abräumt.«

»Das ist ja lächerlich!« Lehnert schüttelte den Kopf.

»Leck mich am Arsch, bis Bitteres kommt.« Fäller winkte nach einem Drink.

»Was hab ich damit eigentlich zu tun?«, wandte sich Prielow an Beate.

»Loyalität. Weil du auch einer von der alten Gang bist und die beiden dich sowieso damit hineinziehen werden. Du sollst doch wissen, wie sich alles verändert. Und solange die Geschäfte unter uns bleiben, bleibt für dich alles so, wie es jetzt ist. Wie Richard es gesagt hat. Oder was willst du sonst machen?«

Prielows Stirn legte sich in Falten, glättete sich jedoch schnell wieder, und ein Lächeln stahl sich auf seinsonst so düsteres Gesicht.

»Das ist fair. Cool. Danke.«

»Warum sollte ich ausgerechnet an dich Fotze verkaufen?« Fäller versuchte so verächtlich wie nur möglich zu klingen. »Ich kann auch an jeden anderen verkaufen. Die Russen, die Tschetschenen, die Libanesen oder irgendwelche Rocker. Was willst du dann machen? Dann bist du ganz schnell aus dem Geschäft.«

»Mach es doch«, bluffte Beate. »Mach es doch. Wenn du glaubst, von denen auch nur ein ähnlich gutes Angebot zu bekommen, inklusive der Sicherheit auf ein Einkommen. Die werden dir zwanzigtausend versprechen, um dir dann zehntausend hinzuhalten und dir letztendlich fünftausend geben. Die treten dir in den Arsch!«

»Dein neuer Stecher«, Lehnert zeigte auf Nik, »ist auch nicht stark genug, um alles aufzuhalten. Wie wir ja selbst gesehen haben.«

Er und Fäller lachten sich zu. Fäller musste noch einen hinterhergeben.

»Was ist? Schreit sie immer noch ›beiß mir in die Nippel‹, wenn sie kommt?«

Nik fiel keine passende Antwort ein. Beate lächelte von einem zum anderen.

»Hört zu, Don Quichotte und Sancho Pansa. Lange Rede, gar kein Sinn. Mein Angebot liegt auf dem Tisch. Das gilt von heute an für genau sechs Wochen.«

»Und was ist, wenn ich nicht mitmache?« Lehnert starrte auf seine Fingerspitzen.

»Dann verkaufe ich die Liste und meine Anteile an jemand von außerhalb, packe das Sümmchen zum Ersparten, ziehe mich auf das Boot zurück und genieße mein Witwendasein. Ihr seid dann Freiwild. Ich vernichte die DVDs. Keiner hält mehr die Hand über euch, und niemand zahlt mehr monatlich für die kleinen schmutzigen Filme aus der Pension. Oder noch besser, ich stelle sie ins Internet, dann bekommt ihr richtig Wind von vorne. Außerdem wisst ihr nicht, wen im Amt ihr mit wie viel schmieren müsst. Du verlierst deine Immobilien an die Bank, oder die Russen nehmen sie dir wegen deiner Schulden bei ihnen weg, während der da«, sie zeigte auf Fäller, »seinen Anteil längst verzockt hat oder sie ihn wegen irgendwelcher Drogengeschäfte einbuchten oder seine Lieferanten ihm den fetten Hals durchschneiden.«

»Pass auf, du Fotze …«, Fäller ruckte nach vorne, aber

ein scharfes »Tz … tz … tz!« in seinem Rücken ließ ihn innehalten.

»Und Gerd geht dann bei der Stadtmission essen und putzt sein Zimmer im Obdachlosenheim!«

Prielow nickte gleichgültig.

»Über das Geld muss man noch reden.« Lehnert sah sie lauernd an.

Beate nickte.

»Macht das erst einmal unter euch aus. Sechs Wochen sind ja Zeit genug. Lasst euer Geld stecken, ihr wart selbstverständlich meine Gäste.«

Lehnert stand auf. Fäller ebenfalls, er atmete schwer, sah auf Beate hinunter, seine rechte Hand öffnete und schloss sich. Neben ihm erhob sich das schwarze Gebirge in Form von Bambi. Fäller drehte sich zu ihm herum, sah zu ihm hoch.

»Wir sehen uns noch, Kunta Kinte. Verlass dich drauf!«

Bambis Grinsen war fast noch breiter als sein Kreuz.

»Yep, nicht vergessen, Mann. Nicht vergessen!« Dabei tippte er Fäller mit dem Zeigefinger auf die Brust, der die Hand ärgerlich wegschieben wollte. Vergebens, die Hand stand wie ein Baum in der Luft.

Prielow gab Beate und Nik die Hand, verabschiedete sich. Vom Ausgang des Cafés sah Fäller noch einmal zurück.

»Nicht vergessen, Mann. Nicht vergessen!«, rief Bambi ihm zu, drehte um und sagte zu Nik: »Ich bin dann mal ein

Stück hinterher.«

»Aber nur beobachten, und pass auf, dass sie dich nicht sehen!« Bambi strahlte Beate an, griff ihre Hand und drückte seine feuchten Lippen darauf.

»Madame! Es war mir eine große Freude. Große Freude, Madame!«

»Ach, nicht doch, Bambi!« Beates Augenaufschlag war filmreif.

Der Kongolese holte schon wieder Luft, um etwas zu sagen, aber Niks Blick brachte ihn auf den Weg.

»Machen Sie es nicht zu doll.« Nik sah Beate an. »Der bekommt das in den falschen Hals, und dann werden Sie noch Häuptlingsfrau.«

»Mal sehen«, ließ sie alles offen.

»Was war denn das hier?« Nik legte die Ellenbogen auf den Tisch.

»Was war was?«

»Na, das hier, die Übernahmeverhandlung. Wollen sie hier Big Ma Baker auf dem Kiez werden?«

»Nun mal langsam, Herr Privatdetektiv. Hier geht es um Geschäfte und um Anteile. Da ist es doch wohl nur normal, dass man erst einmal versucht, das Beste für sich rauszuholen.«

»Es war nie die Rede davon, hier an die Grenze eines Krieges zu gehen, sondern immer nur darum, Ihre rechtmäßigen Anteile zu schützen.«

»Das sind meine rechtmäßigen Anteile. Ich bin ein Kind vom Kiez. Ich weiß, wie das hier läuft. Und? Geht es dir schlecht bei mir? Willst du aussteigen? Oder ziehst du das mit durch?«

»Was soll ich da mit durchziehen?«

»Ich habe geblufft. Habe nur vage Daten interpretiert. Jetzt brauche ich konkrete Fakten.«

Nik war verblüfft.

»Wovon reden Sie, verdammt?«

»Mann! Ich brauche konkrete Zahlen über Lehnerts Immobilien, seine Bankdaten, seine Verpflichtungen, über jedes Laster. Ich brauche die Namen und Daten über Fällers Dealer und Drogengeschäfte, über seine Spiel- und Wettschulden. Ich brauche alles über die drei. Alimente, Fetische, Polizeikontakte, Kontakte zu anderen Gangs. Alles, einfach alles.«

Nik war sichtlich überrascht.

»Aber wie soll ich …«

»Langer, du bist der Detektiv. Schon vergessen? Ein paar Banker, Makler, Polizisten, Beamte und sonst so Leute stehen auf der Liste. Die werden reden, weil sie Angst haben. Sogar ein Steuerprüfer vom Finanzamt. Mit denen kannst du sprechen, sie bezahlen oder ihnen einen Finger brechen. Egal wie, nur so schnell wie möglich, ehe einer von den beiden

Pudeln auf die Idee kommt, sich einen anderen Käufer zu suchen.«

Nik starrte sie an.

»Noch Fragen?« Beates Stimme hatte wieder diese Schärfe.

»Haben Sie wirklich geschrien ›beiß mir in die Warzen‹?«

»Nein, natürlich nicht.« Sie ging ein paar Schritte, drehte sich noch einmal um. »… in die Nippel … in die Nippel!«

*

Das Cardiogerät surrte, und Noely kontrollierte die Pulsanzeige auf dem Ergometer. Fünfundvierzig Minuten Radfahren, dreißig Minuten auf dem Laufband und zig Kniebeugen jeden zweiten Tag bescherten ihr immer wieder dieses »mein Gott, hast du einen geilen Arsch« von den Freiern.

In den letzten vier Wochen hatte Noely ihren Platz vor dem Pink Pool gefestigt.
Nach der üblichen Anfangszickerei und ihrer Einladung an die anderen Huren zu einem Sektfrühstück hatten sich die Wogen geglättet.
Melanie, die Wortführerin, hatte mitbekommen, dass Noely ihr nicht den Rang streitig machen wollte. Noely, die sich hier Bess nannte, war der momentane Renner auf der Straße, und ihre Kolleginnen bekamen schnell mit, dass das auch gut

für ihr Geschäft war. Bess sorgte für Aufmerksamkeit bei den Männern, die sich nachts hierher trauten.

Wenn Noely auf die Frage nach ihrem Namen die weißen Zähne in dem gebräunten Gesicht strahlen ließ und mit ihrer samtenen, etwas heiseren Stimme »Bess« hauchte, war es um den Freier schon geschehen. Es ging nur noch darum, ob sie sich sie leisten konnten oder nicht, denn haben wollten die Freier sie alle.

Das Café lief gut, und Jens war glücklich. Er hatte Pläne und immer wieder neue Ideen. Ein Kind in einem lebensgroßen Spielzeugkasten. Er hatte es so eingerichtet, dass er vormittags den Laden aufmachte, bis zum späten Mittag Einkäufe tätigte und die Lieferanten abfertigte. Dann kam er nach Hause und weckte Noely mit einem leichten Frühstück. Ihre gemeinsame Zeit in der Woche wurde weniger, weil Noely sich weiterhin im Sportcenter fit hielt, regelmäßig ins Solarium ging und viel auf ihr Aussehen verwand. Jens hatte das nie verstanden, für ihn war sie naturschön.

Bieeep! Ihre Zeit auf dem Rad war um. Sie fühlte den Schweiß, der Trainingszeug klebte an ihr. Noely wischte sich mit dem Handtuch das Gesicht ab, griff nach ihrer Flasche mit dem isotonischen Getränk, das ihr genügend Energie für das Laufband verschaffen sollte.

»Sagen Sie mal … kennen wir uns nicht? Ich habe doch

Ihr Gesicht schon einmal gesehen?«

Och nein, bitte jetzt nicht hier. Nicht so eine plumpe
Anmache. Obwohl die Stimme ein angenehmes Timbre hatte.
Tief und weich. Okay, vielleicht ein Kunde, aber das war
unwahrscheinlich, weil sie während ihres Nachtjobs mit dem
Perückenteil, der Schminke, dem Schmuck und den
Klamotten eher wie eine entfernte Verwandte als sie selbst
aussah.

»Ich glaube, nicht.« Noely drehte sich zur Seite und
starrte auf eine breite Brust.

»Meine Retterin!« Nik lächelte sie an und streckte ihr die
Hand hin.

»Ich versteh nicht ganz?« Passend zu ihrer
zurückweisenden Stimme bekam Noely eine kleine Zornesfalte
auf der Stirn.

Nik lächelte noch immer, hielt noch immer seine Hand hin.

»Vor ein paar Wochen, auf der Oranienburger, als ich, na ja,
sagen wir mal, diesen kleinen Unfall hatte … Sie haben mir
aufgeholfen.«

Ihre Miene hellte sich augenblicklich auf.

»Ja, jetzt erinnere ich mich. Sie sind der, der keine
Feuerwehr und keinen Notarzt wollte. Wie geht es Ihnen?
Alles gut überstanden?« Noely schüttelte nun die ihr
dargebotene Hand.

»Ach ja, schon vergessen. Sie sind aber gut in Form.« Es

folgte der so bewundernde, interessierte Blick, den Noely in vielen solcher Gespräche kennengelernt hatte.

Sie lächelte verlegen, geschmeichelt. Verdammt, was machst du nur, schalt sie sich im selben Augenblick selbst. Einmal Hure, immer Hure, oder was? Das war hier kein Freier.

Nik schlenderte neben ihr her in Richtung der Laufbänder.

»Was machen Sie sonst so?«

Noely zögerte. Ich gehe anschaffen, wäre nicht der richtige gesellschaftliche Beitrag, würde den großen Kerl aber vielleicht auf Distanz halten.

»Ich hab ein Café«, sagte sie stattdessen und biss sich auf die Lippen, aber zu spät, es war heraus.

»Und wo?«, Niks Stimme klang interessiert. Sie blieben an den Laufgeräten stehen.

»Wieso? Sind sie von der Steuerfahndung?« Sie hatte sich wieder im Griff.

»Nein!« Sein Lachen war laut, herzlich, ansteckend. »Gäbe es denn da etwas zu prüfen?«

»Entschuldigen Sie, es war nicht so gemeint, aber diese ständige Anmacherei geht mir manchmal auf den Wecker.«

»Verstehe ich. Nichts für ungut! Ich gehe dann mal in den Kraftraum.« Nik lächelte noch einmal und wandte sich der Treppe nach oben zu. Noely hob die Hand und winkte ein wenig zögerlich, sah ihm nach, wie er die Stufen hochstieg.

»Mir gehört das Latinas am Monbijoupark«, flüsterte sie, aber außer ihr hörte das niemand.

Verdammt, was war los mit ihr? Auch nur ein Kerl, dem die Eier juckten, wenn er sie sah. Aber eben ein Kerl. Groß, breitschultrig, kräftig. Mit einem Gesicht wie aus einem Comic, so eins, wie es dort die harten Buben gemalt bekamen. Ganz anders als Jens.

Das Laufband begann zu surren, und Noely begann auf der ersten Stufe zu laufen. Sie konnte sich weder Sentimentalitäten noch irgendwelche Sensibilitäten erlauben. Sie hatte einen Plan, und ihre biologische Uhr tickte wie bei jedem anderen auch. Sie wurde nicht jünger.

*

Diesmal schien es schwieriger zu werden als bei den beiden anderen. Der eingeschränkte Bewegungsradius des Opfers machte die Sache kompliziert. Es war weniger mobil. Es war schwerer. Es war psychisch einfacher konditioniert, was die Sache aber nicht erleichterte, denn es war physisch erheblich widerstandsfähiger. Es war festgelegt auf bestimmte Abläufe. Das war gut für eine zuverlässige Planung, aber schlecht für Fluchtalternativen. Diesmal würde es risikoreicher werden, aber hier könnte es klappen.

Mit geschickten Bewegungen öffnete das Phantom die

Tür, wobei es immer wieder lauschte, um nicht von jemandem bei seinem Tun überrascht zu werden.

Ohne einen Laut zu verursachen, huschte das Phantom die Treppe hinunter. Die Stirnlampe spendete gerade mal so viel Licht, um die direkte Umgebung zu kennen. Links ging es in den Fahrradkeller, rechts war die alte Feuerschutztür mit den beiden großen Riegeln. Das Phantom zog sie auf und verschwand in dem Kellergang.

*

»Alter, noch zehn Tage, dann will die Fotze eine Antwort haben. Hast du dich schon entschieden?« Fäller hing in dem Sessel und starrte Lehnert durch die Flüssigkeit im Glas an.

Der schaute aus dem Fenster, der Joint zwischen seinen Fingern war noch nicht angesteckt.

»Ich hab die Fühler ausgestreckt, vorsichtig, mal so den Markt getestet. Beate macht unzweifelhaft das beste Angebot.« Fäller leerte sein Glas in einem Zug.

»Ja, ja, ja … das höre ich nun schon seit vier Wochen von dir. Aber wollen wir uns das von der Trulla bieten lassen? Wollen wir überhaupt verkaufen. Läuft doch auch so gut.« Ärgerlich knallte er das Glas auf den Tisch.

Lehnert drehte sich herum.

»Ja, es läuft gut, kein Zweifel. Weil sie uns lassen. Aber

wir bewegen uns auf dünnem Eis. Wenn Beate sich mit irgendeinem Club zusammentut oder ihre Anteile an jemand anders abgibt, bekommen wir Schwierigkeiten, die wir nicht mehr stemmen werden. Wenn erst einmal ein Fremder hier mitbestimmt, geht uns die Puste aus.«

»Das soll mal einer …«

»Hör auf … das ist vorbei. Du machst auch keinem mehr Angst, und ich schon gar nicht. Sieh dir unsere Jungs mal an, die hier ihre Mädels laufen lassen. Glaubst du denn, die machen sich für uns gerade? Die nehmen doch keine Kanone in die Hand. Aber die anderen, die machen das, die kommen mit Macheten, mit Messern und Pistolen.«

»Du hast ja nur Schiss.« Fäller schenkte sich einen weiteren Drink ein.

»Ja, hab ich.« Udo Lehnert legte den Joint auf seinen Schreibtisch. »Und das ist keine Schande. Es ist alles anders geworden. Wenn sie einen nicht umlegen, bedrohen sie die Familie. Frau, Mutter, Kind. Alles, was geht, was einen in die Knie zwingt. Und wenn wir nicht bei den Russen versichert wären, von denen wir die Getränke kaufen und den kleinen Aufkleber im Fenster hätten, was glaubst du wohl, wie lange wir hier noch den dicken Maxen schieben könnten? Mensch Heinz, wir sind schon raus, wir sind schon lange nur die Aushängeschilder.«

Fällers Wangenknochen mahlten, seine Stirn war voller

143

Falten, und die Knöchel wurden weiß, so sehr umkrampfte er die Flasche.

»Und wenn wir mit den Russen reden? Damit die die Fotze kaltmachen und mit ihrem Anteil stille Teilhaber werden?« Er schenkte sich wieder ein.

»Da habe ich schon vorgefühlt. Die wollen Ruhe haben. Keine Aufregung in irgendeiner Art und Weise hier auf dem Kiez. Alles andere macht die Schmiere stark. Die lacht sich ins Fäustchen, wenn es hier auf dem Kiez Krieg und Revierkämpfe gibt.«

»Mann! Aber wir können uns nicht von einer Fotze diktieren lassen, was wir zu tun haben! Die hat mir früher einen geblasen, damit sie 'ne Chance bekam, und heute will sie mir die Faust in den Arsch schieben.«

»Wie viel Schulden hast du gerade?« Lehnert nahm den Joint wieder in die Hand.

»Was soll die blöde Frage?«

»Na komm, sag schon?«

»Na ja … Lief nicht so gut in letzter Zeit. So ungefähr achtzig beim Zocken und etwa sechzig beim Dealen. Denke ich so … ungefähr.«

»Bist du bescheuert? Wer macht denn so was? Du hast da draußen fünf Huren laufen, du bekommst was aus der Pension und hier aus dem Laden. Hast du dir die Birne schon komplett weggekokst?« Lehnert schüttelte den Kopf.

»Blas dich mal nicht so auf.« Fäller nahm einen Schluck. »Ich krieg das schon wieder hin. Ist ja nur im Moment. Wenn das mit der großen Lieferung hinhaut, komm ich da sauber raus.«

»Wie das?«

»Kann ich nicht drüber sprechen, aber ich habe da ganz dicke die Hand drauf.«

»Heinz … Heinz, ich hoffe, du weißt, was du machst!«

»Da kannst du einen drauf lassen. Und das ist erst der Anfang. In einem halben Jahr bin ich hier fett im Rennen. Dann zahle ich dich und die Fotze aus.« Er rülpste und stand auf. »Muss mal pissen.«

Lehnert sah ihm nach. Das würde nichts werden. Sie hatten ihn also schon fest am Kanthaken, gebrauchten ihn als Lockvogel, als Bauernopfer. Fäller war ein Risikofaktor geworden. Egal, ob er ausbezahlt werden würde, egal, ob die Bullen ihn sich greifen würden, egal, ob er ein gutes Geschäft machen würde. Er käme nie mehr aus den Klauen der Banden raus. Das war klar. Er würde immer mehr zur Bedrohung werden. Vielleicht sollte er, Lehnert, sich mit Beate Zastrow einigen?

Er hörte Fäller furzen, der wie üblich die Toilettentür offen gelassen hatte. Vielleicht war aber auch Fäller das aktuellere Problem, das die erste Priorität bekommen sollte?

Dreck, alles hatte sich kompliziert. Diese Scheißliste mit

den Namen derjenigen, die dafür kassierten, dass Fäller, die Zastrow und er im Rennen blieben. Dass der Laden nicht geschlossen wurde und keine Razzien stattfanden, dass keine Ermittlungen eingeleitet wurden. Die Steuerbehörde, die stillhielt und nicht unnötig nachfragte, die höchstens mal ein paar Alibiforderungen stellte, aber im tragbaren Rahmen. Die Bullen, die andere Anwärter davor warnten, hier massiv aufzutreten. Die Gesundheitsbehörde und die vielen kleinen Beamten, die Richard gespickt hatte. Diese Liste war Richards Vermächtnis. Das hatte er alles alleine aufgebaut und für sich behalten. Genauso wie die Filmchen von den Amtsträgern, die sich in Windeln oder angekettet oder mit ganz jungen Mädchen oder mit Strichern sexuelle Erleichterung verschafften. Ein Abgeordneter, der sich in der Badewanne einen Einlauf aus Kaffee machen ließ, wäre nicht mehr lange im Amt. Und ein Staatsanwalt mit einem Achtzentimeterpimmel, der sich lautstark von zwei Huren als Beckenbrecher feiern ließ, wäre schnell in der Provinz.

Diese Filmchen waren es schließlich, die das nötige Geld für die Korruptionszahlungen und darüber hinaus einbrachten. Eins war an das andere gebunden.

Lehnert setzte sich und zündete den Joint an, griff zum Handy. Es klingelte dreimal, bis sich jemand am anderen Ende meldete. Lehnert ließ den Qualm aus dem Mund.

»Wassili?«

146

»Wen hast du denn angerufen?«

»Wir müssen reden!«

*

Draußen graute bereits der Morgen. Der Straßenverkehr nahm wieder zu. Gerd Prielow hatte alle Zimmer gecheckt. Hier und da noch was weggeräumt. Er liebte diese letzte Stunde, in der er alleine war. Wenn kein Freier sich mehr aufregte, weil er glaubte ausgenommen worden zu sein. Wenn kein Besoffener mehr rumpöbelte und glaubte, jeden zur einer Prügelei herausfordern zu müssen. Wenn keine zickige Hure mehr ihren Frust oder ihren Hype an ihm ausließ. Jetzt war Ruhe in dem Irrenhaus, und er war der Herrscher über alles.

Prielow genoss die Stille. Darum hatte er in seiner kleinen Einzimmerwohnung, gleich über dem Hof, auch ein Aquarium und keinen Hund, der ihn jetzt noch zwingen würde, mit ihm Gassi zu gehen. Früh morgens hatte er genug vom Gehorchen, vom Dienen und vom Gefälligsein. Er freute sich darauf, vor dem Aquarium zu sitzen und in dem Bootskatalog zu blättern.

Von den achthundert Euro im Monat konnte er nicht viel sparen. Offiziell schon mal gar nicht. Das Geld war Schwarzgeld. Und dann waren da noch die Alimente für die drei Kinder, die Forderungen der Krankenkassen seiner

Opfer, die er zusammengeschlagen hatte, und die offenen Geldstrafen. Zum Glück nahmen ihm Lehnert und Fäller nichts für die Bude ab, die zur Pension gehörte. Das hatte noch Bestand von Richard, der das mal so für ihn geregelt hatte. Er durfte nicht krank werden. Er musste immer da sein. Sechs Tage die Woche. Offiziell bekam er hier vierhundertfünfzig Euro für unregelmäßige Aushilfsarbeiten. Es war okay. Er sparte für ein Boot, auf dem er dann leben wollte. Prielow seufzte, das würde noch dauern. Immer kam etwas dazwischen.

Zuletzt diese Scheiße im Hausflur, als der Typ ihm die Kauleiste rausgetreten hatte. Das hatte ihm beim Doc fünfhundert Euro unter der Hand gekostet.

Alle hielten ihn für böse und ständig übelgelaunt, weil sein Gesicht so einen Eindruck machte. Das war er gar nicht. Im Gegenteil. Er war müde, würde lieber heute als morgen alles hinwerfen. Aber das ging nicht. Er hatte Zastrow, Lehnert und Fäller zu viel zu verdanken. Na ja, jetzt nur noch Lehnert und Fäller. Aber sie hatten immer zu ihm gehalten. Damals, als er im Knast gewesen war oder als er nach der Messerstecherei lange liegen musste, und auch, als er sich hatte umbringen wollen. Er konnte sie nicht hängenlassen. Aber wenn er das Geld für das Boot zusammenhatte, dann würde er es ihnen sagen.

Gerd Prielow schluckte eine dieser Pillen, wie jeden

Morgen. Die sorgten dafür, dass er runterkam von dem anderen Zeug, das er brauchte, um aggressiv zu sein, um am Start zu bleiben. Aber diese kleine Droge von eben würde ihn so müde machen, dass er in der nächsten Stunde an Schlaf denken konnte.

Er schlurfte über den Hof, öffnete die Tür zum Hinterhaus. Seine Hand tappte zum Lichtschalter, als ihn der stechende Schmerz in beiden Kniescheiben traf. Er war so hart, das ihm von einer Sekunde zur anderen Tränen in die Augen schossen und er auf die Knie fiel. Fast gleichzeitig traf ihn ein Schlag seitlich am Kopf. Prielow verschwamm der Hausflur vor seinen Augen.

Was war los, was war passiert? War das Treppenhaus eingebrochen? Er war stark, er würde sich wieder da hinauswühlen. Mühsam wälzte er sich auf den Rücken, sah die verschwommene Gestalt, die sich über ihn beugte. Gott sei Dank war Hilfe nah.

»Danke«, krächzte er, »meine Knie!« Prielow versuchte den Retter am Arm zu fassen, als ihm der erneute Schmerz fast die Brust zerriss. Nur vage nahm er das Knistern und den Geruch von verbranntem Fleisch war. Er wurde nicht besinnungslos, aber bewegungsunfähig.

Die dunkle Gestalt zerrte den stöhnenden Prielow ein wenig von der Kellertür weg, öffnete sie und zog sein Opfer zur Treppe.

Hilflos versuchte Prielow Halt zu finden, versuchte zu begreifen, was da überhaupt mit ihm geschah.

Das Phantom setzte ihn seitlich in den Türrahmen und gab ihm dann einen Tritt, sodass er völlig unkontrolliert die Treppe hinunterstürzte, sich dabei ein Handgelenk brach und sich vier Zähne ausstieß.

Als er sich die Stirn an der eisernen Trittkante der vorletztenStufe aufschlug, verließ ihn gnädiger Weise das Bewusstsein.

Gerd Prielow war wach. Unsägliche Schmerzen peinigten seinen Körper. Er versuchte sich zu bewegen. Die Beine, die Arme, den Kopf. Es war unmöglich. Alles war nur ein einziger Schmerz. Er öffnete die Augen und starrte auf die verschmutzte Decke eines Kellerganges. Aus den Augenwinkeln erkannte er die freudlose, unverputzte Ziegelwand. Was er nicht sehen konnte, waren die beiden Gewindestangen, die durch seine Ellbogengelenke und das schwere Türblatt gingen, die auf zwei eisernen Böcken lag, auf dem er fixiert war. An den Fußgelenken, den Knien und den Handgelenken machten ihn Locheisenbänder bewegungsunfähig. Ebenso seinen Kopf.

Zuerst ahnte er die Bewegung, dann kam die schwarze Gestalt in sein Blickfeld. Er wollte fragen, warum? Warum er? Warum denn überhaupt?

Aber das Klebeband über seinem Mund hinderte ihn

daran. Die Person beobachtete ihn eine Weile, bevor sie mit einem Skalpell einen feinen Schnitt in das Klebeband machte. Angestrengt schnappte Prielow nach Luft, in der Hoffnung, gleich etwas sagen zu können, einen Irrtum aufklären zu können. Aber bevor er dazu kam, führte die Gestalt ihm das Sprührohr der Bauschaumdose ein. Während sich sein Mund, seine Speiseröhre mit dem Schaum füllte, der sich immer weiter ausbreitete, während die Panik in ihm aufstieg, während die Todesangst zur Gewissheit wurde, beugte sich die Gestalt vor und flüsterte ihm die Ungeheuerlichkeit ins Ohr, die noch unvorstellbarer schien als das Grauen auf der Türplatte selbst.

Der Schaum breitete sich weiter aus, die Luft wurde knapp. Eine Berührung mit den Fingerspitzen ließ Prielow die Augen schließen, das war der Moment, als ihm der Sekundenkleber die Lider festklebte. Keine Luft, kein Licht, keine Schmerzen, keine Hoffnung, nur der Tod.

Das Letzte, das Prielow wahrnahm, war das feine Zurren der Tätowiermaschine und ein feiner Schmerz, als ihm ein *P* in das Augenlid tätowiert wurde. Vom *F* bekam er nichts mehr mit.

*

Unbewegt sah das Phantom auf das Gesicht des Türstehers. Mit wenigen Handgriffen packte es die Utensilien in den Rucksack. Auch das Eisenrohr, mit dem es den Schläger zuerst außer Kraft gesetzt hatte. Das war leichter gegangen als gedacht. Da war die Routine zu Hilfe gekommen. Im eigenen Stall hatte Prielow die Vorsicht außer Acht gelassen. Hatte nicht erst links und rechts in den Hausflur gesehen. Hatte nicht die Gestalt entdeckt, die im toten Winkel hinter der Tür gekauert hatte.

Sie würden ihn hier nicht so schnell finden. Es gab nur drei Mieterverschläge in diesem Teil des Kellers. Aber spätestens, wenn er stinken würde, würde man auf ihn aufmerksam werden.

Das Phantom ging nach oben, es hatte gut recherchiert. Rechts auf die Mülltonnen, über die Mauer, über den Hof bis zu dem Drahtzaun, in das es nachts ein Loch geschnitten hatte, hindurchschlüpfen und von dort in den Hauseingang zwei Häuser neben dem Pink Pool. Die schwarze Jacke umgedreht auf Rot, das Basecape in die Stirn gezogen, den Kopf gesenkt, raus auf die Straße, sofort rechts, an dem so früh verlassenen Restaurant vorbei, wieder rechts in die Seitenstraße. Niemandem begegnet, niemanden gesehen. Noch einmal schnell hinter einem Kleidercontainer die Sachen gewechselt, und es war, als ob es das Phantom nie gegeben hätte.

*

»Hast du schon was von den beiden gehört?« Nik blätterte in

den Unterlagen herum, die er in den letzten Wochen herbeigeschafft hatte.

»Nein.« Beate saß am PC und machte ein paar Überweisungen via Online-Banking. »Aber das macht mir keine Sorgen. Lehnert wird verkaufen, und er wird Fäller überzeugen. Ich hoffe nur, der dreht nicht an der Uhr und versucht nicht noch irgendeinen schwachsinnigen Alleingang.«

Nik sortierte die Bankunterlagen von Lehnert nach Datum.

»Schon praktisch, wenn einer der Darsteller auf den Videos in der Revision von der Bank sitzt, von der ein Partner sich finanzieren lässt.«

»Wie nennt man das? Netzwerk?« Beate stand auf, streckte sich so, dass ihr T-Shirt hochrutschte und der flache Bauch zum Vorschein kam. Nik schluckte, wandte sich wieder den Papieren zu.

»Was steht denn drin?« Beate stellte die Beine schulterbreit auseinander und begann sich mit hinter dem Kopf verschränkten Armen nach links und rechts zu beugen.

»Lehnert hat da ein Damoklesschwert über sich. Es geht um sofort siebzigtausend, die die Bank vollstrecken könnte. Da hält nur Herr Schimmel von der Revision die Hand drauf. Wenn der nicht mehr will, dann
… BÄNG!«

Beate war bei Rumpfbeugen angekommen, die sie

bewundernswerterweise mit flachen Handflächen auf den Boden hinbekam, leider aber auch ausgerechnet mit der Rückseite zu Nik machte. Was für ein Hintern …

»Und die kann er nicht aufbringen?« Ihre Stimme riss ihn aus seinen Betrachtungen.

»Niemals.« Nik blätterte weiter. »Er braucht ja monatlich fast zehntausend für seine anderen Immobilienprojekte. Im Prinzip lebt er von der Hand in den Mund. Die Wohnung, in der er wohnt, hat er auch schon beliehen.«

»Und Fäller? Was ist mit Fäller?« Beate legte den Kopf in den Nacken, faltete die Hände auf Pohöhe hinter dem Rücken und streckte sich auf den Zehen.

»Der ist völlig am Ende. Hat fast hunderttausend bei den Russen zu löhnen. Vonwegen Spielschulden. Aber eins ist da komisch … dieser Wassili, der Russe, der hat ziemlich engen Kontakt mit Lehnert.«

»Na klar, der ist ja auch der Spirituosenlieferant!« Sie blieb ruhig mit geschlossenen Augen stehen und atmete tief ein und tiefaus. »Und Prielow? Was ist mit Prielow? Was gibt es über den zu sagen?«

»Der ist der eigentlich Undurchsichtige, so albern wie sich das anhört.« Nik trank das Glas leer. »Der taucht nirgendwo auf. Über damals, in der BAD CITY AG, brauche ich dir nichts zu erzählen, da weißt du besser Bescheid als ich. Er war schon immer der Mann fürs Grobe. Wenn sie nicht bei dem Raubüberfall die Tatwaffe bei Trummler mit seinen Fingerabdrücken gefunden hätten, wäre er sicher einer im Kreis der Verdächtigen gewesen. Oder eher von der ganzen Gang. Aber die hatte ein Alibi. Pokerabend.«

Beate besah sich die Fingernägel.

»Hm … war wohl damals ein Alleingang von Uwe. Der wollte sich wahrscheinlich in die Truppe einkaufen. Hätte ich ihm nicht zugetraut. Aber wem kann man schon hinter die Stirn sehen.«

»Wo waren Sie damals, als das passierte?«

»Ich? Ich hatte gerade Richard kennengelernt. Sonst nichts über Gerd?«

»Nein.« Nik blätterte ein paar Blätter weiter. »Prielow. Wird nirgends in den Finanzunterlagen geführt. Für die Polizei ist er auch nur ein Mitläufer, der sein Gnadenbrot verdient. Stütze hat er nie beantragt. Gemeldet ist er in der Pension. Er spielt nicht, er säuft nicht übermäßig und hält sich von Drogen fern. Er ist unauffällig.«

Beate drehte ihren Kopf zu ihm hin.

»Lass diesen Bullenjargon. Ich will etwas haben, wovon die Brüder glauben, dass ich es unmöglich wissen kann. Ist Prielow eine Gefahr? Hat er eigene Pläne. Hat er Freunde?«

»Nein, Prielow ist Einzelgänger. Außer Lehnert und Fäller scheint er zu keinem näheren Kontakt zu haben. Vielleicht noch zu Mandy.«

»Ach ja, Mandy. Aber Mandy und Gerd? Eher unwahrscheinlich.«

Nik stand auf, stützte sich auf die Umrandung des Terrassengeländers.

»Nein, die haben keinen Sex.«
Ihr Lachen kam unerwartet und war anzüglich.

»Ja … scheint ja in Mode zu sein!«

»Ich denke, er hat da eher so die Rolle des guten Onkels übernommen, nachdem Richard nicht mehr ist. Und sie nutzt das natürlich aus.«

»Nimm sie dir vor. Rede mit ihr. Vielleicht gibt es doch noch etwas, was sie bei Richard aufgeschnappt hat. Das fehlte noch, dass sie mit irgendetwas hausieren geht.«

Nik sah sie an.

»Das scheint sich auszubreiten wie ein Flächenbrand. Zuerst ging es nur um den Mord an Richard. Dann um die Machtübernahme, und nun um die allgemeine Kontrolle. Sie sollten aufpassen, dass es nicht ausufert.«

»Pass auf, Nik. Ich will das Pink Pool, ich will die Pension, ich will die Straße. Ich will das Sagen haben. Entweder du bist dabei oder nicht. Mit dir oder ohne dich. Such dir das aus. Aber solange du hier bist, machst du, was ich sage!«

Sie stand auf und verließ die Terrasse. Nik sah beiden hinterher, der Verführung und dem Risiko, alles in einer Person.

Da war sie wieder gewesen, die Herausforderung in ihrer Stimme, die ihn kribbeln ließ. Der Haken, der ihn festhielt. Aber auch die Gefahr, die von ihr ausging. Er würde sich entscheiden müssen.

*

»Alles klar, Heinz?« Udo Lehnert hielt Heinz Fäller die Hand hin. »Komm schlag ein, so ein Angebot bekommen wir so schnell nicht noch mal.«

Fäller schielte zu ihm herüber. Fühlte sich sichtlich nicht wohl in seiner Haut.

»Ehrlich, diese blöde Fotze schiebt so eine Welle … ich weiß nicht!«

»Mensch, Heinz, ich habe es dir in den letzten zwei Stunden lang und breit erklärt. Wir sind uns doch einig. Schluck die Kröte. Achtzig Mille cash für dich, noch dazu monatlich zwei Mille und unsere Partien auf der Straße. Dann haben wir genug Zeit, einen Plan zu schmieden, wie wir sie später wieder loswerden können. Geld und Zeit ist doch das, was wir brauchen. Du kannst die Russen ruhigstellen, und wenn dein großer Deal erst mal durch ist, sieht die Welt anders aus. Ich hab schon mit Dr. Grabowski gesprochen, der wird in die Verträge eine anwaltliche Karenzzeit als Klausel mit einbauen. So von wegen genügend Bedenkzeit und so. Also?«

Fäller machte ein Gesicht, als wenn er Magenkrämpfe hätte.

»Okay, du hast ja recht. Man muss die Karre nicht komplett an die Wand fahren.« Er schlug in Lehnerts Hand ein.

»Die richtige Entscheidung, Heinz, die richtige Entscheidung.« Lehnert rieb sich die Hände. »Ich leite alles in die Wege. Du musst dich um nichts kümmern. Und … Heinz … reg dich nicht auf, lass Beate einfach in Ruhe. Wir bekommen schon noch unsere Genugtuung.«

»Aber diese fette Presskohle und diesen Langen, der da immer bei der Fotze rumhängt, die schnappen wir uns auch noch, damit das klar ist.«

»Kein Thema, Heinz.« Lehnert schluckte auch diese Kröte. »Kein Thema. Aber eines nach dem anderen. Wichtig ist, Ruhe reinzubringen, Abstand zu gewinnen und alle in Sicherheit zu wiegen. Zeit ist der wichtigste Faktor.«

Fäller schob sich in Richtung Tür.

»Alles paletti. Mach mal, halt mich auf dem Laufenden. Aber lass dich nicht abzocken!«

Lehnert winkte ihm wortlos hinterher. Die Karten waren gemischt und gegeben. Jetzt kam es nur noch darauf an, das Blatt richtigzu spielen.

Das Telefon klingelte.

»Was ist?« Lehnerts Stimme war ungeduldig.

»Mandy hier«, kam es aus dem Lautsprecher, »die Pension ist zu. Gerd ist nicht da.«

»Quatsch nicht so 'nen Blödsinn. Gerd ist immer da.« Lehnert sah auf die Uhr. Siebzehn Uhr achtundzwanzig.

»Du bist sowieso zu früh. Vielleicht ist er nur mal schnell noch was einkaufen. Um sechs steht er auf der Matte.«

»Na, wenn du meinst.« Er sah Mandys Schmollmund bildlich vor sich.

»Aber ich war mit ihm um halb verabredet, weil ich mir noch die Haare machen will.«

»Wie oft hab ich euch schon gesagt, dass die Pension nicht dafür da ist? Das könnt ihr zu Hause erledigen.«

In Mandys Stimme klang Trotz mit.

»Ich war noch unterwegs, hätte ich nicht mehr geschafft!«

Lehnert hatte keinen Bock darauf, sich mit diesem Kleinscheiß aufzuhalten.

»Letztes Mal! Sonst zahlst du dafür. Klar?« Er würde mit Gerd reden müssen, dass diese Extratouren auch nicht für Mandy drin waren. Zumindest sollten sie beide nicht so bescheuert sein, dass er davon erfuhr.

»Ja … ist ja gut. Aber Gerd ist trotzdem nicht da. Machst du mir auf?«

»Lass mich mit eurem Scheiß zufrieden. Musst du eben

warten, bis Gerd da ist.« Lehnert unterbrach die Verbindung.

Das »Arschloch« von Mandy bekam er nicht mehr mit.

Gut, er konnte jetzt Beate Bescheid geben. Sollte er sie einfach anrufen? Nein, das wäre zu billig. Er würde sie zu einem Gespräch einladen, um die entscheidenden Rahmenbedingungen auszuhandeln, bevor er das Ganze an Dr. Grabowski weitergab, der die Verträge für die Eigentumsübertragungen und die Grundbucheintragungen vornehmen würde. Da gab es sicherlich noch das eine oder andere zu klären, wie die laufenden Steuern oder Instandhaltungskosten, die Abrechnung der Betriebskosten. Es war Anfang September, mit einem glatten Jahresabschluss zum 31. Dezember wäre auch die Karenzzeit gut zu begründen, damit nicht doppelte Kosten und Abschlussarbeiten aufkämen.

Das war okay so ... alles andere würde ab sofort laufen, als interne Vereinbarung. Lehnert konnte damit in Ruhe daran stricken, wie er Fällers Anteil mitkassieren könnte, das war schon mit Wassili geklärt, und vor allem, wie er Beate loswerden würde, bevor die Verträge rechtskräftig wurden.

Er war jetzt sechzig. Seine Zeit war vorüber. Er hatte es satt, jeden Abend die Angst zu spüren, wenn er vor dem Pink Pool am Tisch saß, mit den anderen Jungs, die immer böse aussahen, um sich und den Laden zu präsentieren. Er hatte die Schnauze voll davon, nicht zu wissen, was gleich passieren könnte, wenn der nächste Wagen in zweiter Spur anhielt. Er hatte nicht mehr die Nerven dafür, sich ständig umzusehen, bis er endlich zu Hause die vier Türschlösser verriegelt hatte.

Absahnen und verpissen. Egal, wer dabei den Bach runterging. Er hatte keine Zeit mehr für Kameradschaften, für Freundschaften und für irgendwelche Gemeinsamkeiten. Er brauchte fünfhunderttausend oder besser eine Million, dann wären sie ihn hier los.

Lehnert steckte sich einen Joint an, sog den Rauch tief ein und ließ ihn langsam zwischen den Lippen wieder heraussteigen. Er lächelte. Der Geist siegt über den Muskel. So war es schon immer gewesen, jedenfalls meistens oder so.

Das Lächeln war immer noch in seinem Gesicht, alser zum Telefon griff und Beates Nummer wählte.

*

Heinz Fäller wischte die fettigen Finger am Jackett ab, warf die restlichen Knochen des Grillhähnchens zu den anderen auf den Boden des Taxis und rülpste. Sie konnten ihn alle am Arsch lecken, bald war er hier der dicke Max, der King im Ring. Er hatte gerade eben mit dem PinkPool und der Pension für eine große Menge Koks bei den Libanesen oder den … kack drauf, wo die herkamen …, gebürgt. Scheiß auf Beate, scheiß auf Udo … sein Wort zählte hier. Er war Heinz Fäller. Das

Gesetz von der Oranienburger! Ende! Aus! Basta! Die beiden würden das gar nicht erfahren. Scheiß drauf. Was sollte schon schiefgehen? Er hatte alles im Griff. Bis zum Zahltag beim Libanesen hatte er den Stoff längst mit einem fetten Profit unter die Leute gebracht und sich seinen eigenen Absatzmarkt gesichert. Das war totsicher.

Totsicher! Fäller lachte belustigt vor sich hin. Totsicher war gut. Wenn es schiefging, dann für ihn auf jeden Fall. Aber es ging nichts schief. Wie denn auch? Er war Heinz Fäller, der King, der Macher, der Boss.

Auf die dicke Lieferung hatte er sich schon einmal ein halbes Kilo Vorschuss geben lassen. Davon nahm er sich eine kleine Prise. Geil! Gute Qualität! Fäller lehnte den Kopf in den Nacken und lachte wieder, als sein Telefon klingelte. Er brauchte eine Weile.

»Ja?«

»Gerd ist tot!«

»Was?«

»Mann, hör hin … Gerd ist tot!«

»Wie … wo denn?«

»Hier im Keller.«

»Fuck … wann?!«

»Vorhin. Ich mach mir Sorgen.«

»Und die Schmiere?«

»Stellen alles auf den Kopf. Haben ja jetzt einen Grund!«

162

»Scheiße!«

»Wo bist du?«

»Unterwegs.«

»Quatsch nicht so einen Scheiß. Bist du weit weg?«

»Nee.«

»Dann komm rum, alles andere wäre verdächtig.«

»Muss vorher noch zu Hause vorbei!«

»Was?«

»Aufräumen!«

»Beeil dich!«

»Ne Stunde.«

Fäller gab dem Fahrer seine Adresse an.

Fuck, fuck, fuck. Wer war da hinter ihnen her? Was für ein krankes Schwein machte Jagd auf sie? Das war der dritte von der alten Gang.

Sollten sie alle dran glauben? Egal, nicht mit ihm. Sollte sich nur an ihn ranwagen, der Spinner, er würde ihn schon erwischen und plattmachen.

Aber wer hatte ein Interesse? Uwe war tot, und der wäre der Einzige gewesen, der einen Grund gehabt hätte, der kleine Angeber. Den hatten sie hingehangen, als Bauernopfer. Weil er damals der Jüngste und doof gewesen war. Der kleine Möchtegern-Gangster, wollte immer zu ihnen gehören. Ein Weichei. Wäre nach maximal fünfundzwanzig Jahren wieder rausgekommen. Doch den hatte die Schrottpresse bei seiner Flucht erwischt. Wer kam noch infrage? Wer noch?

Fäller bediente sich noch einmal an dem Beutel. Kleines bisschen. Nur so, um sich anzuregen, um durchzublicken. Wer kam also noch infrage? Oder hatte es gar nichts mit dem Raubüberfall von damals zu tun? Vielleicht irgendeiner, den sie mal fertiggemacht hatten? Oder ein Irrer, der sich auf einen Rachefeldzug gemacht hatte, ohne selbst betroffen zu sein?

Egal, wenn das Arschloch es bei ihm versuchen würde, käme er an den Falschen. Er würde ihm die Fresse bis in den Dickdarm prügeln.

Das Taxi hielt, Fäller bezahlte und stieg aus. Bevor die Bullen auftauchten, musste er noch ein paar Dinge in den Kellerverschlag im Nachbarhaus bringen, den er dort unter anderem Namen gemietet hatte.

*

Nik stand in der Dusche von Beates Penthaus und schäumte sich ein. Es war passiert. Er hatte mit Beate geschlafen.

Sie hatten auf der Terrasse über die Zustimmung von Fäller und Lehnert zur Übernahme der Pension und der Bar gesprochen. Von dem baldigen Notartermin und diesen Dingen. Nik hatte auf der Liege gelegen, und Beate hatte ihnen Drinks geholt. Sie war neben ihm stehengeblieben und hatte ihm den

Whiskey gereicht. Ihr Rock war kurz, so kurz, dass er geglaubt hatte, sie riechen zu können. Er hatte sich eine Zigarette angesteckt und sie angesehen. Und dann war da diese Stimme, kalt und geschäftlich.

»Was ist eigentlich mit dir? Bist du impotent? Oder stehst du auf Kerle?«

Beate nahm ihm die Zigarette aus dem Mund. Ihre Brüste drängten sich zum Ausschnitt des dünnen Tops. Nik lächelte.

»Wie kommst du denn auf so etwas?«

Beate blieb in der vorgebeugten Haltung, schaukelte leicht mit dem Oberkörper.

»Jeder andere hätte schon zugegriffen! Was brauchst du? Eine Extraeinladung?«

Nik fühlte, wie ihn die Erregung ergriff. So wollte er es haben.

»Mach mir ein Angebot!«, lächelte er ihr zu.

Beate richtet sich auf, sog an der Zigarette. Sie ging zum Schreibtisch, kam zurück und hielt ihm einen Scheck hin.

»Du kannst ihn selbst ausfüllen, unterschrieben ist er!« Die Stimme war rein kühl.

Nik verschränkte die Arme hinter dem Kopf.

»Sag es!«

Beate sah ihn an, eine Augenbraue schob sich hoch, ihr Blick blieb abschätzend, ihr Lächeln hatte etwas von einem Skalpell.

»Drecksack! Ich wollte dich vom ersten Augenblick an haben.«

Ihr Blickduell dauerte, bis Nik lächelte und nickte. Sie streifte ihm die Trainingshose samt Slip herunter, und endlich war das Kühle in ihrer Stimme weg. Sie war heiß, sie vibrierte, sie war erregt.

»Und jetzt mach mit mir, was du willst, aber mach es richtig!«

Beate schwang ein Bein über ihn auf die andere Seite der Liege, sodass sie ihm den Rücken zudrehte, und Nik sah, dass sie kein Höschen trug.

*

»Schatz«, flötete Beates Stimme aus der Küche, als Nik sich gerade abtrocknete. »Willst du was Besonderes zum Frühstück?«

Nein, bitte nicht jetzt das, dachte Nik und antwortete nicht, während er die wunden Stellen an seinem Körper abtupfte, die ihre Fingernägel hinterlassen hatten.

»Niiiiiik?«, tönte es langezogen herüber.

Bloß jetzt nicht derselbe Kram wie immer, ging es ihm durch den Kopf, als er ihre Schritte vernahm. Nik streifte sich vorsichtig das T-Shirt über und schlüpfte in die Jeans.

»Hast du mich nicht gehört?«, fragte Beate sanft, als sie im Türrahmen stand. Sie war ungeschminkt, trug ein langes

T-Shirt und flache Hausschuhe. Er sah die kleine dicke, rötliche Ader an ihrem Fußknöchel und noch eine. War die schon vorher da gewesen? Die Haare schienen nicht mehr so zu glänzen wie gestern Abend. Oder hatte es nur am Lichtschein gelegen?

Sie kam auf ihn zu, legte beide Hände auf seine Schultern.

»Alles okay, Großer?«

Winzige, hauchdünne Fältchen entstanden um die Oberlippe, ebenso um ihre Augen, wenn sie lächelte. Nik entschloss sich zur Diplomatie.

»Alles okay. Ich muss heute nur mal nach Hause. Post nachsehen und so.« Er übersah das Verlangen in ihren Augen, von ihm geküsst zu werden, löste vorsichtig die Hände von ihren Schultern, zwinkerte ihr dabei zu.

»Ich bin bald zurück!«

Auf dem Weg zur Eingangstür griff er seine Lederjacke, drehte sich im Korridor noch einmal um, lächelte.

Beate sah ihm noch einen Moment lang nach. Was für ein Mann und was für ein Glück, dass sie damals auf dem Boot seine Visitenkarte zwischen Richards Post gefunden und sich seine Kontaktdaten notiert hatte. Und das nur, weil sie da schon geahnt hatte, dass es notwendig sein könnte, ein Auge auf Richard und diese kleine Hure Mandy zu haben. Zu dem Zeitpunkt war es ihr egal gewesen, wen sie beauftragen würde. Ob der nun alt, dick oder sonst wie aussehen würde.

Aber dann, als sie diesem Brocken das erste Mal in die Augen gesehen hatte, war sie sofort scharf auf ihn gewesen. Und jetzt hatte sie ihn. Vielleicht sollte sie alles zu Geld machen, mit ihm in den so viel gerühmten Sonnenuntergang fahren und die Jahre gemeinsam mit ihm genießen. Beate seufzte, fühlte dieses Kribbeln bei dem Gedanken an ihn und beschloss, ihm im gemeinsamen Schlafzimmer eine Schublade einzurichten.

*

Sie hatten am Freitag gevögelt, am Samstag und auch am Sonntagmorgen. Nik wusste nun, welche *Knöpfe* er zu drücken hatte und wie sie sich bewegte. Ihr »beiß mir in die Nippel« kam immer an der gleichen Stelle, und sie war so verflucht nachgiebig geworden. Es war wie immer. Einziehen. Gemeinsamkeiten. Zukunftspläne. Nik wurde es nur bei dem Gedanken daran zu eng. Er brauchte Luft. Brauchte Bewegungsfreiheit.

»Ich werde noch ein paar Runden trainieren gehen«, erwähnte er so ganz nebenbei, während er sich aus dem Bett schwang. Beate sah ihm zu.

»Was denn? Heute, am Sonntag? Leib … wächter …«, sie dehnte die Worte betont und versuchte ihrer Stimme einen zweideutigen Klang zu geben, »kann man schließlich auch anders interpretieren!«

»Sie brauchen sich da keine Sorgen zu machen. Ich denke, Fäller und Lehnert haben im Moment andere Probleme.« Nik ging zum Gästezimmer, wo er seine Sachen untergebracht hatte.

»Findest du das jetzt nicht ein wenig blöd, das mit dem Sie?«

»Wo sind denn meine T-Shirts? Meine Unterwäsche?«, rief Nik, ohne ihren Einwand zu beachten.

»Hier. Ich habe dir im Schlafzimmer eine Schublade eingerichtet!«

Nik erschien im Türrahmen und sah sie fragend an, folgte Beates Finger und ging zu der Kommode.

»Was ist? Was hab ich falsch gemacht?« Ihre Stimme zitterte ein wenig.

»Nichts! Gar nichts!« Nik zog sich an. Griff seine Sporttasche und ging in Richtung Ausgang.

»Wann kommst du wieder?« Ihre Stimme erreichte ihn mit einer Mischung aus Angst und Trotz.

»Weiß noch nicht. Später!«, antwortete er, dann fiel die Tür ins Schloss.

*

BÄMM!

Der Montag begann mit einem Paukenschlag! Die Schlagzeilen der Boulevardzeitungen wirbelten alles durcheinander. Die Vernehmungsstrategie von Rausch, die taktischen Überlegungen von Lehnert, die Gier von Fäller, die Machtgelüste von Beate und die Handlungen von Nik. Sie mischten die Karten neu und stellten alles zurückauf null.

BAUSCHAUM-KILLER AUF RACHEFELDZUG IM
MILIEU? ROTLICHTLEGENDEN AUF DER TODESLISTE?
PSYCHOPATH IM
BLUTRAUSCH?
VERTEILUNGSKRIEG IM KIEZ?

Sogar dem Frühstücksfernsehen war das eine Erwähnung wert. Wütend feuerte Rausch die Zeitungen in die Ecke auf den Stuhl.
Verdammt, das hatte gerade noch gefehlt. Alles umsonst. Seine Fragen, seine Tricks, seine kleinen Psychofinessen, mit denen er heute bei den Vernehmungen herausfiltern wollte, wer von den Vorgeladenen Täterwissen haben könnte.
Nichts war es mit der Formulierung: »Woher wissen Sie das denn?« Die allumfassende Antwort würde heißen: »Steht doch in der Zeitung!«
Er hatte schon gestern Abend ein paar Anrufe von der Journaille zu dem Thema erhalten und dabei erfahren, dass der Hausmeister, der Prielow gefunden hatte, es seiner Familie erzählt hatte, seine Frau einer Freundin und die Kinder in der Schule. Na ja, irgendjemand hat es dann der

Presse gesteckt. Die hatten auch ihr eigenes, ausgezeichnetes Netzwerk und ruckzuck den anderen Bauschaummord in Brandenburg entdeckt, man hatte den Jäger Marquardt und seinen Dackel gefunden, und von da aus war es nur ein Sprung zu Richard Zastrow und den ganzen alten Geschichten gewesen. Der Hauptkommissar war sich darüber im Klaren, dass es auch im eigenen Stall und in der Gerichtsmedizin genügend schwache Stellen gab, die mal etwas durchließen. Vor allem auch Details, wie das Basiswissen belegte, mit dem die Medienvertreter an die Öffentlichkeit gingen.

*

Lehnert sah unsicher zum Fenster, zur Tür. Verdammt, was sollte das? Wieder schaute er auf die Schlagzeile mit dem Bauschaum-Killer. Die Gazette hatte die Details und den möglichen Todeskampf in aller epischen Breite beschrieben, sodass er fast fühlte, wie ihm die Luft knapp wurde. Da half auch der zweite Joint an diesem Morgen nichts. Er las noch einmal die Stelle mit den Tätowierungen und wischte sich unwillkürlich über die Augen. Prielow, Zastrow, Gohlke ... wer war der Nächste? Wer verfolgte da welches Ziel?

Udo Lehnert sah zu dem Foto an der Wand, das ihn zusammen mit Richard, Sven, Bernd und Heinz zeigte. Prielow hatte es geschossen, damals, wann war das gewesen? Ach ja, Weihnachten 1977, als sie noch stark gewesen waren, bereit, die Welt zu übernehmen und sich unschlagbar gefühlt hatten. Da hatte sich die BAD CITY AG gefunden. Was für eine Zeit! Noch keine fünfundzwanzig war er da gewesen. Die Welt hatte ihnen offen gestanden.

Und jetzt? Fast vierzig Jahre später? Wer machte Jagd auf sie? Die Russen? Blödsinn, die wollten Ruhe und Stille bei ihren Geschäften.

Außerdem, was wussten die schon von Gohlke oder Gross? Die Rocker? Quatsch, da galt das Gleiche.

Irgendwo draußen auf der Straße polterte es. Lehnert zuckte zusammen und sah vorsichtig aus dem Fenster. Nur die Müllabfuhr.

*

Heinz Fäller schaute auf seine Rolex. Erst acht Uhr. Müde und träge griff er zu einer Zigarette auf dem Tisch, zündete sie sich an. Nach der Hälfte drückte er sie wieder aus, grunzte irgendetwas und drehte sich noch einmal herum.

*

Nik hatte ihr die Zeitung mit der Schlagzeile nach oben auf den Frühstückstisch gelegt, sodass Beate nicht an ihr vorbeisehen konnte. Die BAD CITY AG. Die guten alten Zeiten. Und jetzt dieses Chaos, das sie aus dem gewohnten Rhythmus gerissen hatte.

Richard könnte noch leben. Er könnte seinen Schwanz weiter in junge Weiber stecken. Sie könnte weiterhin Geld anhäufen oder ausgeben.

Und Nik? Den hätte sie vielleicht auch ohne Richards Tod kennengelernt. Vielleicht ebenso zufällig, wie sie die Visitenkarte in der Post auf dem Boot entdeckt hatte, die an einem Flyer geheftet gewesen war.

Wahrscheinlich per Handverteilung im Briefkasten der Bar gelandet, von Richard mit aufs Boot gebracht und achtlos auf den Sekretär geworfen. Und wenn sie den großen Kerl nicht getroffen hätte, dann würde sie ihn auch nicht vermissen, so wie sie es jetzt tat.

Aber was steckte hinter der Mordserie? Ihre Gedanken machten Sprünge. Gut, sie war davon nicht betroffen, sie gehörte nicht zu der alten Gang. Sie war nur eine der zahllosen Huren und Geliebten der Gang gewesen, bis Richard sie für sich beansprucht hatte.

Was hatten die Jungs damals verbrochen, dass sie so qualvoll sterben mussten? Der Überfall damals? Ach was, das war verbüßt. Das Geld war längst in die Geschäfte geflossen, war legalisiert. Trummler war tot. Den hatten sie reingelegt. Hatten ihm über den Anwalt bestellen lassen, dass er schweigen sollte, dass sie sich um die Frau, das Kind und um die Flucht kümmern würden. Aber nach dem Urteil hatten sie ihreZusagen vergessen. Einfach alles. Er hatte weiter geschwiegen, an sie geglaubt und noch monatelang mit den Anwälten korrespondiert. Das hatten sie zwar mitbekommen, aber das Leben auf dem Kiez hatte ihn bereits vergessen. Dann hörten sie achtzehn Monate lang nichts mehr von ihm, bis zu dem Ausbruch und bis zu der Meldung über seinen Tod.

Aber Trummler war ja nicht der Einzige, den sie in diesen Jahren angeschissen, betrogen und verletzt hatten. Wer weiß, wer da noch eine alte Rechnung zu begleichen hatte?

Beate drehte die Zeitung um, sodass sie die Schlagzeile nicht mehr lesen musste. Sie lächelte. Vielleicht setzte die Presse damit auch Lehnert und Fäller unter Druck, und sie konnte den Preis für den Laden und die Pension noch einmal drücken.

Das Telefonklingeln weckte ihre Aufmerksamkeit.

»Ja?«

»Ich bin's.« Niks ruhige Stimme bereitete ihr augenblicklich ein warmes Gefühl in der Magengegend. »Ich schaffe es nicht mehr, dich rechtzeitig zur Polizei abzuholen. Komm doch mit dem Taxi, und wir fahren zusammen zurück, wenn ich durch bin!«

»Was ist denn? Ist was passiert?« Ihre Stimme signalisierte Enttäuschung.

»Alles gut. Du hast die Zeitung gelesen? Ich treffe mich noch mit einem der Reporter. Vielleicht erfahre ich etwas.«

174

»Ach so! Ja, dann sehen wir uns in der Keithstraße!«

»Sicher!« Es klickte in der Leitung, und Beate drehte die Zeitung wieder mit der Schlagzeile nach oben.

*

Das kleine Pressecafé Ecke Axel-Springer-Straße und Oranienstraße war eng und überfüllt. Doch Ullrich Wollewski war es gelungen, einen Tisch in der Nische am Fenster zu reservieren. Das war der Vorteil, wenn man in dem Verlagsgebäude arbeitete, das seinen mächtigen Schatten über die Kreuzung warf.

Nik sah Wollewski sofort, der ihn mit der dicken, fleischigen Hand zu sich heranwinkte.

»Hallo Nik! Hierher!«, flötete er fröhlich durch den Laden. Die Frauen sahen enttäuscht zu Nik, und die Männer grienten in sich hinein.

Überschwänglich begrüßte Wollewski seinen Gesprächspartner. Sein Händedruck war auffällig kraftlos. Sie kannten sich. Nik hatte dem homosexuellen Wollewski vor Monaten aus der Klemme geholfen, als dieser mit ein paar sehr pikanten Fotos erpresst worden war, die seine berufliche Karriere beendet hätten.

»Hach, du bist aber auch spät dran. Wir haben gleich eine Konferenz. Ich habe nur eine Viertelstunde Zeit!«

Nik schmunzelte. Wollewski konnte seine sexuelle

Konditionierung nicht verbergen, glaubte aber fest daran, dass man sie ihm nicht anmerkte. Nik sah auf die Uhr.

»Was denn? Ich bin drei Minuten vor der Zeit hier!«

»Ja, ja … komm schon. Red dich nicht raus. Was hast du denn auf dem Herzen?«

Nik wusste, dass Wollewski ein Pünktlichkeitsfanatiker war, wenn er sagte eine Viertelstunde, dann meinte er auch eine Viertelstunde. Also kam Nik gleich auf den Punkt.

»BAD CITY AG? Bauschaum-Killer?«

»Ach herrje. Was soll ich da sagen? Wir tappen völlig im Dunkeln. Spekulieren bisher nur.«

»Ulli!« Nik machte eine bedeutungsvolle Pause. »Was spekuliert ihr denn so in den Redaktionen? Und ich meine nicht das, was heute schon in den Zeitungen steht!«

Der Dicke zögerte einen Moment, machte dann ein verschwörerisches Gesicht und hielt sich die Hand vor den Mund, damit ein eventueller Lippenleser chancenlos blieb. Das hatte er sich bei den Fußballtrainern im Fernsehen abgesehen und brachte es bei jeder Gelegenheit unter. Manchmal sogar bei internen Sitzungen im Verlagshaus.

»Ich kann mich darauf verlassen, dass du das vertraulich behandelst?«

»Absolut!«

Nik hatte bei Wollewski einen riesigen Vertrauensbonus. Dessen Stimme wurde leiser.

»Na ja, unsere Verlagsleitung versucht im Moment, an die Akte von Michael Trummler zu kommen.«

»Michael Trummler?«

»Der Bruder von Uwe Trummler. Spezialeinheit Militär. KSK. Danach auch Söldner. Vielleicht sogar Blackwater. Der hätte so etwas drauf.«

»Sicher?«

Wollewski schaute auf die Uhr, wurde unruhig.

»Nein, nur Vermutung.«

»Was sagt die Polizei dazu?«

»Hör mal, die versuchen doch selbst die Akte komplett zu öffnen. Haben ja schon einen Teil bekommen. Aber da steht nicht alles drin. Es gibt immer einen Anhang.«

»Und ihr bekommt den?«

»Nik … bitte nicht so naiv. Seit wann haben die Behörden einen besseren Zugriff als die Presse?«

Der Journalist kramte in seiner Tasche, aber Nik winkte ab.

»Lass mal, bist mein Gast!« Im selben Augenblick fiel ihm noch etwas ein. Er griff in die Innentasche seiner Lederjacke und holte ein Foto heraus, es zeigte fünf Männer und eine junge Frau mit Baby am Tresen.

»Kennst du die?«

Wollewski schob sich seine Brille bis zur Nasenspitze und lugte über den Brillenrand, während sein Finger von rechts nach links auf die Personen tippte.

»Gohlke, Zastrow, Fäller, Lehnert und Gross!«

»Das ist Gross?« Nik sah den Dicken an.

»Ja. Aber der schiebt seit ein paar Jahren Knast und ist seit etwa sechs Monaten im Freigängerstatus in der JVA Heidering bei Blankenfelde.«

Sechs Monate, schoss es Nik durch den Kopf, lange genug, um für die Morde infrage zu kommen. Insiderwissen hatte der bestimmt.

Barry White mit »You Are The First, My Last, My Everything« unterbrach seinen Gedankengang. Wollewski griff in die Tasche, holte sein Handy heraus und drückte den Erinnerungston weg.

»Mein Termin, ich muss!«

Er stand auf und versuchte umständlich hinter dem Tisch hervorzukommen, rempelte jemanden am Nachbartisch an, entschuldigte sich und blieb vor Nik stehen.

»Mach es gut. Vielleicht mal auf einen Drink abends?«

Nik lächelte und wusste, dass das nie passieren würde.

»Na klar. Wenn es passt, gerne!«

Wollewski nahm die Lüge gerne mit und war zwei Schritte gegangen, als ihn Niks Stimme einholte.

»Ulli!«

Der Journalist dreht sich herum, und einen Augenblick keimte Hoffnung in ihm auf, die sogleich erstarb, als er sah, dass Nik das Foto hochhielt. Er ging noch einmal zurück.

»Wer ist das?« Nik zeigte auf den Barmann im Hintergrund.

»Das ist Renzo!«

»Renzo?« Niks Stimme war verständnislos.

Der Dicke wurde nervös, er musste zur Konferenz.

»Na, einer der Barmänner, die immer dabei waren. Mal der, mal 'n anderer. Ich muss jetzt!« Er drehte sich wieder um.

»Und die Frau?« Nik hielt das Foto hoch.

»Irgendeine von den Tussen damals!« Der Dicke verschwand endgültig im Gedränge.

Nik sah auf die Uhr. Zeit für Kriminalhauptkommissar Rausch.

*

Rausch besah sich seine Hände. Weiß mit den ersten braunen Flecken gesprenkelt und mit brüchigen Fingernägeln. Die Luft im Büro roch unangenehm, was auch auf Lehnerts Schweißgeruch zurückzuführen war, der ihm nun seit fünfzehn Minuten gegenübersaß. War es der Schweiß oder war es dieser süßlich herbe Geruch, diese Mischung aus Nachtbar und Kifferei, der aus den Klamotten stieg?

Kriminaloberkommissar Betke stand bewegungslos an der Wand im Rücken von Lehnert. Rausch hob den Kopf.

»Nu komm, wir wissen doch beide Bescheid. Lass die kleinen Tricks, und wir sind hier schnell fertig. Wir haben mitbekommen, dass die Russen euren Laden übernehmen wollen! Ist doch seltsam, dass gerade jetzt Zastrow, Gohlke und Prielow ermordet werden. Und nicht du, die Zastrow und Fäller? Ist das etwa nur eine Warnung an euch? Damit ihr gleich begreift, wie nah sie an euch dran sind! Hat Richard sich gegen die Übernahme gewehrt?«

Lehnert hob die Schultern. In seinem Kopf rauschte es, er konnte nicht klar denken. Was wussten die Bullen von seinen Verkaufsabsichten?

Rausch setzte nach.

»Hör auf damit. Schulterzucken und so hilft nicht. Hat Tarassow dir schon ein Angebot gemacht?«

»Wer?«

Rausch beugte sich vor, pochte mit dem Knöcheln seiner rechten Hand auf den Tisch.

»Lehnert! Hör auf! Denk nach! Die schenken euch nichts. Wir sind die einzige Chance, die ihr habt, draußen in Rente gehen zu können. Mensch Lehnert, du bist doch lange genug im Geschäft. Tarassow sage ich. Tarassow der Russe. Der einmal in der Woche zu dir in den Laden kommt. Sicher nicht nur, um dir guten Tag zu sagen. Der Tarassow!«

Lehnert fing sich und kam zu der Überzeugung, dass Rausch nichts Genaues wusste, sondern nur versuchsweise herumstocherte.

»Ach der. Sie meinen Wassili, Herr Kommissar. Ja,

Wassili. Das ist unser Getränkelieferant. Der kommt und holt die Bestellungen ab und macht die neuesten Angebote.«

»Na klar.« Rauschs Ton wurde spöttisch. »Kommt im Zeitalter von E- Mail mit Zettel und Block persönlich vorbei.«

»Das fehlt heutzutage ein wenig. Das Persönliche, das Menschliche eben«, versicherte Lehnert mit treuem Augenaufschlag. Rausch beruhigte sich.

»Na komm, erzähl nix. Der hängt doch voll bei euch mit drin.«

»Nee, Herr Hauptkommissar. Da läuft nichts. Ehrlich!« Rausch griente.

»Na klar. Logisch. Ist bestimmt nur ein Freund von euch. Ebenso persönlich wie der Killer, nicht wahr? Was sagst du denn dazu? Glaubst du, dass der dich auch noch besucht? Kommen wir zurück zur eigentlichen Frage: Wo warst du letzte Woche, als Prielow bei euch im Hinterhaus ermordet wurde?«

»Nu machen Sie aber mal halblang. Ich wüsste selbst gerne, warum das alles passiert. Und ich? Nee, warum sollte ich umgelegt werden? Wüsste ich nicht. Um wie viel Uhr ist denn der Gerd umgelegt worden?«

Rausch blätterte kurz in der Akte.

»Zwischen fünf und sechs Uhr etwa. Er hatte schon alles abgerechnet und abgeschlossen.«

»Na, dann bin ich aus dem Schneider. Ich halt ja nicht

mehr so lange durch und verpfeif mich jedes Mal gegen drei Uhr.« Lehnert sah erleichtert aus. »Den Rest im Laden macht dann Heinz. Und natürlich Gerd, als er noch lebte.«

Rausch öffnete wie zufällig die Mappe mit den Tatortfotos.

»Kannst du beweisen, dass du zu Hause warst?«

Lehnert schielte zu den Fotos.

»Ja, meine Überwachungskameras haben aufgezeichnet, wie ich gekommen bin!«

»Deine eigenen Kameras. Ist natürlich sehr glaubwürdig.«

Rausch stand auf und stieß dabei die Mappe mit den Fotos vom Tisch, sodass sie rüber zu Lehnert rutschten und vor ihm auf den Boden fielen. Der konnte nun nicht anders, als sie anzusehen. Zuerst schaute er entsetzt weg, dann sah er wieder hin, auf die verzerrten Gesichtszüge von Prielow, auf den Bauschaum, der unter dem Klebeband aus dem Schnitt hervorquoll, auf das Blut, das sich in dünnen Rinnsalen einen Weg aus den Augenlidern über das Gesicht gebahnt hatte, um am Hals und auf dem Türblatt einzutrocknen. Und Lehnert sah das Obduktionsfoto mit dem geöffneten Schädel. Er würgte und erbrach sich in den Papierkorb, den ihm Rausch geistesgegenwärtig hingeschoben hatte.

Der Kriminalhauptkommissar nickte zu Betke.

»Schnapp dir das Weichei, und ab mit ihm zur Erkennung. Das ganze Programm.«

»Fahr da rüber!« Fäller zeigte mit dem Finger zum Hotel auf der anderen Seite der Kurfürstenstraße. Der Taxifahrer reihte sich links ein und setzte den Blinker, während Fäller schon in den Taschen nach Geld suchte. Der Wagen wendete auf die Gegenfahrbahn und hielt genau vor dem Eingang.

»Achtundzwanzig!«

»Stimmt so, und verballer nicht alles auf einmal!«, ließ Heinz Fäller verlauten und reichte dem Fahrer einen Zwanziger und einen Zehner rüber. Als er ausstieg, vernahm er die Stimme des Taxifahrers.

»Ne, keene Sorje, Meester. Von dem Zwilling mach ick mir selbstständich, wa!«

Fäller grinste, er mochte den bitteren Humor der Spießer, wartete noch, bis das Auto weiterfuhr und lief dann die paar Schritte bis zu dem Steakhaus an der Keithstraße. Zwanzig vor zehn, viel zu früh für ihn. Scheiß Bulle.
Nur weil der Schlafstörungen hatte, musste er so früh raus. Das Steakhaus hatte noch geschlossen, aber Tische und Stühle standen draußen. Um diese Zeit war hier noch nicht viel Fußgängerverkehr.

Fäller setzte sich an einen der Tische, der von einer großen Pflanze zur Straße hin halbwegs verdeckt wurde, und gönnte sich in unmittelbarer Nähe des

Landeskriminalamtes erst einmal eine Nase von dem weißen Puder, das ihn immer so jung und so unschlagbar machte.

Er lehnte den Kopf zurück und betrachtete den Himmel. Alles arme Wichser, alles dilettantische Lutscher. Nur noch ein paar Tage, dann konnten ihm die Bullen den Arsch lecken, aber da, wo es besonders bitter ist.

Verdammt, die Bullen. Ein Blick auf die Uhr zeigte ihm, dass es fünf vor zehn war. Noch durfte er nicht auffallen. Fäller stand auf und ging in Richtung LKA, Keithstraße, Abteilung Delikte am Menschen.

*

»Und?« Rausch sah Betke an.

»Niemals! Der foltert keinen. Der schießt höchstens oder lässt schießen.

Lehnert ist eine Pfeife in Sachen persönlicher Gewalt!« Rausch nahm sich die nächste Akte. »Ist denn unser Freund Fäller schon da?«

Betke öffnete die Tür, sah hinaus, und Rausch hörte sein »Dann komm mal rein!«.

Fällers wuchtige Figur schob sich durch den Eingang. Die Flecken auf seiner Hose und seiner Jacke zeigten, dass es ihm egal war, was man von ihm dachte. Rausch betrachtete ihn ein paar Momente, als Fäller sich unaufgefordert auf einen der Stühle setzte.

»Was is'?«, eröffnete Fäller das Gespräch.

»Ruhig, Fäller, ganz ruhig. Guck dir erst mal das hier an!«

Rausch schob ihm die Fotos vom Tatort und der Obduktion Prielows rüber. Fäller musterte die Bilder mit der ihm eigenen Gefühlskälte, zuckte mit den Schultern.

»Arme Sau. Was geht mich das an?«

»Er war dein Freund. Ihr habt euch seit Jahrzehnten gekannt!«

»Was willst du? Soll ich für die Beerdigung spenden? Wie viel?« Fäller griff in seine Taschen, holte ein Knäuel loser Scheine heraus.

»Lass deine paar Penunsen mal stecken. Die wirst du noch brauchen, wenn Wassili erst einmal in eurem Laden hinter dem Tresen steht!« Rausch schob die Fotos zusammen, um sie wieder in den Hefter verschwinden zu lassen. Jetzt hatte er Fällers uneingeschränkte Aufmerksamkeit. Der kniff die Augen zusammen und machte die Lippen schmal.

»Wie? Wassili? Unseren Laden übernommen? Auf was für einem schmalen Brett rudert ihr denn?« Die Pranken von Fäller kneteten die Armlehnen des Stuhls, auf dem er saß. Rausch ließ sichZeit.

»Ach? Haben dir dein Freund Udo oder Beate Zastrow nichts von den Plänen erzählt? Oder ist dir das durch dein Kokszentrum gerutscht?«

Fäller pumpte, Adrenalin schoss ihm in den Kopf. Seine

Stimme wurde laut.

»Na sag mal. Bist du irre?« Er schob sich leicht aus dem Stuhl. Betke war mit drei Schritten bei ihm, drückte ihm auf die Schulter. Unter der Jacke spannten sich beachtliche Muskelstränge, und Betke bereitete sich auf eine böse Überraschung vor. Der Griff aber brachte Fäller halbwegs zur Besinnung, erinnerte ihn daran, wo er sich befand.

Rausch gab sich väterlich. »Nu aber mal ganz friedlich. Ich dachte, ihr wärt euch alle drei einig!«

Fäller verstand nur Bahnhof.

»Was? Wer ihr drei? Von was labern Sie eigentlich!«

Rausch nickte wissend vor sich hin, blätterte in den Unterlagen.

»Na, Udo, Beate und du? Dass ihr an den Russen verkauft! Das husten doch schon die Invaliden beim Aufstehen, dass Tarassow beinbreit mit drin ist! Der drückt euch doch raus. Wann geht ihr denn in Rente? Noch dieses Jahr?«

Fällers Halsschlagader nahm gefährliche Ausmaße an und pumpte wie verrückt.

»Wo ist das denn her? Wer erzählt denn so einen Scheiß? Ich müsste es ja wohl wissen! Hier wird nix verkauft. Schon gar nicht an den Russen!«

Rausch hob beschwichtigend beide Hände. Seine Stimme triefte vor Rücksichtnahme.

»Ruhig Heinz, ruhig. Du weißt doch, man munkelt und

tuschelt. Da wird schon Personal gesucht und so. Kennst du doch. Wir haben unsere Ohren auch überall. Udo war schon hier und hat zumindest nicht generell abgestritten. Du weißt doch, wie das ist. Wie bei den Fußballprofis beim Vereinswechsel. Dementi, Dementi, und dann ist das Ding perfekt. Beate kommt auch noch. Soll ja wohl auch schon so weit sein. Aber wer weiß das wirklich genau. Na, dass die verkauft, wäre ja normal, jetzt wo Richard nicht mehr ist. Oder übernehmt ihr den Anteil von ihr für kleines Geld und drückt es dann Tarassow mit einem ordentlichen Aufschlag aufs Auge?«

Fällers Gesicht nahm eine leicht rötliche Färbung an.

»Diese miese Fotze kriegt gar nix. Überhaupt nix. Von wegen an den Russen verkaufen. Dieses hinterfotzige Stück Scheiße!«

Rausch schlug mit der flachen Hand auf denSchreibtisch.

»Mann … Fäller! Reiß dich zusammen. Rede vernünftig. Ich will hier keine Unruhe stiften. Verstehst du? Ich will da nichts gesagt haben. Das war nur mal so unter uns. Wird eben viel gequatscht den ganzen Tag. Ist alles nur Spekulation. Wir wollen an den Mörder rankommen, der da gerade Jagd auf euch macht. Sag mal, die Sache mit Richard, mit Sven und mit Gerd. Was meinst du denn? Wer ist da hinter euch her?«

Rausch lehnte sich zurück und fixierte Fäller, der ihn verständnislos ansah.

»Wie ich? Woher soll ich das wissen? Soll ich deinen Job machen? Wer ist denn hier der Bulle?«

»Vorsichtig Fäller, vorsichtig. Immer schön höflich bleiben. Wo warst du, als man Richard umgebracht hat? Hast du ein Alibi?«

Fäller schien angestrengt nachzudenken, gab es dann aber auf.

»Habt ihr sie noch alle auf der Latte? Woher soll ich das denn jetzt noch wissen? Ich frage dich ja auch nicht, wo du vor ein paar Wochen warst, abends um neun. Da haben sie mir nämlich den Wagen aufgebrochen. Könnte mir gut vorstellen, dass das einer von euch war. Hast du da ein Alibi?«

Betke grinste. Rausch griff zu seinem Terminplaner, blätterte darin herum, sah Fäller an.

»Hast du das genaue Datum? Ich könnte mal nachsehen!« Fäller blies die Backen auf und lies ein Zischen hören.

»Lustig, sehr lustig, Kommissar!«

»Drei Tote sind nicht lustig. Überhaupt nicht lustig. Was weißt du darüber?«

»Nix weiß ich. Gar nix. Aber wenn der Vogel das bei mir probiert«, Fäller kramte in seiner Jacketttasche, Betke ging auf Habacht, »dann hau ich ihm die Zähne so tief rein, dass er sich die Zahnpasta zum Zähneputzen zwischen die Arschbacken schmieren muss!« Fällers Faust kam mit einem Schlagring wieder zum Vorschein, die er Rausch geballt entgegenhielt.

Rausch hielt sich die Augen zu, senkte den Kopf und
schüttelte ihn.

»Heinz, du Idiot, pack das Ding weg«, und zu Betke
gewandt, »ab mit ihm zu Erkennung!«

*

Mandy blieb vor Nik stehen. Sie war schnell bei Rausch
fertig gewesen. Hatte nicht viel zu sagen gehabt. Sie kannten
keinen, war nirgendwo dabei gewesen und wusste
überhaupt nicht, was die Polizei von ihr wollte.

So war das schon immer gewesen, seitdem man sie mit
vierzehn unter Onkel Volkers Dusche hervorgeholt hatte.
Nein, sie hatte nicht verraten, dass er sich anal mit ihr
vergnügt hatte, sie hatte der Bullerei erzählt, dass sie nach der
Schule, auf dem Weg nach Hause, in den Regen gekommen
wäre.

Und da Onkel Volkers Wohnung, der tatsächlich ihr Onkel war,
näher lag als ihr Elternhaus, hätte sie dort geklingelt, um den
Regen abzuwarten. Onkel Volker hätte sie heiß duschen
geschickt. So ihre Geschichte, als die Polizei vor der Tür
gestanden hatte. Nachbarn hatten Schreie gehört.

Na klar hatte es wehgetan, auch wenn Volker Margarine
genommen hatte. Aber sie erklärte das Geschrei damit, dass
die Dusche zuerst zu heiß und dann zu kalt gewesen wäre.

Seitdem wusste sie, dass es am besten war, die drei Affen zu spielen – nichts sehen, nichts hören, nichts sagen. Onkel Volker hatte noch lange ihr Taschengeld aufgebessert, und mit sechzehn nahm Fred sich ihrer als Manager an, später dann Kurt. Sie verdiente viel Geld, verlor viel Geld, und die Manager wechselten, bis sie vom Prinz vor einigen Wochen für zwölf Mille an Richard abgetreten worden war.

Der Prinz, bürgerlich Tim Strunzke, war bei den Albanern in der Brenne und brauchte die Kohle. Okay ... sie war ein Stück de Luxe, und Richard war scharf auf sie. Bis auf die letzten zwei Wochen vor seinem Verschwinden war die Zeit mit Richard erste Sahne für sie gewesen.

Richard hatte sich zusehends zum »Sugar-Daddy« entwickelt. Aber nichts davon hatte mit dem hier zu tun. Nicht mit dem Mord an Richard und nicht mit den anderen Morden.

Na klar würden sie ihre DNA auf dem Bettlaken finden. War doch logisch, da hatte sie schließlich mit Richard drauf gevögelt.

Wer die andere Frau gewesen war, hatte Rausch sie gefragt. Mandy hatte ihm geantwortet, dass sie alleine gewesen wären, dass sie Richard alleine genügt hatte. Obwohl, ging es ihr durch den Kopf, so einen Dreier, vielleicht mit Richards Frau, keine üble Idee.

Und nun traf sie den Langen hier auf dem LKA, den sie

damals in die Falle im Hausdurchgang zur Pension gelockt hatte. Er sah auf sie herunter und lächelte. Mandy legte ihm beide Hände auf die Brust, holte ihr naivstes Gesicht aus der Trickkiste.

»Na Langer? Erkennst du mich? War ja damals nicht so prickelnd für dich!«

Nik betrachtete das Puppengesicht und fühlte die Wärme ihrer Hände durch sein T-Shirt.

»Schon gut. Ist erledigt. Hast du bei Richard in den letzten Wochen vor seinem Tod noch Leute getroffen, die man sonst nicht auf dem Kiez sieht?«

Mandy dachte nach, leckte sich kurz über den silbernen Lippenstift, was ihre Lippen noch mehr zum Glänzen brachte, während sich eine kleine Falte zwischen ihren Augenbrauen bildete, die sich sofort wieder glättete, als sie Nik mit strahlenden Augen ansah.

»Nein, da war niemand. Ganz sicher nicht. Nicht, wenn ich dabei war!«

»Na komm. Denk mal nach. War denn nicht irgendetwas ungewöhnlich?«

Mandy stemmte die Hände in die Seiten und holte Luft, was ihre Oberweite noch einen Tick mehr zur Geltung brachte.

»Na sag mal, Langer, führst du jetzt hier das Verhör?« Dabei kniff sie ihm ein Auge zu. Nik schüttelte den Kopf.

»Alles war wie immer?«

Mandy wurde ernst, machte eine verschwörerische

Miene.

»Na ja, Richard war vier Wochen vor seinem Abgang ein wenig komisch. Wollte mehr Zeit alleine verbringen. Schickte mich immer öfter weg. Ich denke, er hatte da was Neues am Start oder war zumindest scharf auf eine andere.«

Nik bedeutete ihr ungeduldig, weiterzureden.

»Sagte, er wollte in Ruhe überlegen, wie es mit uns weitergehen soll. Sagen ja alle, wenn sie sich abseilen wollen.«

»Weißt du, ob da was dran war, ob er was Frisches aufgetan hatte?« Nik sah auf die Uhr. »Ich hab noch zwei Minuten.«

»Weiß ich nicht. Mach ich mir doch keinen Kopf drum. Ist doch eh immer das Gleiche.«

»Und dann?«

»Na, hab ich doch schon gesagt. Er hat sich zwei Wochen nicht sehen lassen. Hat nur angerufen und mich vertröstet.«

»Dann hab ich ihn am Boot überrascht.«

»Überrascht?«

»Ich glaub, da war eine andere Frau bei ihm. Da hab ich ihn das letzte Mal getroffen.«

»Wer war die Frau? Beate?«

»Nein, schlanker, und größer. Ich hab sie nur von hinten gesehen, schon weiter weg. Richard hat es abgestritten. Unter Deck hat es irgendwie seltsam gerochen. Ficken wollte Richard auch nicht!«

»Seltsam gerochen?«

Mandy grübelte kurz.

»Weiß auch nicht. So nach Obst oder so was!«

»Schweigert? Nikolaus Schweigert?« Betke stand in der Tür zu Rauschs Büro und rief Nik auf.

Mandy lachte kurz.

»Nikolaus? Das ist ja lustig. Der mit Sack und Rute!« Sie streckte sich kurz auf die Zehenspitzen legte ihm die Hände auf die Schultern, zog ihn ein Stück herunter und küsste ihn schnell und kurz auf den Mund. Ihre Stimme flüsterte.

»Langer, komm doch mal vorbei. Ich hab auch Spezialpreise.«

Mandy nahm zufrieden zur Kenntnis, dass Nik zu verblüfft war, um sie abzuwehren oder zu antworten.

»Schweigert ... was ist jetzt?« Betkes Stimme klang ungeduldig. Mandy sah Nik in Betkes Büro verschwinden, wodurch ihr entging, dass auf der anderen Seite des langen Flures Beate vor Wut die Fingernägel in die Handballen bohrte.

*

Das Gespräch zwischen Nik und Rausch war ein Dialog unter Profis gewesen. Sie hatten sich ausgetauscht, anscheinend offen und ehrlich, aber mit respektvoller Distanz.
Als Betke Nik auf dem Flur den Weg zur Erkennung wies, stand Beate auf dem Flur. Nik lächelte.

»Ich warte hier auf Sie. Wir können dann zusammen

fahren!« Beate sah ihn eisig an.

»Bist du dir sicher?«

»Ja, klar. Weshalb?«

Beate öffnete den Mund, aber Betke kam ihr zuvor.

»Vielleicht könnt ihr das später klären. Wir haben hier nämlich zu tun.

Also los, rein jetzt hier, Frau Zastrow!«

Das Treffen zwischen Hauptkommissar Rausch und Beate Zastrow glich einem Ping-Pong-Match.

War sie auf dem Boot gewesen? Ja. Wann? Sechs Wochen vor seinem Tod. Und? War Richard auch da? Ja. Hatte es Streit gegeben? Nein, sie hatten sogar Sex gehabt. Eine Pflichtnummer, um zu sehen, ob es mit ihnen noch ging. Und sonst noch einmal? Nein. Was nein? Keinen Sex mehr. Ob sie noch einmal auf dem Boot gewesen war? Himmel, musste man ihr den jedes Wort einzeln aus dem Hals würgen? Ja. Wann? Vielleicht zehn Tage oder so vor dem wahrscheinlichen Tod von Richard. Was hatte sie da gewollt? Nachsehen, wo Richard war, der war schließlich verschwunden gewesen. War er dort gewesen? Nein. Was hatte sie auf dem Boot gemacht? Nach etwas gesucht, was ihr verraten würde, wo er ist. Und was gefunden? Nein, nur die Visitenkarte von dem Privatdetektiv, in einer Werbung. Schweigert? Ja. Ach, daher die Bekanntschaft? Ja. Und jetzt?

Woer Richard gefunden hat? Jetzt als Leibwächter und für die Suche nach Richards Mörder engagiert!

In diesem Stil ging es noch eine Weile weiter zwischen Rausch und Beate. Vielleicht hätte er das Ganze abgekürzt, wenn ihr kirschroter Mund ihn nicht so fasziniert hätte. Die weißen Zähne zwischen dem leuchtenden Rot bildeten einen erotischen Kontrast, den die rosafarbene Zunge, die immer wieder mit einer schnellen Bewegung die Lippen befeuchtete, nur noch verstärkte.

Nein, sie kannte Schweigert nicht vor dem Mord an ihrem Mann.

Das Handy summte. Mit einem entschuldigendem Blick zu Rausch öffnete Beate die WhatsApp-Nachricht.

Muss dringend weg. Treffen uns heute Abend bei Ihnen. Nik

Der kirschrote Mund wurde zu einem schmalen Strich, und für einige Augenblicke blähten sich die kleinen Nasenflügel auf.

Im nächsten Moment hatte sie sich wieder unter Kontrolle. Nein, keine schlimme Nachricht. Schon gut. Das Lächeln gewann erneut die Oberhand.

*

Fäller schäumte vor Wut. Zum wiederholten Mal wählte er Lehnerts Nummer. Nichts. Mailbox. Zum wiederholten Mal schrie er in das Mikrofon des Handys. Die anderen Gäste auf der Terrasse zum Ku'damm sahen ihn befremdet an, trauten

195

sich aber auch nicht, sich mit dem sichtlich erregten Schwergewicht anzulegen. Fäller schwitzte, es lief nicht so, wie er sich das vorgestellt hatte.

Die Libanesen hatten den Stoff pünktlich geliefert. Aber er hatte es sich leichter vorgestellt, das Zeug auf den Markt zu bringen. Als Großdealer war er neu. Da ging es nicht mehr um die paar Gramm und die paar Tütchen für die wenigen Bekannten. Er musste sich einen Marktanteil erobern, er brauchte Abnehmer. Mit fünf Euro unter Preis wollte er den Einstieg attraktiv für die Zwischenhändler machen, die den Verkauf ankurbeln sollten. Doch im Augenblick stockte es. Mächtig sogar. Der Markt war zurzeit satt. Das Gramm war deutlich preiswerter zu bekommen als noch vor ein paar Tagen. Genau in dem Moment, als er seine Lieferung bekommen hatte, war der Preis abgestürzt. Da konnte er nicht mithalten, und sein Verteilungsgebiet war im Moment eher übersichtlich.

Er musste warten. Das war nur eine kleine Durststrecke. Aber der Zahltag drückte, und der Gläubiger war keiner von der diplomatischen Sorte.Das Telefon klingelte. Lehnert? Nein. Anrufer unbekannt.

»Was?«, bellte Fäller ins Handy.

»Ich bin's, Fahit!«, klang die vertraute Stimme des Lieferanten an sein Ohr.

»Oh! Du! Alles klar, Mann? Alles gut bei dir? Ich hab gerade gedacht, dass ich dich anrufen müsste.« Fäller versuchte, nicht erschrocken zu wirken. Fahit kürzte das Gefasel mit einer klaren Frage ab.

»Quatsch nicht. Ich hab gehört, der Russe sitzt schon in dem Laden, den du mir als Sicherheit gegeben hast?«

»Was? Nein! Wo hast du denn das her?« Fäller spielte auf Zeit, musste sich etwas überlegen.

»Das ist egal. Glaubst du, ich bin blöd, Arschloch? Hör zu. Keine linken Dinger. Denk dran, wenn die Kohle nicht kommt und es Probleme mit dem Laden gibt … gehörst du mir!«

»Klar, Fahit, klar. Wie abgemacht. Weißt du, was gerade los ist? Da schmeißt einer mit billigem Stoff den Markt zu.«

Fahits Lachen, sofern es eines war, hörte sich an wie das Knarren einer alten Tür.

»So? Ist das so? Keine Ahnung. Na ja, das sind wohl die üblichen Schwankungen am Markt.«

»Vielleicht könnten wir …!« versuchte Fäller einen Einwand.

»Wir haben einen Deal, Arschloch! Geld oder den Laden mit Pension. Und halt den Russen da raus, sonst verkauf ich dich häppchenweise an die Perversen, bis wir pari sind!«

»Fahit, hör mal …«

Das Klicken in der Leitung sagte ihm, dass sein

197

Gesprächspartner keinen sinnvollen Wortbeitrag mehr von ihm erwartete.

Fäller ging zur Toilette, schloss sich in eine Kabine ein und kramte nach dem Beutel mit dem weißenPulver.

*

Nik brauchte eine Dreiviertelstunde bis zur Ausfahrt Seestraße und von dort aus noch einmal gute fünf Minuten bis zum kleinen Parkplatz in der Transvaalstraße am Volkspark Rehberge inBerlin-Wedding.

Einer seiner Informanten hatte ihm den Tipp gegeben, dass Bernd Gross dort als Freigänger bei einer Landschaftsgärtnerei arbeitete.

VomParkplatz aus sah er die zwei Bau- und den Magazinwagen der Firma Schult und Retloch. Nik stieg aus, um sich die Beine zu vertreten.

Er schlenderte in Richtung der Bauwagen und sah sich dabei um.

Nirgendwo waren Arbeiter zu sehen. Er probierte die Türen. Verschlossen. Er hatte keine Ahnung, in welcher Ecke des riesigen Parks sie sich gerade befanden.

Nik steuerte eine der Bänke an, die in unmittelbarere Nähe zu den Wagen standen. Ein Blick auf die Uhr ließ ihn vermuten, dass die übliche Mittagspause schon vorbei war und er sich auf eine Wartezeit bis zum Feierabend einstellen konnte.

Vier Zigaretten später hörte er Stimmengemurmel, das Klappern von Arbeitsgeräten in einer Schubkarre und müde, schlurfende Schritte. Drei Männer kamen den Kiesweg zwischen den Grünflächen herunter. Nik wartete, bis sie ihre Wagen aufgeschlossen hatten, dann ging er zu ihnen.

»Entschuldigen Sie, Bernd Gross?« Er kannte Gross nur von dem alten Foto, keiner der drei sah ihm ähnlich, aber man wusste nie, inwieweit über dreißig Jahre das Aussehen verändern konnten. Der große Kerl mit dem Spaten in der Hand fing sich als Erster.

»Wer bist du denn?«

»Ich suche Bernd Gross. Ich muss ihn dringend sprechen!«

»Wie ein Bulle wirkst du aber nicht«, steuerte der Kleine bei, der sich Wasser in den Wascheimer goss.

»Richtig. Ich bin Privatdetektiv und muss Gross wirklich dringend sprechen, es ist wichtig. Auch für ihn!«

Der Große stellte den Spaten in den Gerätewagen und zog eine Kette durch die Stützen der Schubkarre.

»Kann ja jeder kommen.«

»Bernd ist Freigänger. Ich kann auch die Polizei holen, wenn er nicht hier ist!«

»Mach doch!« Der Kleine spülte sich das

Seifenwasser vom Genick und grinste dem Großen zu.

»Mach nicht so'n Terz«, dröhnte der Bass des Dritten aus demInneren des Bauwagens. »Bernd hat frei. Klär das in der Firma!«

Nik ging zur Seite und notierte sich Adresse und Telefonnummer der Firma.

»Schönen Dank für die freundliche Hilfe«, konnte er sich nicht verkneifen.

»Kein Problem. Jederzeit gerne wieder!« Der Kleine winkte kurz mit dem Handtuch.

Am Telefon erfuhr Nik, dass der zuständige Bauleiter Micholek bis etwa achtzehn Uhr im Büro sein würde. Wenn er Glück hatte und nicht wieder so ein Vettelverschnitt auf der Stadtautobahn einen Unfall verursachte, konnte er es rechtzeitig bis in die Späthstraße schaffen.

Der Vettelersatz war unterwegs und hatte seine Aufgabe pflichtgemäß erfüllt. Trotz des Staus schaffte es Nik und traf den Bauleiter Micholek gerade noch an, als der seinen Kram zusammenpackte.

Es dauerte nur ein paar Minuten, bis ihm der Schweiß ausbrach, und als Nik nachsetzte, kam er hinter die Geschichte.

Micholek war ein guter Bekannter von einem guten Bekannten von Gross. So war der Häftling an den notwendigen Job für den Freigang gekommen. Aber Gross ging nur drei Tage in der Woche arbeiten, anstelle der pflichtgemäßen Auflage von fünf. Micholek deckte das gegenüber der Anstalt und bekam dafür ein paar Öcken ab. Das war kein Problem, bei den wechselnden Einsatzorten. Solange die Nachweise von ihmabgesichert eingereicht wurden, scherte sich niemand darum.

»Und wo war Gross an den beiden freien Tagen?«, fragte Nik.

»Na kommen Sie, was haben Sie davon?« Micholek versuchte, sichum die Antwort zu drücken.

»Herr Micholek! Ich habe keine Zeit und auch keine Geduld mehr. Es geht hier um Leben oder Tod. Entweder rücken Sie mit der Sprache raus, oder ich melde den ganzen Schwindel bei der Behörde!«

Der Bauleiter wischte sich wieder den Schweiß von der Stirn.

»Und wenn ich es sage?«

»Dann nichts weiter. Ist mir egal, was Sie sich nebenbei einstecken. Ich will nur mit Gross reden. Was der dann macht, weiß ich nicht. Das müsst ihr untereinander klären.«

»Also …«, Micholek brach ab, sah Nik flehentlich an. Der bedeutete ihm mit einer ungeduldigen Handbewegung fortzufahren.

»Also Bernd … ich meine Gross … nun ja, der … also … der zockt an den zwei Tagen. Immer von zwölf bis neunzehn Uhr.«

Er sah Nik erwartungsvoll an, schien erleichtert.

»Wie, er zockt?« Nik war verwirrt. »Tagsüber?«

Micholek zog den Reißverschluss seiner Aktentasche zu.
»Ich weiß nichts weiter!«

»Raus mit der Sprache!« Nik baute sich vor Micholek auf.

»Bernd spielt da für das Haus. Er hält einen der Tische.
Das ist alles!«

»Wo das ist, das wissenSie sicher auch!« Nik hielt
Micholek am Arm fest. »Sie müssen ihn doch warnen, wenn
sich etwas Überraschendes, so wie jetzt, ereignet, nicht
wahr?«

Micholek nickte. Seine Stimme war heiser.

»Bernd hat kein Handy. Ich muss im Hufeisen in
Lichterfelde anrufen!«

Nik war klar, dass die Quelle damit ausgetrocknet war.
Er gab dem Bauleiter seine Telefonnummer und ging, drehte
sich aber noch einmal um.

»Und keinen Anruf ins Hufeisen, klar? Sonst nimmt die
Polizei den Laden hier morgen auseinander!«

Micholek nickte eifrig.

In Lichterfelde kam er zu spät an. Gross war schon weg.
Die Gesellschaft im Hufeisen war verschwiegen und ließ
sich auch mit dem Hinweis auf die Polizei nicht aus der Ruhe
bringen. Und nein, Gross hatte kein Handy. Nik kannte das.
Das hielten viele alte Ganoven so. Und wenn sie eins hatten,

dann kannten nur ganz wenige die Nummer.

Er versuchte abzuschätzen, ob er Gross vielleicht noch bis neunzehn Uhr vor dem Knast abfangen könnte. Aber das war nicht zu schaffen. Und

natürlich würden sie ihn dort nicht mit ihm sprechen lassen. Die Spur war für heute hier zu Ende.

Er hinterließ noch seine Telefonnummer und seinen Namen zusammen mit dem Hinweis, dass sich Gross bei seinem Bauleiter nach ihm erkundigen konnte.

Okay, dann mal sehen, ob sich Beate schon wieder beruhigt hatte. Vielleicht würde sie ihm erzählen, was ihr mittags über die Leber gelaufen war.

*

Noely, oder vielmehr Bess, wie sie sich hier nannte, winkte aus ihrem Zimmer dem Mann hinterher.

»Komm gut nach Hause, Schatz. Lass dich mal wiedersehen!«

Sie warf dem ungelenken Kerl eine Kusshand zu, als er sich am Ende des Gangs zu ihr herumdrehte. Es war ihr sechster Freier an diesem Tag gewesen.

Raymond, der neue Wirtschafter, war nicht zu sehen. Er hing sicher wieder mit den anderen Jungs vor dem Laden rum. Für Gerd war er kein wirklicher Ersatz. Noely-Bess war das egal. Sie zahlte für Zimmer, Platz und Schutz, ließ keinen von den Jungs an sich ran, auch wenndie es immer mal wieder versuchten. Sie war die Partie von Lehnert, das schützte sie. Solange sie mit keinem von ihnen ins Bett ging, erhob auch niemand einen Anspruch.

Draußen begann es zu nieseln, und bald graute der Morgen. Für heute war es vorbei mit den guten Chancen auf weiteren Liebeslohn. Einen Moment lang lehnte sie sich an die Fensternische, sah hinunter auf den Hof. In Fällers Büro brannte noch Licht. Deutlich sah sie den Gangster, der sich ein Glas halbvoll eingoss und es in einem Zug hinunterstürzte. Udo Lehnert war schon weg, mit ihm würde sie morgen abrechnen.

Fäller ließ sich in die Couch fallen, die in seinem Büro stand. Er starrte an die Decke und führte anscheinend Selbstgespräche. Immer wieder fuhr seine Hand durch die Luft oder hieb auf den Tisch.

Noely-Bess betrachtete das bizarre Schauspiel interessiert. Dann sah sie, wie Fäller aufstand, zu dem alten Schrank an dergegenüberliegenden Wand ging.

Fäller kramte in seiner Hosentasche und holte einen Schlüssel hervor, schloss eine der Schranktüren auf, eine zweite, eine Stahltür, kam zum Vorschein. Fäller öffnete auch die und entnahm dem Fach eine Pistole und ein kleines Päckchen. Die Pistole legte er auf den Tisch, schüttete aus dem Päckchen ein wenig Pulver auf die Glasplatte des Tisches.

Fäller verharrte einen Moment, sah zum Fenster, erhob sich und kam nach vorne. Misstrauisch sah er hinaus, blickte zu den Fenstern der Pension hoch. Er konnte sie nicht sehen, da war sich Noely-Bess ganz sicher, aber ein unangenehmes Gefühl beschlich sie dennoch, als der Gangster, wie ein Wolf witternd, in die Nacht starrte.

Aber der Moment verging, und Fäller zog die Vorhänge zu. Noely wartete noch einige Augenblicke, bevor sie sich bewegte. Sie verließ die Pension. Der Nieselregen war dichter geworden, und die Jungs saßen nicht mehr vor dem Pink Pool. Noely nickte Sascha, dem Mann am Eingang, zu und lief hinunter in Richtung Auguststraße. Sie mochte es, nach Feierabend noch ein paar Schritte zu laufen. Da konnte sie in Ruhe überlegen. Das Café, Jens, die Vergangenheit, die Zukunft, ihr Leben. Dinge, die ihr wichtig waren. Hier begann die Welt so langsam aus den Fugen zu geraten oder sich neu zu ordnen, ganz, wie man das sehen wollte.

*

»Irgendwo hier liegt der Ausgang aus dem Labyrinth!« Rausch schob die Akten hin und her. »Wir haben ihn vor uns liegen, sehen ihn aber nicht. Von extern wird da nichts kommen. Der Mörder hinterlässt keine Spuren, oder aber wir erkennen sie nicht. Er wird sich nicht freiwillig verraten. Wen hat es bis hierhin erwischt?«

Betke sah in die Papiere.

»Zastrow, Gohlke und Prielow!«

»Was haben wir da für Buchstaben?«

»I O ... M L ... P F.«

Rausch rieb sich die Schläfe.

»Wer kommt alles als nächstes Opfer infrage? Fäller? Lehnert? Gross? Das sind noch einmal sechs Buchstaben. Ziehen wir die bereits tätowierten aus dem Alphabet ab, bleiben noch zwanzig Buchstaben. Kann man da noch etwas ausschließen?« Er sah zu Betke, der ebenfalls auf die Unterlagen sah.

»Da gibt es nichts auszuschließen. Was ist mit Dopplungen? Was ist, wenn er ä mit ae schreibt?«

»Scheiße. Richtig. Was ist mit dem Termin in der Stauffenbergstraße beim Ministerium?« Rausch zog die Augenbrauen hoch und wackelte mit dem Kopf.

»Na ja, die nehmen sich da schon sehr wichtig. Im Moment haben sie erhöhte Sicherheitsstufe wegen einer sensiblen Konferenzlage. Was immer das auch bedeuten mag. Wir haben nächste Woche Montag einen Termin. Früh um zwanzig nach neun.«

Rausch legte den Kopf schief.

»Zwanzig nach neun? Was ist das denn für eine Zeit?«

»Aber immerhin haben sie schon avisiert, dass wir genau fünfundzwanzig Minuten haben.«

»Fünfundzwanzig Minuten? Für eine ganze Akte?«

»Nur für den Anhang.«

Rausch nickte, schnappte sich seinen Kalender und trug den Besuch im Verteidigungsministerium für die nächste Woche ein.

»Drei Tote. Kein Motiv. Kein Täter. Das macht mich irre. Gross zuckt nur mit den Schultern, wenn man ihn fragt. Fühlt sich nicht bedroht, und seine Standardantwort ist – weiß ich doch nicht. Vielleicht stellen wir auch die falschen Fragen?«

Betke rieb sich das Ohrläppchen.

»Was wissen wir denn eigentlich von Uwe Trummler und seinen Angehörigen?«

»Unbekannter Vater. Mutter Roswitha Trummler. Eine junge Gelegenheitshure. Uwe war ihr zweites Kind.«

»Und der Vater von Michael Trummler?«

»Ebenfalls unbekannt.«

»Vielleicht der gleiche? Jemand aus der besseren Gesellschaft, der sich die Trummler als Geliebte gönnte?«

»Gibt es da etwas über sie?«

»Nur der übliche Kram vom Einwohneramt, Familieneinträge auf dem Amtsgericht und ihre Bäckerkarte beim Gesundheitsamt. Sonst nichts Auffälliges. Ist nicht alt geworden. Wurde erstochen. Täter unbekannt.
Michael kam in ein Heim, wurde mit neun adoptiert.
Uwe kam zu einer Pflegemutter auf dem Kiez, wurde

mehr oder weniger da groß.«

Rausch runzelte die Stirn.

»Und die beiden Brüder haben nie wieder Kontakt zueinander gehabt?«

»So wie es aussieht, nein. Haben sie nicht!« Rausch sah durch Betke hindurch.

Rausch wiederholte sich: »Irgendwo hier auf dem Tisch liegt der Schlüssel.«

*

Die Flasche Old Crow Whiskey war halb leer. Nik steckte sich die x-te Zigarette an. Er hatte keinen Bock gehabt, sich am späten Nachmittag durch den Berufsverkehr nach Mitte zu quälen. Die Gefahr für Beate war derzeit gebannt, und er selbst musste mal seinen Kopf freikriegen.

Als Leibwächter war der Job bei Beate ganz gut, aber als Liebhaber kamen Komplikationen auf. Beate hatte ihm am Telefon Vorhaltungen gemacht. Wegen der Blonden auf dem Revier. Ob es wäre, weil sie fünfzehn oder zwanzig Jahre jünger ist? Ob sie ein Kunststück könnte, das Nik Beate nicht zutraute? Mit so einem Kram konnte er nichts anfangen. Er hatte sie beruhigt und ihr erklärt, dass er heute Abend in seiner Bude bleiben würde und sie beide morgen Mittag im Latinas zusammen etwas essen würden. Das hatte sie wieder versöhnlich gestimmt.

Eine Dreiviertelstunde später war in der Flasche nur noch ein kümmerlicher Rest. Er würde in Zukunft wahrscheinlich zwei Flaschen bereitstellen müssen, um einschlafenzu können.

Der Alkohol dämpfte sein Bewusstsein. Aber die Gedanken blieben und wurden zu Bildern. Der tote Richard, Beate, Rausch und die Fotos der Toten, Fäller, der Hausflur und das Knistern des Elektroschockers.

Nik fuhr schweißgebadet hoch, suchte in der klammen Zudecke einen Halt, duckte sich, um die Schläge mit den Bambusstöcken abzuwehren, um sich vor den Tritten zu schützen. Er kämpfte so lange, bis er die Lampe an der Decke erkannte, den Tisch und die Tapete.

Mühsam rang er nach Luft und versuchte mit einer Zigarette zu Atem zu kommen, wischte sich den Schweiß aus dem Gesicht. So lag er eine Weile da, bis ihm die Glut der Zigarette Mittel- und Zeigefinger verbrannte. Nik drückte sie fluchend neben den anderen Kippen auf dem Fußboden aus.

Das Telefon läutete. Auf dem Display leuchtete Beates Name auf. Nik ließ es klingen. Es lenkte seine Konzentration von der Vergangenheit ab.
Sechs, sieben, achtmal … dann schaltete sich die Mailbox ein.

Mit einer neuen Zigarette als Balancestange taumelte Nik

in die Küche, suchte nach einer neuen Flasche. Reserve ist wichtig, in jeder Lebenslage. Er fand, was er suchte, und machte es sich wieder auf der Couch gemütlich, schaltete den Fernseher ein. Zwischen Zappen und gelegentlich einem guten Schluck Whiskey überkamihn die Müdigkeit.

*

Heinz Fäller kochte. Udo war nirgendwo zu finden. Hoffentlich hatte ihn schon dieser Phantom-Killer geholt und sein verlogenes Maul mit Bauschaum gefüllt. Es waren Entscheidungen zu fällen, die sonst Richard oder Udo getroffen hatten. Er hatte dafür keine Zeit und auch keinen Kopf.

Er musste sich auf andere Dinge konzentrieren. Sein Ultimatum lief ab. Er brauchte Bares aus dem Laden, musste beweglich sein, flüssig sein.

Das Taxi hielt vor dem Pink Pool. Fäller ließ es warten. Nur schnell ins Büro und dann weiter. Eine Pokerrunde wartete auf ihn, in der er genug abgreifen konnte, um Fathi ruhigzustellen. Vielleicht bekam er auch eine Chance auf Ratenzahlung bei dem Libanesen.

Die Jungs saßen an den Tischen vor dem Laden. Sie nickten ihm nicht zu, sondern sahen ihn erstaunt an. An der Tür stand nicht Sascha, sondern ein unbekannter Riese. Aber Fäller dachte nicht darüber nach. Ihn bewegten wichtigere

Fragen, die es zu lösen galt, als sich um Personalprobleme zu kümmern. Zu oft wechselten die Leute. Udo hatte das alles im Griff.

Der Hüne hielt ihm die Tür auf, Fäller ging an die Bar, schnappte sich eine Flasche aus dem Regal, drängte sich durch die Gäste zur Tür hinter dem Podest, auf dem sich eine Frau um die Stange drehte, und verschwand auf den Gang zu seinem Büro.

Als er an Lehnerts Büro vorbeikam, fiel ihm der Lichtschein auf, der unter der Tür hervorleuchtete. Fäller stieß die Tür dermaßen hart auf, dass sie mit einem lauten Knall an die Wand knallte.

»Du Pisser, geh gefälligst ans Telefon, wenn ich …« Die Worte blieben ihm im Hals stecken.

Hinter Udos Schreibtisch saß Wassili und hielt einen Ordner in der Hand. Die Tür des Wandtresors in seinem Rücken stand offen.

»Was zum Teufel ist hier …!« Der Druck an Fällers linker Kopfhälfte und die Kühle des Metalls ließen ihn zum zweiten Mal innerhalb von Sekunden verstummen.

»Stoi!«, knarrte eine Stimme, und obwohl Fäller kein Russisch konnte, wusste er instinktiv, dass es aus reinem biologischem Interesse besser war, stehen zu bleiben. Wassili sah infreundlich an.

»Heinz, mein Freund, schön, dich zu sehen. Bist du

gekommen, um mir mein Geld zu geben?«

Fäller verstand nicht, begriff nicht.

»Was für Geld?« Wassili lächelte.

»Du hast Schulden bei mir. Du zockst an meinen Tischen. Irgendwann ist cash back. Da musst du aus der Tasche kommen.«

Wassili behielt sein Lächeln bei.

»Wann hast du das letzte Mal hier in die Bücher gesehen? Hat Udo dir nichts gesagt?«

Auch der so gewohnt harte russische Charme in seinem Akzent konnte nicht über die Brisanz der Situation hinwegtäuschen. Fäller griff zu seinen Zigaretten, aber die Druckverstärkung über dem Ohr ließ ihn innehalten. Wassili nickte seinem Mann zu, der Fäller sofort abtastete und mit sicherem Griff die Kanone im Gürtel fand.

»Kommt man so zu Freunden?« Wassilis Augen teilten das Lächeln um seinen Mundwinkel nicht.

In Fäller stieg der Zorn leicht an. Er war hier in seinem Haus, in seinem Laden, und dieser dämliche Russe behandelte ihn wie einen Penner.

»Pass auf, Stalin. Mir ist egal, was du für einen Deal mit Udo hast. Das hier ist mein Laden, da setzt du dich nur über meine Leiche rein!« Seine Fäuste ballten sich, und er machte einen Schritt vor.

Der Tritt in die Kniekehle ließ in schlagartig

einsacken und zu Boden gehen. Mit Nachdruck bekam er
die Kanone ins Genick gedrückt.

»Heinz, mein Freund. Ist doch nicht nötig, dich beim
Wort zu nehmen.
Oder? Lass uns doch reden. Komm, setz dich!«

Wassili zeigte auf den Stuhl vor dem Schreibtisch. Fäller
besann sich und nickte. Als er saß, schob ihm Wassili ein
Päckchen mit Zigaretten rüber, aus dem sich Fäller bediente.
Für einige Momente herrschte eine friedliche Stille, die
Wassili unterbrach.

»Heinz, mein Freund. Ich habe Udo Geld für seine
Immobilien geliehen.
Du selber liegst bei mir weit hinten mit der Kohle. Was denkst
du, soll ich tun? Ich bin mir zwar sicher, ihr zahlt es mir
zurück. Aber bis die Kohle da ist, übernehme ich jetzt eure
Anteile von hier und auch die Geschäfte. Damit nichts von
meinem Geld verloren geht. Auf seltsame Weise. Etwa für
Koks oder an Spieltischen. Damit euch nichts passiert. Das
verstehst du doch, oder?«

Fäller schluckte, sog gierig an der Zigarette. Der Russe
beobachtete ihn. Sah die Nervosität seines Gegenübers.

»Willst du dir vielleicht erst einmal eine Line ziehen!«
Wassili verlor nicht für eine Sekunde sein Lächeln. Natürlich
wollte Fäller, besann sich aber.

»Hör mal, Wassili. So geht das nicht. Mir gehören

Anteile an dem Laden und der Pension. Ebenso wie Udo. Außerdem gibt es noch einen Teilhaber. Da kannst du nicht so einfach die Geschäfte übernehmen.«

»Ach komm, mein Freund. Was gehört dir denn hier? Die drei falschen Rolex in deinem Safe? Die Flasche da in deiner Hand? Oder gehört selbst die schon Fathi?«

Fäller zuckte zusammen. Was wusste der Russe von seinem Deal mit dem Libanesen?

»Und dein anderer geheimnisvoller Teilhaber? Du meinst die ehemalige Pflaume von Richard? Vergiss es. Die weiß am besten, wo das Brot geschmiert wird. Mach dir keine Sorgen um sie. Vielleicht nehme ich sie für ein paar Wochen mit ins Bett, vielleicht auch nicht. Es gibt jüngere Weiber, es gibt bessere. Aber sie hat den Scheck akzeptiert.«

Fäller zitterte. Hatten Udo und die Zastrow ihn nur hingehalten mit diesem ganzen Gelaber von wegen der Übernahme? Hatten die sich die dicken Gelder gesichert und er, als doofer Dritter, bekam jetzt nur Trinkgeld? Hatte ihn die Saubande verschachert? War jetzt hier alles vorbei für ihn? War es das? Das ganze Leben mit einem Gespräch getillt? Nicht mit ihm!

»Ein Wort von mir und die Jungs da draußen …!«

Diesmal beließ Wassili es nicht bei einem Lächeln, sondern lachte schallend.

»Was denn, diese Lachtauben da draußen? Die sich von

ihren Fotzen auf der Nase herumtanzen lassen? Was willst du denen sagen? Dass sie sich mit den Russen anlegen sollen? Mach dich nicht lächerlich! Die kratzen jetzt schon ihre paar Euro zusammen, um ihre Plätze zu behalten, oder suchen sich schon eine neue Wiese.«

Fäller bekam einen trockenen Hals. Wassili legte noch nach.

»Heinz, mein Freund. Ich meine es gut mit dir, weil ich dich leiden kann. Pass auf, ich mache dir ein Angebot. Ich zahle dich heute aus. Du gibst mir das Koks von dem Libanesen, und ich übernehme Fathi. Deine Übertragung der Geschäftsanteile habe ich zufällig hier. Und mach dir keine Gedanken, der Notar beglaubigt das später.« Wassili schob ihm ein paar Blankobögen rüber und tippte mit dem Finger auf eine Stelle, wo er unterschreiben sollte. Gleichzeitig tippte ihm der Gorilla mit der Kanone an den Hinterkopf.

Was wäre die Alternative? Sich zu weigern und mit seinem Gehirn und ein paar Knochenstücken den Schreibtisch zu dekorieren? Er könnte das Geld nehmen und irgendwo noch einmal neu anfangen. Vielleicht eine kleine Spielhalle aufmachen oder im Süden ein Café. Fäller versuchte Hoffnung zu schöpfen. Vielleicht eine Chance, alles noch einmal anders hinzubekommen. Fäller setzte seine Unterschrift auf die Papierblätter.

»Heinz, wie willst du es haben? Scheck oder bar?«

Fäller atmete auf. Da hatte er Wassili doch falsch eingeschätzt, hatte schon befürchtet, nichts zu bekommen.

»Bar wäre prima. Vielleicht hast du einen Beutel oder eine Tasche für mich?«

Wassili nickte freundlich und griff in die Innenseite seiner Anzugjacke, legte zwei Bündel Geldscheine vor Fäller hin.

Fäller wartete, sah den Russen erwartungsvoll an. Der lächelte, öffnete eine der Schubladen und legte eine Plastiktüte neben das Geld.

»Bitte, mein Freund!«

Fäller nahm die Bündel, blätterte sie durch.

»Heee, das sind höchstens …«

»Es sind genau zehntausend, mein Freund!«

»Zehntausend, aber …?«

»Heinz, das sind deine Reisespesen. Ich nehme doch an, dass du verreist?«

Fäller stand auf und sah zum ersten Mal den kleinen krummbeinigen Mann, die Pistole, den Schalldämpfer. Ohne dieses Ding würde Fäller ihn zwischen zwei Händen zerquetschen. Wassili schien seine Gedanken zu ahnen.

»Denk nicht einmal daran. Oleg zerlegt dich auch ohne Kanone. Glaub mir.«

Oleg hielt Fäller die Tür auf, als ihn Wassilis Stimme erneut stoppte.

»Und Heinz, mein Freund, ich erwarte, dass du

spätestens am nächsten Wochenende weg bist. Je früher, desto besser. Oleg fährt jetzt mit und holt das Koks ab.«

Fäller war plötzlich ganz ruhig. Die Würfel waren gefallen. Er wusste, was zu tun war, wandte sich an Wassili.

»Das ist doch nicht nötig. Ich bringe es morgen vorbei!«

»Heinz, nicht doch. Du musst packen. Den Weg ersparen wir dir doch gerne!«

Fäller nickte.

»Wo ist Udo?«

»Heinz, mein Freund, was weiß ich schon?« Wassili hob den Ordner wieder hoch, den er in der Hand gehalten hatte, als Fäller erschienen war, und studierte ihn weiter.

Ein paar Minuten später stand Fäller mit Oleg draußen auf der Oranienburger Straße. Das Taxi war natürlich nicht mehr da. Die Jungs vor dem Pink Pool schauten nicht einmal mehr hoch.

Fäller presste ein »Dreckspack« zwischen den schmalen Lippen hervor, aber die Männer blickten auf den Tisch, auf die Handys oder in ihr Glas. Sie hatten eigene Probleme. Schon in ein paar Wochen würden hier die Frauen von Wassili anschaffen, oder die jetzigen Huren würden für den Russen auf den Strich gehen.

Es schien, als hätte es Fäller hier nie gegeben. Oleg schubste ihn vorwärts. Es dauerte ein paar Minuten, dann konnten sie ein Taxi anhalten.

*

Udo Lehnert genoss die Sonne auf Mallorca. Noch ein paar
Tage, dann war das hier Geschichte. Demnächst würden sich
Wassili und einige seiner Gangmitglieder auf der Terrasse
sonnen, Kaviar, Wodka und junge Mädchen genießen. Sie
hatten sich geeinigt. Alles in einem Pauschalpaket. Die
maroden Ostimmobilien, das Apartment auf Malle und die
Klubanteile mit denen der Pension. Es war ein
Schweinepreis gewesen. Läppische
hundertfünfundsiebzigtausend für alles. Wassili hatte ihm die
Wahl gelassen. Entweder jetzt verkaufen oder aber einen
eventuellen Preisverfall in den kommenden Wochen in Kauf
nehmen. Udo war sich klar darüber, was das hieß. Zuerst
war es nur um das Pink Pool und die Pension gegangen. Aber
Udo wollte raus aus allem, weg von der Angst. Er bot dem
Russen alles an und ließ sich dann von vierhunderttausend
auf hundertfünfundsiebzigtausend herunterhandeln. Egal. Es
würde nicht Florida werden. Aber er hatte schon kurz nach
dem Mauerfall, als sie das Pink Pool übernommen hatten, in
einen Presseshop mit Lottoannahme in Dresden investiert,
seine Proletenrente, wie er die Einnahmen daraus immer
spöttisch genannt hatte. Jetzt würde sie ihm in der
Landeshauptstadt Sachsens die Miete für eine kleine

Wohnung finanzieren. Mit der Abfindung von Wassili, anders konnte man das nicht nennen, wären hier und da noch kleine Geschäfte drin.

Zu Udos Überraschung hatte Wassili tatsächlich bezahlt. Udo würde in der kommenden Woche nach Berlin zurückkehren, um die notwendigen Notargänge zu erledigen. Wassili organisierte das.

Und Fäller? Und die Zastrow? Udo verschwendete nur einen kurzen Gedanken an die beiden. Es war ihm auch egal, wie die mit dem Russen klarkamen. Wassili hatte ihn beruhigt. Er würde mit ihnen alles auf die Reihe bekommen. Udo sollte sich keine Gedanken machen. Und Udo machte sich darüber keine Gedanken. Er war sich sicher, dass Wassili das auf die Reihe bekam.

Er steckte die Hand nach dem Getränk aus. Vielleicht hätte er dieses Apartment im Zentrum von Palma doch nicht mit in das Immobilienpaket nehmen sollen. Aber dem russischen Verhandlungsgeschick und der Argumentation von Wassili konnte man schwer etwas entgegensetzen.

Udo seufzte und zündete sich den Joint an.

*

Die Gegebenheiten hatten sich geändert. Die Parameter stimmten nicht mehr. Das Phantom sah aus dem Fenster. Es hatte keinen direkten Zugriff mehr auf das nächste Opfer.

Fäller war nicht in seinem Laden. Das machte alle Pläne zunichte und fast sämtliche bisherigen Erkundigungen wertlos.

Natürlich kannte es Fällers Adresse, aber selbst wenn es den Verbrecher dort antreffen würde, war es ungleich schwieriger, ihn dort zu überraschen. Und es musste schnell gehen. Dass Fäller von den Russen den Marschbefehl weg aus Berlin bekommen hatte, war Gespräch auf dem Kiez bis ins LKA.

Das Phantom rieb sich die Schläfen. Lehnert wäre bald zurück. Der würde sich melden, da war es sich sicher. Lehnert ließ kein Geld liegen. Das Phantom war sich klar darüber, dass es in die Offensive gehen musste, um nicht die Regie in dem Spiel zu verlieren. Jetzt hieß es Gesicht zeigen. Der Entschluss reifte. Er war riskant, und wenn der Plan schiefging, war es vorbei. Aber das Risiko war es wert. Es blickte auf die Uhr. Zeit, den nächsten Baumarkt aufzusuchen.

*

Sie hatten ihn gerupft. Er war so gut wie pleite. Fäller hatte drei Tage gezockt. Mit fünfzig Mille vorne gelegen und doch wieder alles verloren. Er hatte sich bei Erich eine alte 9 mm Beretta Black Free und Munition geleistet. Jetzt war noch ein müder Tausender Cash in seiner Tasche. Na ja, und noch die zwei Beutel mit dem Stoff, die er Oleg natürlich nicht gegeben hatte, weil die im Nachbarkeller gelegen hatten. Der Russe hatte ihm die Bude auf den Kopf gestellt, als er in jedes nur mögliche Versteck gesehen und dabei sogar die Überwachungsanlage zerstört hatte. Aber so einfach würde Heinz Fäller nicht abtreten, das hatte er sich geschworen.

Er würde sich alles zurückholen. Bis er wieder ganz oben an der Spitze stehen würde, da, wo sein Platz war.

Alle mussten dran glauben. Udo, die dumme Fotze Beate, der blöde Russe … beide Russen … einfach alle. Es war Zeit für das große Finale. Er wischte sich die schweißigen Hände am T-Shirt ab, griff noch einmal zu dem Glasröhrchen und sog die weiße Line vom Spiegel in die Nase.

*

Beate wartete auf Nik. Sie saß im Latinas und blinzelte gemeinsam mit den anderen Gästen in die Sonne, die die Terrasse erwärmte. Sie hatte ein Angebot von Wassili Tarassow. Hunderttausend Euro cash für ihre Anteile am Laden und der Pension, sowie auf drei Jahre monatlich fünftausend Euro für die Liste und die Filme. Beate kannte die Praktiken der Branche. Klar würde sie noch eine Kopie der Liste zu ihrer Sicherheit bei einem Notar hinterlegen. Wahrscheinlich sogar bei zwei verschiedenen Notaren je eine Liste. Das wusste Wassili auch. Aber was war, wenn Wassili den Laden in drei Monaten verkaufte? Dann wäre sie raus aus dem Monatsdeal. Würde der neue

Besitzer sich an die Abmachung halten? Er hatte schließlich keine Vereinbarung mit ihr. Die Liste mit den Filmkandidaten und die Stellen, die geschmiert wurden, war zwar wichtig, aber wusste man, was ein Neuer für Pläne hatte? Ihr Trumpf war es, dass es zu zeitaufwendig und zu unsicher war, solche Sachen neu aufzubauen. Und wenn Wassili vielleicht einen Deal mit der Staatanwaltschaft machen würde? Zu viele Unbekannte. Also lieber doch auch die Liste gegen eine Pauschale verkaufen?

Das alles würde sie mit Nik bereden, auch ob er dabeibleiben würde.
Vielleicht könnte man irgendwo in einer Kleinstadt in einen Sauna- oder Pärchenklub einsteigen. Vielleicht noch zwei oder drei Mädchen von der O mitnehmen.

Sie sah Niks große Gestalt den Gehweg auf das Café zukommen, wie er mit einer kurzen Handbewegung irgendjemanden im Inneren des Cafés grüßte. Dann blieb er stehen, griff in die Tasche.

Verdammtes Handy, dachte Beate. Und richtig, Nik zog sein Telefon aus der Tasche, sah zu ihr rüber und bedeutete ihr, dass er erst einmal telefonieren würde. Sie lächelte ihm zu. Nik verschwand um die Ecke, wahrscheinlich, um dem Straßenlärm zu entgehen.

Das Taxi, das im Verkehrsstrom vorbeizog, hatte keiner von ihnen beiden beachtet. Erst ein paar ungeduldige

Hupgeräusche, als das Taxi sich rückwärts wieder dem Café näherte, erzeugten ein wenig Aufmerksamkeit. Aber nur kurz, und Beate widmete sich wieder der Speisekarte.

*

Noely kam aus dem Getränkelager, in jeder Hand eine Kiste Bier. Sie war seit zwei Tagen nicht mehr auf dem Kiez. Wassili machte ihr zu viel Druck, und sein Angebot war echt mies. Also packte sie im Café mit an, was Jens glücklich machte. Noely wusste aber, dass es nicht für immer sein konnte. Zum einen brauchten sie das Geld, und zum anderen war sie hier nicht glücklich.
Doch für ein oder zwei Wochen war es okay. Danach würde sie weitersehen. Sie machte sich darüber keine Gedanken.

Mit einem Schwung hievte sie erst die eine Kiste, dann die andere auf den Tresen. Noely sah nach draußen und erkannte Nik, der gerade vor der großen Scheibe stehenblieb. Noely winkte ihm zu. Er grüßte zurück, wies auf seinen Oberarm und dann auf die Bierkästen, was wohl so viel heißen sollte, dass sie kräftig sei. Ja, das Fitnesstraining machte sich bemerkbar. Sie lachte und hob den Arm zu einer Bodybuildingpose. Aber Niks Aufmerksamkeit galt bereits seinem Handy. Noely schnappte sich den Block mit Stift und ging zum Ausgang.

*

»Du dämliche Arschfotze! Was glaubst du eigentlich, wer du bist!« Fäller stieg schon schreiend aus dem Taxi, das sich eilends davonmachte, nachdem er ausgestiegen war. Der Fahrer bremste kurz, damit die offengebliebene Tür von selbst ins Schloss fiel.

»Ich reiß dir deinen blöden Schädel runter und scheiß dir in den Hals!« Fäller ruderte zwischen den Tischen auf sie zu. Ein paar der Gäste blieben wie erstarrt sitzen. Einige andere standen auf, suchten Distanz.

»Mich an den Russen zu verkaufen, du hinterhältige Pissnelke!«
Er war noch zwei Tische von Beate entfernt, als Noely auf der Terrasse erschien. Mit zwei Schritten war sie bei ihm, fasste ihn an der Schulter.

»Lass sofort die Gäste in Ruhe!« Fäller sah nur kurz nach hinten.
»Ach nee. Noch so eine Strichschlampe!«

Aus der Drehung heraus langte er zu. Seine Rückhand erwischte Noely an der Unterlippe, die aufplatzte. Die Wucht warf sie auf einen der Tische und von dort aus gegen die Scheibe. Inzwischen waren weitere Gäste schreiend aufgesprungen, suchten das Weite oder starrten aus sicherer Entfernung auf die Szenerie.

»Nein!« Mit einem Schrei sprang Jens Fäller an. Der reagierte sofort mit einem Kopfstoß, der Jens die Nase brach.

Die nachgeschickte Linke von Fäller schlug ihm zwei Vorderzähne aus und ließ ihn besinnungslos zu Boden gehen. Fäller schien Wochen nicht mehr aus seinen Sachen gekommen zu sein.

Das Jackett, die Hose, das T-Shirt waren fleckig und jetzt auch noch mit Blut besudelt. Die Haare hingen ihm fettig und strähnig in das unrasierte Gesicht. Das Gesicht glänzte ölig. Sein Grinsen entblößte die Reihe gelber Zähne, während er sich auf Beate zubewegte, die mit dem Rücken zur Scheibe stand und die Kuchengabel abwehrbereit vor sich hielt.

»Fäller!« Nik stand etwa drei Meter hinter dem Schläger, der sich nun umdrehte und den neuen Gegner sofort annahm.

»Na gut. Dann eben dich zuerst. Du bist auch einer von der ganzen Drecksbande.« Er griff in die Jackentasche, holte den Schlagring raus und schob ihn über die rechte Hand, mit zwei kräftigen Bewegungen wischte er das wenige Mobiliar zwischen Nik und sich beiseite.

Nik hob beide Fäuste. Er war jetzt in einem Tunnel. So etwas kannte er.

Er bewegte sich leichtfüßig auf Fäller zu, der schwer atmend auf ihn wartete. Den ersten Schwinger mit dem Schlagring pendelte Nik aus, sodass der ein paar Zentimeter an seinem Kopf vorbeiflog. Blitzschnell feuerte er selbst eine linke Gerade ab, die Fäller an der Stirn traf, ihn aber unbeeindruckt ließ. Der Gangster griff einen der Stühle mit der Linken und schlug in einer wilden Kreisbewegung nach Niks Kopf. Der tauchte ab, um dem Stuhl auszuweichen. Im selben Augenblick erkannte Nik die Falle, denn Fällers Schwinger mit dem Schlagring flog als Cross heran und ritzte Nikan der äußeren Augenbraue. Gleichzeitig war Fäller offen, und Nik setzte ihm eine Doublette auf den feisten Körper.

Fäller atmete heftig. Er war es gewohnt, seine Gegner in den ersten Sekunden zu treffen und auszuschalten. Nik täuschte einen rechten Haken an, Fäller riss die Arme hoch, und Nik landete eine Linke auf Fällers Leber. Mit einer blitzschnellen Bewegung trat er ihm die Beine weg. Jetzt zeigte der Leberhaken Wirkung. Fäller ächzte, stöhnte und krümmte sich zusammen.

Das alles hatte nicht einmal eine Minute gedauert. Nik sah sich um. Sah, wie Beate ihn bewundernd anstarrte, sah Noely, die sich zu bewegen begann. Er war mit zwei Schritten bei ihr, versuchte sie zu stützen.

»Gracias ya es.«

Nik verstand, was sie gesagt hatte. »Danke, es geht schon«, und automatisch antwortete er ebenfalls auf Spanisch.

»Ouêdate donde esta prima vez.« Sie sollte besser erst mal liegen bleiben.

Er sah ihr einige Momente in die Augen, diese dunklen,

fast schwarzen Augen, die er schon irgendwo einmal gesehen hatte. Irgendwo. Aber es fiel ihm nicht ein.

Nik betrachtete die blutende Lippe, sah, dass es nur eine Platzwunde war. Die dunkle Färbung an Hals und Unterkiefer würde aber ein paar Tage wehtun.

Jens sah schlimmer aus. Seine Augen hatten sich mit Tränen gefüllt, und er hielt sich ein blutiges Geschirrtuch vor den Mund.

Noely stand wieder auf eigenen Beinen und versuchte, die Tische und die Stühle in Ordnung zu bringen.

»Du bist ja doch 'ne harte Nummer, Großer!« Beate lächelte stolz und drückte Nik ihr Taschentuch auf die aufgerissene Augenbraue.

»Komm, fahren wir erst einmal nach Hause!«

Irgendwo heulte eine Sirene. Sicherlich Polizei oder Rettungswagen, die irgendein Gast gerufen hatte.

Nik drehte sich nach Fäller um, der aber verschwunden war. Er sah auch noch mal zu Noely, die ihm bedeutete, dass er abhauen sollte.

Was soll's, dachte sich Nik. Wenn die Polizei Fragen hatte, würde sie ihn schon finden.

*

Jens sah ziemlich lädiert aus. Die Augen verfärbten sich langsam. DieNase war getapet, und man hatte ihm die beiden abgebrochenen, gesplitterten Schneidezähne entfernt. Die Oberlippe war geschwollen.

Sie selbst hatte es nicht wirklich schlimm erwischt. Die Lippe hatte noch nicht einmal genäht werden müssen. Nur die Platzwunde am Hinterkopf, als sie gegen die Scheibe geprallt war. Auf die Prellung am Kiefer und Hals presste sie einen Eisbeutel.

Gegen die Schmerzen hatte Jens etwas bekommen, aber zu Hause noch mit ein paar Ibuprofen 800 und Katadolon nachgelegt. Jetzt war er halb benommen und nur sehr schwer zu verstehen. »Wir hören auf hier, machen Schluss. Zuerst das Theater mit den Russen, jetzt das hier und übermorgen vielleicht noch die Schutzgeldmafia! Wir hören auf!«, nuschelte er. Noely stand am Fenster und sah auf die Straße.

»Ich kann nicht. Ich habe zu viele Verpflichtungen angenommen!«

»Das ist mir egal. Wir sind fertig hier. Ein für alle Mal!« Jens war trotz seines Zustandes so energisch wie noch nie.

»Lass das, Jens! Hör auf damit. Ich suche mir etwas Neues. Vielleicht am Ku'damm oder sonst wo. Das Café läuft doch besser als erhofft. Warum willst du das hinwerfen?«

»Ach, das Scheiß-Café! Was haben wir denn davon? Wir sehen uns doch kaum noch. Und jetzt haben wir auch noch die Schläger von der O in der Hütte. Was wollen wir denn machen, wenn der Irre wiedererscheint? Der lange Kerl ist nicht immer zur Stelle! Und ich bin eine Pfeife, die dich nicht beschützen kann.«

Noely hatte sich zu ihm herumgedreht.

»Ach, Jens. Du bist nun mal kein Schläger. Na und? Du bist dafür ein wundervoller Mensch, und das mit Fäller regelt sich. Entweder ziehen ihn die Bullen aus dem Verkehr oder irgendeiner macht ihn platt, so wie der jetzt drauf ist. Das muss nicht deine Sorge sein. Glaub mir!«

»Du immer mit deinen rosaroten Zukunftsvisionen.« Er machte eine Pause und befühlte mit der Zunge zum wiederholten Male die Lücke vorne zwischen den Zähnen. Dann fuhr er fort:

»Wann haben wir das letzte Mal Sex gehabt? Vor vier Wochen? Vor sechs Wochen? Nicht mal eben schnell unter der Dusche einen geblasen oder kurz bevor ich ins Café musste einen gewichst zu bekommen. Ich meine Sex. Mit einem Abendessen vorher, einer Verführung und mit einem liebevollen Gespräch hinterher. Was ist aus unseren Filmabenden geworden? Was aus unseren gemeinsamen Spaziergängen? Du lebst in deiner Welt zwischen Fitnessstudio, Solarium und Strich, und ich funktioniere in meiner Welt zwischen Abrechnung, Getränkelieferungen und Bedienung!«

Die Medikamente hatten seinen Redefluss angeregt. Ein paar Tränen liefen ihm über die Wangen, aber Noely war unfähig, zu ihm zu gehen.

»Ach Jens, das Leben findet nicht auf einer Wiese mit Butterblumen statt, manchmal findet man es auf einem steinigen Boden. Wir haben gesagt, drei oder vier Jahre machen wir das hier.«

»Jaja … ja. Drei oder vier. Oder fünf oder sechs. Du bist jetzt neununddreißig. Wenn du noch zwei Jahre anschaffst, dann bist du einundvierzig. Wann wollen wir denn Kinder haben?«

Noely erstarrte. Damit hatte sie nicht gerechnet. Sie schluckte.

»Das … das war nie ein Thema!«

Jens setzte sich auf.

»War nie ein Thema. Was ist das für eine Antwort?«

Ihre Stimme war seltsam spröde.

»Leg dich hin. Ruh dich aus. Ich geh noch mal weg.« Sie ging zur Tür.

»Wo willst du hin?«

Noely schaute zurück, sah ihn lange an.

»Ich geh ein wenig raus. Ich muss nachdenken.«

»Dann geh doch!« Trotzig schaltete er den Fernseher ein. Aber die Nachrichten und der Wetterbericht interessierten ihn nicht. Noely sah auch nicht die neuen Tränen und nicht die wütende Faust, die verzweifelt in das Kissen schlug.

*

Nik goss sich noch einen Whiskey ein und sog an der Zigarette. Fäller war außer Kontrolle. Wassilis Angebot lag auf dem Tisch. Nik hatte Beate geraten anzunehmen. Es war nicht spitze, aber es war besser, als am Ende

nichts zu bekommen. Ob er mit ihr weggehen würde, hatte er offengelassen. Jedenfalls für heute Abend. Er würde ihr noch früh genug sagen, dass er seinen Weg ohne sie weitergehen würde.

Nik hörte sie in der Küche summen, während er hier auf der Terrasse über den Tag nachdachte. Da waren wieder diese dunklen Augen der Cafébesitzerin gewesen, die ihn schon die letzten Stunden beschäftigten. Er kannte diese Augen, da war er sich sicher. Woher nur? Oder war das alles nur eine Täuschung?

Das Summen des Telefons unterbrach seine Gedanken.

»Ja?«

»Langer?«

»Wer ist denn da?«

»Ich bin's!« Die raue, harte Stimme kratzte in der Leitung. Nik setzte sich auf. Jetzt erkannte er die Stimme von Fäller.

»Ja? Was ist?«

Der joviale Ton, den Fäller versuchte in seine Stimme zu legen, klang wenig glaubhaft. Ein Rest von Gemeinheit schwang darin mit.

»Guter Kampf heute! Schwamm drüber. Okay?«

Nik dachte sich seinen Teil, war aber gleichzeitig auch neugierig, was der Gangster wollte.

»Von mir aus. Alles gut.«

»Suchst du noch immer Richards Mörder?«

Nik stürzte den Rest Whiskey hinunter und schenkte nach.

»Bist du noch da?« Fällers Stimme quäkte aus dem Handy.

Nik hörte Beate leise fröhlich singen. Was hatte sie gesagt? Dass sie es Richard schuldig war, seinen Mörder zu finden. Und er hatte den Auftrag angenommen.

»Klar!«

»Also … ich kann dir da auf die Sprünge helfen.«

»Dann leg mal los.«

Das knarrende Lachen von Fäller drang durch das Telefon.

»Langer … Mensch, Langer. Wir sind doch beide aus dem Geschäft. Nichts ist umsonst. Das weißt du doch.«

»Wie viel?«

»Drei Mille. Ein Schnäppchen!«

»Was bekomme ich dafür?«

»Den Namen und das Motiv!«

»Wo treffen wir uns?«

»Komm zu mir. Ich bin heute Abend bis elf zu Hause. Hast Du was zum Schreiben?«

Nik sah auf die Uhr. Zwölf nach sieben. Er notierte sich die Adresse.

Kein Problem, in einer Dreiviertelstunde, maximal in einer Stunde wäre er da. Also genug Zeit, um noch mit Beate vorher zu Abend zu essen.

Beate rief ihn herein. Beim Essen erzählte er ihr von dem Gespräch mit Fäller. Sie war misstrauisch.

»Du gehst doch da nicht hin? Das ist mit Sicherheiteine Falle. Der will dich reinlegen, wegen heute Nachmittag!«

Nik amüsierte sich ein wenig über ihre Besorgnis.

»Aber was ist, wenn er wirklich etwas weiß?«

»Sei nicht so blauäugig. Der blufft nur, will noch ein paar Euro treffen, weil er blank ist. Und so nebenbei will er dich plattmachen. Das kann man doch zehn Kilometer gegen den Wind riechen! Wahrscheinlich warten da ein paar üble Schläger auf dich!«

Nik blieb stur, und Beate beruhigte sich etwas, als er ihr versprach, Bambi als Rückendeckung mitzunehmen.

»Okay, aber geht kein unnötiges Risiko ein!«

Das ganze Leben war ein Risiko, also was galt es da noch Unnötiges einzugehen? Nik verschwieg ihr seine Logik und stand schließlich auf

»Was ist los?« Beate sah ihn fragend an.

»Ich brauche die dreitausend!«

Sie lachte, ein wenig wie früher, bevor sie zusammen im Bett gelandet waren. Hart und selbstsicher, was ihm gefiel.

»Und wenn ich es dir nicht gebe?«

»Er wird es sehen wollen!«

Beate seufzte, ging zum Sekretär und öffnete die Kassette. Nik betrachtete ihr Hinterteil, was ihn einmal fasziniert hatte. Es war immer noch ansehnlich, aber eben kein Geheimnis mehr. Beate kam zu ihm, drückte ihm das Geld in die Hand.

»Pass auf. Lass dich auf nichts ein!« Die Sorge in ihren Augen war echt, ihr Kirschmund leuchtete. Nik beugte sich vor und küsste sie.

»Mach dir keinen Kopf. Ich bin bald wieder da. Dusch schon mal!«

*

Fäller lachte irre vor sich hin. Der Köder hatte gelockt. Ja, er kannte sich aus, er wusste, wie man Menschen an die Angel bekam. Richards Mörder war ihm scheißegal, und er hatte auch keinen blassen Dunst, wer das sein könnte. Aber der Lange war gleich drauf angesprungen.
Der blöde Oleg hatte die Überwachungstechnik zerstört, nur so, weil er das fehlende Kilo Koks nicht finden konnte. Blödmann. Fäller kicherte.

Scheiß drauf. Was sollte es. Er würde hier seine Zelte

abbrechen. Gleich noch die drei Mille von dem Langen greifen. Vielleicht noch Lehnert finden und was erpressen. Und dann in den Pink Pool, Oleg umlegen und erst Wassili den Tresor leeren lassen, um den selbsternannten Zarewitsch hinterher plattzumachen. Alles kein Problem. Er stippte mit dem Finger in den offenen Beutel auf dem Tisch und rieb sich das Zahnfleisch ein.

Er hatte den Langen gegen neunzehn Uhr angerufen. Wenn der gleich losgefahren war, dann müsste er gegen zwanzig Uhr hier sein. Perfekt.

Er würde es ihnen allen zeigen. Und der scheiß Fathi konnte ihn auch am Arsch lecken. Die Libanesen hatten den Markt bestimmt selbst billig gemacht und arbeiteten mit den Russen zusammen. Den würde er auch noch besuchen und gleich ein paar Kilo ins Reisegepäck laden. Alle würden büßen.

Er nahm die Beretta und schob sie hinter das Sofakissen. Ein alter Trick, aber immer wieder passend.

Sollte der Lange erst einmal die Kohle auf den Tisch packen. Dann die Kanone gegriffen und dem Penner einen Tunnel in den Schädel gestanzt.

Wieder kicherte Fäller. Nahm die Schachtel mit den Patronen vom Tisch, verteilte den Inhalt links und rechts in sein Jackett. Er könnte auch noch die Pokerrunde überfallen, die ihn zuletzt abgezockt hatte. Waren sowieso alles Falschspieler.

Er langte hinter das Kissen, versuchte probehalber den Griff der Beretta zu fassen, verheddert sich und stieß das Glas Wodka auf dem Tisch um, als er versuchte die Panne unbeholfen auszugleichen. Ein wenig von dem weißen Pulver vermischte sich mit dem Wodka. Fäller schob die Tüte zur Seite. Nur so viel, dass sie im Trockenen lag.

Diesmal legte er das Kissen flach auf die Couch und die Kanone darunter. Auch das war nicht wirklich gut. Es klingelte an der Sprechanlage. Scheiße, der Lange war zu früh. Fäller suchte nach einer Möglichkeit, hielt die Kanone in der Hand. Wieder klingelte es. Mit ein paar Schritten war er an der Tür, öffnete sie und drückte auf den Summer.

»Komm hoch, es ist offen!«

Behände bewegte er sich wieder zur Couch, noch immer die Kanone in der Hand. Er zog schnell das Jackett aus, legte es neben sich und schob die Beretta darunter. Mit ein paar routinierten Handbewegungen hackte er sich eine Line auf dem Spiegel zurecht, griff sich sein Glasröhrchen. Ein paar Krümel würden ihn fit machen.

Er hörte die Wohnungstür leise ins Schloss fallen, bevor er den Stoff gezogen hatte und sah auf.

»Du? Das ist ja 'ne Überraschung. Was willst du denn hier?« Fäller entspannte sich.

»Wir müssen reden.«

»Worüber sollte ich mit dir reden?« Fäller konzentrierte

sich wieder auf die Line.

»Sie haben dich übel beschissen.«

Fäller zögerte einen Moment, hielt seinRöhrchen zwischen den Fingern, zeigte mit der anderen auf den Beutel.

»Du auch?«

»Nein. Aber hast du einen Drink?«

Fäller zeigte hinter sich auf den kleinen Barwagen vor dem Fenster.

»Bedien dich.«

Jetzt beugte er sich endgültig über den Stoff und zog eine der Lines ein.

Hinter ihm klirrte Eis im Glas. Fäller setzte das Röhrchen erneut an.

Die Wucht, mit der sein Kopf auf die Tischplatte gestoßen wurde, trieb das Glasröhrchen durch die Nasenhöhle, schrammte an der Knorpelmasse vorbei, zerfetzte die Nasenschleimhaut. Im selben Moment, als das Glasröhrchen zersplitterte, sog Fäller unbewusst tief Luft ein, und die winzigen Partikel, ähnlich Glasstaub, drangen geschossartig in seine Rachenhöhle vor, während die größeren Splitter das Innere der Nasenhöhle verletzten. Das alles geschah in einer einzigen Sekunde, und Fäller glaubte an einen brutalen Koksflash.

Dann brannte es in seinem Genick. Ein Schmerz durchfuhr seinenganzen Körper, der ihm das Gehirn auszubrennen schien und ihn in eine alles ausblendende Bewusstlosigkeit schickte.

Das Phantom steckte den Elektroschocker in die Halterung an seinem Gürtel. Fäller lag mit dem Gesicht im Koks. Ein feiner roter Blutfaden aus seiner Nase bildete in dem weißen Pulver einen interessanten Kontrast.

Das Phantom griff ihm in die Haare und zog ihn in eine sitzende Haltung gegen die Sofalehne. Fäller war schwer, und so brauchte das Phantom etliche Minuten, bis es ihn rücklings auf dem Tisch liegen hatte. Die Unterschenkel hingen auf der einen Seite über die Tischkante, der Kopf über die andere. Die Beine würden ihm sicher einschlafen, und die Kopfhaltung würde einen steifen Nacken nach sich ziehen, im Normalfall jedenfalls.
Aber diese Beschwerden würden Fäller sicherlich nicht mehr besonders beeindrucken.

Das Phantom streifte Fäller an beiden Füßen Drahtschlingen über, von denen ein fünf Millimeter Steuerseil unter dem Tisch bis zu seinem Kopf führte. Es legte dem Gangster noch eine Schlinge um den Hals und verband sie mit einem weiteren Draht unter dem Tisch. Hier noch ein wenig an den Klemmterminals die Spannung eingestellt und dort noch die Länge angepasst, dann war das Phantom zufrieden. Wenn es die Unterschenkel Fällers anhob, biss die Halsschlinge in das Fleisch von dessen

Hals.

Aber Fäller war ein Tier und durch den Koksgenuss unberechenbar, deshalb fixierte es den ganzen Körper mit Klebeband am Tisch. Die Arme streckte es nach hinten, fixierte beide Handflächen mit Sekundenkleber aneinander.

Ein weiteres Drahtseil, Handschellen und eine Befestigung an der Heizung vervollständigten das Werk.

Fällers Augenlieder zuckten unruhig. Das Phantom klebte ihm routiniert den Mund mit silbernem Band zu und schnitt einen Schlitz hinein. Fäller öffnete die Augen. Hustete unterdrückt. Wurde wach und versuchte sich zu bewegen. Zuerst strangulierte er sich, dann kugelte er sich fast die Arme aus. Das Phantom stand am Tisch und lächelte.

»Hallo, Heinz! Lange nicht gesehen!«
Fällers Augen signalisierten gleichzeitig Entsetzen und Unverständnis.

»Was denn? Du erinnerst dich nicht mehr an mich?«

Fäller versuchte erst gar nicht den Kopf zu schütteln. Der Draht funktionierte wie eine Säge.

»Ich bin enttäuscht! Das Phantom beugte sich vor und flüsterte Fäller etwas ins Ohr. Dann stand es auf, nahm die Bauschaumdose, zeigte sie Fäller, der nun doch wie verrückt an allem riss und den Kopf schüttelte. Am Hals quoll ein wenig Blut unter der Drahtschlinge hervor.

Fäller hatte keine Chance. Das Phantom stand hinter ihm,

fixierte seinen Kopf zwischen den Knien und stieß das Sprührohr durch den Schlitz im Klebeband, verletzte die Mundhöhle, die Speiseröhre, aber das war nicht von Belang. Der Schaum breitete sich in Fäller aus. Er starrteunentwegt auf das Phantom, als es ihm die Augenlider mit Sekundenkleber verschloss.

Fäller, das Monster, hatte Schluss gemacht, hatte abgeschaltet. Sein Herz, ein Leben lang getrieben von Hass, Wut und Drogen, hatte aufgehört zu schlagen, hatte ihm den letzten Exzess aus Schmerz und Angst erspart.

Das Phantom setzte sein Werk trotzdem fort und platzierte die Tätowiermaschine, schließlich hatte es eine Botschaft zu vermitteln.

*

»Und wie viele sind da?« Bambi schob sich noch ein Hotdog zwischen die Zahnreihen, während er ein weiteres auf seinem Schoß balancierte.

»Vielleicht gar keine, vielleicht aber doch. Du bist meine Rückendeckung! Mensch, pass mit der Soße auf!« Nik lenkte den Wagen in die Straße, die Fäller als Adresse angegeben hatte.

»Was is' denn? Nix passiert!« Bambi leckte sich die Soße mit einem schlürfenden Geräusch von den Fingern und suchte nun nach einer Gelegenheit, sie trocken zu wischen.

»Geil, so'n Mercedes!«

Nik holte tief Luft. Aber Bambi schob seine Hose hoch und wischte die Hand an den Socken ab. Routinemäßig parkte Nik den Wagen zwei Häuser weiter, sah Bambi eindringlich an.

»Bambi! Du bist nur die Rückendeckung. Klar. Wir gehen zusammen hoch, du bleibst vor der Tür. Wenn ich rufe oder wenn es drinnen laut wird, kommst du rein. Klar?«

»Egal wie?« Der Riese überlegte, ob er das andere Hotdog jetzt verspeisen oder ob er erst aussteigen sollte. Er entschloss sich, den Wagen zu verlassen, und Nik schickte ihm eine Mahnung nach.

»Ruhig jetzt. Da vorne ist es.«

Fällers Adresse entpuppte sich als ein Apartmenthaus mit sechs Wohnungen. Drei parterre, T-förmig ausgerichtet, und eine Etage darüber. Der ganze Komplex war in eine kleine Grünanlage mit Bäumen eingefasst. Nicht zu groß, aber ohne graue Häuserwände als Nachbarn. Nik hätte nicht vermutet, dass Fäller in so einer Wohngegend lebte.

Nummer 64. Nik musste über die Tür nach innen greifen, um Zugang zum Grundstück zu bekommen. Schnell hatte er am übersichtlichen Klingelbrett den Namen Fäller ausgemacht und mit dem Finger den Knopf gedrückt. Nichts passierte. Nik drückte noch einmal.

»Soll ich mal?« Bambi war kaum zu verstehen, mit

vollem Mund, als er auf die Tür zeigte. Nik schüttelte den Kopf und bedeutete ihm, ruhig zu sein. Der Hüne zuckte mit den Schultern und schob sich den Rest des Hotdogs in den Mund.

Nik ging ein paar Schritte vom Eingang weg und sah nach oben.

Eines der Appartements war erleuchtet. Vielleicht Fällers, vielleicht auch nicht.

Mit einem Griff hatte er sein Spezialwerkzeug bei der Hand, und es dauerte keine Minute, da gab die Haustür ihren Widerstand auf. Er ließ das Flurlicht aus, und sie stiegen die Treppe hoch.

Vor Fällers Tür machten sie halt. Nik klopfte. Nichts rührte sich. Durch den Spion war ein feiner Lichtschimmer zu erkennen. Nik legte das Ohr an das Holz und glaubte, ein feines Surren zu hören. Er klopfte noch einmal, vielleicht war Fäller vor dem Fernseher eingeschlafen oder besoffen oder zugekokst.

Jetzt war nichts mehr zu hören. Dann ein Poltern. War der Gangster wach geworden? Machte er gleich auf? Nik wartete ein paar Momente, versuchte es dann noch einmal mit Klopfen.

Irgendetwas wurde in der Wohnung gerückt. Der feine Lichtschimmer erlosch. Ein Geräusch, als ob ein Fenster geöffnet wurde, oder … richtig, eine Balkontür.

»Los, Bambi, wir gehen rein!«

Der Koloss schaffte die Tür im ersten Anlauf.

*

Das Phantom hatte auf dem rechten Augenlid bereits das E tätowiert und begann links mit dem K, als es klingelte. Für einen Moment hielt es in seiner Arbeit inne. Das konnte ein Zufall sein. Wen erwartete Fäller? Egal, es war bereits zu spät. Der Besucher stand schon vor der Tür. Vielleicht würde er wieder gehen, wenn niemand öffnete.

Es beugte sich wieder über den leblosen Kopf des Gangsters, wischte ein wenig Blut ab. Dann klopfte es an der Wohnungstür. Das Phantom war überrascht, setzte die Maschine erneut an. Noch ein paar Stiche, dann was das Werk vollendet.

Das Phantom packte seine Utensilien zusammen. Es klopfte erneut. Da war jemand hartnäckig.

Es langte hinüber zu der Stehlampe, die es als Scheinwerfer auf Fäller gerichtet hatte und die den ganzen Korridor mit ausleuchtete. Dabei rutschte das Jackett von der Couch, und die darunterliegende Beretta fiel auf den Boden. Ohne zu zögern griff das Phantom nach der Waffe, tappte mir der Hand auf den Lichtschalter der Stehlampe und bewegte sich in Richtung Balkon. Beim dritten Klopfen stieß es an den Barwagen und öffnete die Tür zum Balkon.

Mit ohrenbetäubendem Lärm barst der Türrahmen, das

Türblatt flog wie katapultiert an die Wand, und die drei Zentner schwere schwarze Walze flog in den Korridor.

Bambi stieß einen Ur-Schrei aus und stürmte in das Wohnzimmer, sah die offene Tür und die Silhouette auf dem Balkon.

Nik folgte ihm dichtauf. Im fahlen Licht des Mondes, der den Tisch nur spärlich beleuchtete, sah Nik Fäller liegen. Er hörte Bambi seinen Kampfschrei ausstoßen, über den er sich so oft beim Training lustig gemacht hatte, dann löste ein ohrenbetäubender Knall den Schrei ab, dem noch drei weitere folgten.

Nik sprang zur Seite, wieder ein Knall, während Nik über den Draht zur Heizung stürzte und das Brennen am Haaransatz ihm signalisierte, dass er getroffen war.

Bambi fiel stumm nach vorne auf Fäller und den Tisch, der krachend zusammenbrach.

»Bambi? Junge, sag was!« Nik rappelte sich hoch. Seine Schienbeine schmerzten, aber das war egal. Vom Kopf lief ihm Blut ins Auge. Nik wischte es weg. Mit einem Schritt war er am Tisch, bei Fäller und Bambi. Der Kongolese rührte sich nicht.

»Bambi! Komm, alles ist okay!« Nik rüttelte ihn. Bambi antwortete nicht.

Nik hatte schon zu viele Tote gesehen, um sich an die vage Hoffnung zu klammern, dass es ein Wunder geben konnte. Er legte zwei Finger an die Halsschlagader. Nichts. Auch wie der schwarze Hüne dalag, verriet ihm, dass es keine Chance mehr für ihn gab. Hätte er ihn doch draußen warten lassen, wie es der Plan gewesen war. Dann hätte es ihn selbst erwischt. Wäre er doch bloß früher hierhergefahren, hätte auf das Scheißabendessen verzichtet.

Nik fing sich. Wäre, hätte, könnte waren nicht die entscheidenden Überlegungen. Sentimentalitäten hatten in seinem Leben keinenPlatz. Bambi war tot. Okay. Er konnte jetzt nur noch den Mörder finden.

Aus der Ferne hörte er die Sirenen. Wahrscheinlich hatten ein paar Anwohner die Polizei benachrichtigt. Diesmal musste er sich nicht aus dem Staub machen. Das hier war eine Spur zu dicke.

Während er wartete, sah er sich den Tatort genauer an. Machte mit dem Handy ein paar Fotos. Ebenso von dem Barwagen. Dann nahm er sich die halbvolle Flasche Whiskey und ging zum Balkon, sah über die Brüstung nach unten.

Das waren gut fünf Meter bis unten auf den Rasen. Sportlich, sportlich. Für einen Trainierten aber durchaus kein unüberwindbares Hindernis, wenn man sich hängen und dann fallen ließ. In der Erregung, mit dem Adrenalin, das der Killer wahrscheinlich gerade innehatte, war da noch mehr möglich. Nik setze sich auf den Boden.

Eine Taschenlampe blendete ihn.

»Legen sie die Flasche weg. Hände hinter Kopf!«

Uniformierte füllten das Wohnzimmer. Nik blieb sitzen, sah sie an, trank einen weiteren Schluck aus der Flasche.

»Rufen sie Hauptkommissar Rausch an! Das ist sein Fall.«

*

Das Phantom verbiss sich den Schmerz im rechten Fußknöchel und entfernte sich durch die Seitenstraßen vom Tatort. Es tarnte sich inzwischen als Jogger mit einem kleinen Rucksack.

Das war knapp gewesen. Diesen Riesen hätte es nie mit dem Elektroschocker aufhalten können. Da war Fällers Kanone gerade rechtzeitig gekommen. Gut, dass es sich mit Waffen auskannte.

Es lief vorbei an der Tankstelle, dem kleinen Supermarkt bis zu dem Auto.

Der Fußknöchel würde mit Eis schnell wieder fit sein. So lange würde es ihn mit einer straffen Bandage stützen.

Sie würden demnächst dahinterkommen, um was es ging. Das war ja auch Sinn der Sache, aber das Phantom hatte nicht die Absicht, sich erwischen zu lassen.

Spätestens mit Lehnert und den letzten Buchstaben wären seine Verfolger nahe an ihm dran, wenn sie nicht total dämlich waren. Nicht zuletzt, wenn Gross auspacken würde, und das würde er, wenn sie ihn erst einmal richtig in die Mangel nahmen oder ihm Haftverkürzung versprachen.

Gross stand nicht auf der Liste. Der war seiner Ganovenehre treu geblieben.

Das Phantom hatte das Fahrzeug erreicht. Warf den Rucksack nebensich auf den Beifahrersitz und fuhr in Richtung Ostbahnhof, suchte sich dorteinen unverdächtigen Parkplatz. Schnell zog es sich im Auto komplett um. Von der Unterwäsche bis zu den Handschuhen. Es dauerte etwa eine halbe Stunde, bis alles zerschnitten und zerstört war.

Auf dem Weg zur Autovermietung verteilte es die Kleidung in verschiedene Container auf Baustellen oder Mülleimer am Straßenrand. Auch die Gesichtsmaske, die es sich in Fällers Rücken am Barwagen übergestreift hatte.

Man konnte nicht vorsichtig genug sein. Das kleinste Hautpartikel, ein Minimum an Speichel oder auch nur ein Haar ließ Rückschlüsse zu. Spuren vermeiden war oftmals schwieriger als die Tat selbst. So hatte das Phantom es bei jedem Mord gehalten.

Noch einmal ging es die letzten Stunden in Gedanken durch, konnte nicht erkennen, wo es unter Umständen nachlässig gewesen war. Es war knapp gewesen, mehr aber auch nicht.

Lehnert war die letzte Herausforderung. Wie einfach

diese selbsternannten Könige doch gestrickt waren. Ein Gesicht, das sie kannten und dem sie sich überlegen fühlten, und schon fielen alle Sicherheitsbedenken. Selbstgefällige Dilettanten.

Lehnert kam in ein paar Tagen aus Mallorca zurück. Das herauszufinden war ein Leichtes auf dem Kiez gewesen. Irgendeiner wusste immer etwas, irgendjemand erzählte was. Es kam nur darauf an, wie man fragte. Der Machtwechsel auf der Oranienburger war vollzogen, und damit galten auch dort neue Regeln. Das Phantom kannte sich bestens aus und hatte seine Möglichkeiten genutzt.

Die Gefahr war nur, dass die Polizei Lehnert in Empfang nehmen würde, um ihn zu schützen. Es sei denn …

*

»Schweigert, ich glaube nicht, dass Sie der Serienkiller sind. Aber es ist schon verdammt seltsam, dass Sie ständig in der Nähe der Toten auftauchen. Was soll ich davon halten?« Rausch sah Nik nachdenklich an. Der sah auch Tage nach der Ermordung von Fäller und Bambi noch schlimm aus. Übernächtigt, verkatert, den Haaransatz ein wenig ausrasiert, und eine etwa fünf Zentimeter lange Naht deutete auf die Schussverletzung hin. Rausch zeigte auf die Stelle.

»Knapp, verdammt knapp. Neun Millimeter hätten auch Ihren Dickkopf perforiert!«

Nik blieb einsilbig.

»Ich weiß!«

»Kommen Sie«, Rausch blieb hartnäckig, »Sie haben mir doch noch nicht alles gesagt. Wir müssen jetzt den Mörder von Ihrem Freund erwischen. Das wollen Sie doch auch!«

»Darauf können Sie wetten!«

»Keine Alleingänge, Schweigert. Das gibt nur Ärger oder geht total schief. Sie wissen das. Ich müsste Sie festnehmen. Außerdem ist der Mörder clever und scheint immer einen Schritt voraus zu sein. Nik sahRausch durchdringlich an.

»Was haben Sie denn noch in petto, Hauptkommissar?«

Sie saßen sich nun gegenüber wie zwei Pokerspieler am Finaltable. Aber hier ging es nicht um Straße, Flash oder Full House, sondernum Leben und Tod.

»Das ist es ja. Wir haben jede Menge Blutspuren, aber keine Zusammenhänge. Wir haben Gross verhört, aber der zuckt nur mit den Schultern. Wie weit sind Sie?«

»Geben Sie mir ein paar Tage. Mir brummt der Schädel. Ich muss erst einmal wieder klarkommen, okay?«

Rausch wirkte eher zweifelnd bei Niks Worten.
»Sie melden sich bei mir, sobald Sie eine klare Spur haben? Keine Alleingänge? Versprochen?«

Nik lächelte so ein Lächeln, das immer eine Lüge

beinhalten konnte.

»Na klar. Keine Alleingänge. Ich melde mich, sobald ich etwas rausbekommen habe.«

»Sie haben also doch eine Idee?«

»Nichts Konkretes.«

Rausch stand auf, kam um den Tisch herum.

»Sie wohnen noch bei Beate Zastrow?«   Nik schüttelte den Kopf.

»Nein, in zwei Stunden nicht mehr.«

Rausch war erstaunt.

»Was ist passiert. Ist doch eine Mordsfrau.«

Nik ging zur Tür.

»Sie sagen es, eine Mordsfrau. Mit ihr fing alles an.«

Rausch spannte sich.

»Heißt das?«

»Nein … das heißt es nicht. Aber wegen ihr bin ich da überhaupt nur reingeraten, und dadurch ist Bambi gestorben.«

Rausch verstand Nik nicht.

»Da kann doch die Frau nichts dafür.«

Nik hatte die Klinke der Bürotür in der Hand.

»Herr Hauptkommissar Rausch. Ich bin kein Beamter und kann die Dinge nicht mit einem Dienstgewissen zusammen in eine Akte ablegen oder sie durch die Lupe der Erfolgsquote betrachten. Auch wenn Sie das nicht verstehen, ich nehme an den Dingen teil. Sie hinterlassen Spuren in mir und auch Konsequenzen.«

Rausch wusste nicht, ob er ärgerlich sein oder darüber nachdenken sollte.

»Sie glauben doch wohl nicht, dass mir der Tod der Menschen gleichgültig ist?«

Nik öffnete die Tür, drehte sich herum.

»Wollen Sie mir allen Ernstes sagen, dass Sie der Tod von Fäller oder Prielow berührt?«

»Na … vielleicht nicht gerade die …!«

Nick trat auf den Flur.

»Bleiben Sie dran. Bis in ein paar Tagen!«

*

Nik fuhr auf direkten Weg vom LKA zu Beates Apartment. Sie war, wie erwartet, nicht da. Sie hatte sich entschlossen, das Apartment zu verkaufen und ihre Zelte in Berlin abzubrechen. Wohin es gehen sollte, war noch nicht klar, auch weil sie noch auf Niks Entscheidung wartete. Nik kramte seine Sachen zusammen, die er in zwei Sporttaschen verstaute, und setzte sich mit einem großen Glas Whiskey und einer Zigarette auf die Terrasse.

Bambis Tod hatte ihn nicht in Depressionen gestürzt, doch er fühlte sich teilweise verantwortlich. Er hätte es verhindern können, wenn er die Liaison mit Beate nicht eingegangen wäre und sich aus dem Fall zurückgezogen hätte, nachdem er Richard gefunden hatte.

Der Killer schien über Detailkenntnisse auf dem Kiez zu verfügen. Er wusste, wie die Jungs reagieren und welche Gewohnheiten sie hatten. Aber auch Gohlke, der ja über zehn Jahre raus aus der Nummer war, war nicht verschont geblieben. Es musste also mit damals zusammenhängen. Mit Uwe Trummler. Wer rächte Uwe Trummler?

Nik goss sich einen weiteren Whiskey ein, zündete sich eine weitere Zigarette an.

Uwes Bruder Michael? Der verschollene Söldner? Über den hatte er selbst nichts in den Zeitungsarchiven erfahren, und auch Ullrich Wollewski wusste nichts mehr.

Was war mit Uwe Trummlers Eltern? Mutter alleinerziehend … ermordet. Vater unbekannt. Das hieß aber nicht, dass der Vater nichts über seinen Sohn wusste. Vielleicht auch jemand vom Kiez?

Warum aber erst jetzt? Vielleicht, weil er nicht früher seine Rache ausleben konnte? Was gab es für Möglichkeiten, die das hätten verhindern können? Auslandsaufenthalt? Inhaftierung? Krankheit? Psychiatrie? Eine funktionierende Ehe? Trummler müsste jetzt so um die vierzig sein, der Vater etwa um die sechzig, plus minus.

Ein verwegener Gedanke durchzuckte Nik. Konnte es Lehnert sein? Der hatte das Wissen, der hatte das Alter, und der hatte das Vertrauen der Leute. Das würde aber auch bedeuten, dass nicht Lehnert das nächste Opfer wäre, sondern Gross.

Lehnert war kräftig genug, um Ohnmächtige zu bewegen. Außerdem war der Elektroschocker sein bevorzugtes Werkzeug. Fäller hätte Lehnert auch reingelassen und ihm den Rücken zugedreht. Ebenso Gross.

Den dritten Whiskey nahm Nik im Stehen. Er lehnte an der Einfassung der Terrassentür, sah über den Park.

Ihm war klar, dass er mit Rausch darüber reden musste. Von wegen DNA-Spuren und so. Vielleicht gab es ja da noch etwas in den Asservaten der Kriminalpolizei. Aber, verdammt, warum ging Lehnert erst jetzt los? Nicht gleich nach der missglückten Flucht, falls Trummler sein Sohn war?

Hatte es ihn jetzt erst zerfressen? Wollte er zum Ende des eigenen Lebens die Dinge noch geraderücken? Was war damals passiert? Die Lösung lag in der Vergangenheit. Das war der nächste Schritt.

Er hatte einen Termin mit Gross, der ihn angerufen hatte. Na klar, wenn er mit der Zockerei im Freigang auffliegen würde, hieß das wieder zurück in den geschlossenen Vollzug und mit größter Wahrscheinlichkeit auch den Verlust auf jede Chance einer vorzeitigen Bewährungsstrafe.

Gross war ein erprobter Häftling, ein Ganove alter Schule. Von seinen vierundsechzig Lebensjahren hatte er ungefähr neunundzwanzig in Haft verbracht. Jetzt zählte jedes

Jahr in Freiheit. Nik rechnete sich eine gute Gelegenheit aus, ihn unter Druck zu setzen. Der Knacki musste wochentags bis zwanzig Uhr wieder im Heidering sein. Nik hatte versprochen, ihn am Hufeisen, der Kneipe, in der Gross einen Tisch als Zocker hielt, abzuholen und ihn dann zur Haftanstalt zu fahren. Er sah auf die Uhr. Es wurde Zeit.

Nik nahm seine beiden Taschen, verschloss die Tür zum Apartment und ging zum Fahrstuhl. Im Hausflur steckte er die Mercedesschlüssel an den Ring mit den anderen Schlüsseln und warf das Bündel in den Briefkasten, auf dem noch immer Richard Zastrows Name stand.

Mit dem Taxi war er in zwanzig Minuten in der Skalitzer Straße, warf die Taschen nur in den Korridor seiner Wohnung und schnappte sich die Schlüssel für seinen alten Variant.

*

»Hör auf, Jens. Du brauchst keine Medikamente mehr. Du frisst die Tabletten schon wie Süßigkeiten!« Noely stemmte die Arme in die Seiten.
»Ich brauche dich im Café! Oder willst du das wegwerfen?«
Jens warf sich drei Ibuprofen 800 und eine Flunitrazepam ein, seine momentan favorisierte Mischung, und spülte mit einer Cola hinterher.
»Das kann dir doch egal sein!« Noely schüttelte den

Kopf.

»Warum sagst du so etwas? Seit der Schlägerei kümmere ichmich um das Café, und du bemitleidest dich hier. Es ist immer irgendwann an der Zeit, wieder aufzustehen! Komm, Liebling, lass dich nicht so gehen!«

Jens sah sie halb mitleidig, halb beleidigt an.

»Ach … du schläfst seit dem Vorfall auf der Couch, jetzt willst du für ein paar Tage in ein Hotel ziehen. Was soll ich denn denken? Ich liebe dich doch!« Tränen füllten seine Augen. Er schluckte.

Noely sah auf das Häufchen Elend da imBett. Er war so verletzlich und so hilflos. Ihre Liebe war längst einer gefühlvollen Fürsorge gewichen.

»Lass uns doch ein wenig Abstand gewinnen, nur für zwei oder drei Tage. Mehr nicht. Einfach einmal nachdenken, und du gewinnst wieder an Tatkraft, wenn du das Café führst. Du bist da die wichtigste Person. Du hast das Café geprägt. Die Stammgäste fragen schon nach dir!«

Jens strich fahrig über die Bettdecke, sein Ton war weinerlich.

»Ich weiß nicht. Das mit dem Abstand ist dochBlödsinn!«

»Hör auf, Jens! Das ist Kinderkram. Ich will nicht weg von dir. Ich muss eine Entscheidung treffen, und das kann ich nicht, wenn wir uns hier ständig ankeifen und streiten, während du Tabletten in dich reinschaufelst, dass man Angst haben muss, du wirst nicht mehr wach. Wassili hat die

Standmiete und die Zimmerpreise erhöht. Außerdem will er mehr Prozente. Ich war jetzt die Woche über nicht auf der O. Wenn ich mich nicht entscheide, ist der Platz weg, und einen neuen müsste ich dann wieder bezahlen. Ich muss mal raus aus dem Hickhack, um einen klaren Kopf zu bekommen.«

Jens versuchte einen starken Eindruck zu machen.

»Soll ich mal mit ihm reden? So unter Männern klärt sich das eineoder andere vielleicht einfacher!«

Meine Güte, dachte Noely, hatten die Tabletten schon so einen Schaden angerichtet?

»Nein. Dazu ist es jetzt zu spät. Wassili hat seine Befehle rausgegeben, die kann er jetzt nicht mehr zurücknehmen. Und außerdem möchte ich auch nicht mehr dahin zurück.«

»Dann bleib einfach nur noch im Café!«

Jens setzte sich auf. Auf Noelys Stirn bildete sich eine steile Falte, ihre Stimme bekam eine Spur schärferen Klang.

»Nicht schon wieder das Thema. Hörst du! Wir haben ein Café, und wir haben einen Kredit. Ich bin eine Hure, und nur damit können wir ihn abbezahlen.«

»Das sagst du jedes Mal. Wir haben es noch gar nicht probiert. Oder reiche ich dir nicht, und du fickst aus reiner Freude mit den Freiern?«

»Das reicht jetzt!« Noely griff sich den kleinen Rollkoffer aus dem Schrank mit den Schiebetüren und begann ein paar

Sachen hineinzupacken, während Jens erneut Tabletten aus der Folie drückte.

»Vergiss nicht deinen Schmuck mitzunehmen und das Scheckbuch. Das gehört ja alles dir. Und denk dran, auch genügend Kondome einzupacken.« Seine Stimme war zickig.

Noely antwortete ihm nicht. Es waren nur die Tabletten, die ihn dazu brachten, so etwas zu sagen. Er meinte es nicht so. Er war wie ein kleiner Junge, der in seiner Eitelkeit und seiner Männlichkeit verletzt worden war. Er hatte sein Mädchen nicht verteidigen können und vermisste die rosa Wolken der ersten Verliebtheit. Er hatte noch nicht begriffen, dass man diese beizeiten durch ein Fundament aus Harmonie, Vertrauen und Loyalität ersetzen musste. Aber der Hinweis mit dem Scheckbuch war trotzdem richtig. Noely nahm es aus der Schublade ihres Nachttisches. Jens sah ihr zu.

»Blöde Fotze. Ich hab dich nie geliebt!«

Noely ging zu ihm, setzte sich auf die Bettkante und wischte ihm mit einem Handtuch den Schweiß von der Stirn.

»Hör auf, Liebling.« Sie lächelte, »Es ist besser so. Lass uns darüber schlafen. Du gehst wieder ins Café, und ich überlege in Ruhe, ob wir es auch ohne Anschaffen hinbekommen. Okay?«

Jens umklammerte ihre Hand.

»Dann bleib doch hier …!«

Noely löste sich, stand auf.

»Ich bin so durcheinander. Die Schlägerei, das Café, die Morde, Wassili, deine Tabletten und alles. Lass mich doch ein wenig Luft holen … bitte!«

»Warte … bitte warte!« Jens stand auf und ging zu seinem Schrank. Er kramte in der oberen Ablage und holte aus dem verblichenen Schuhkarton seine alte Brieftasche. Das waren ihre Respektsbezeugungen gewesen, die er und Noely immer geachtet hatten. Nicht in den ganz privaten Dingen des andern wühlen, nicht nachforschen und nicht fragen.

»Was ist denn noch?« Noely sah ihm zu.

Jens drehte sich herum und hielt ein Foto in der Hand.

»Ich habe dir das Foto meiner Mutter nie gezeigt. Es war mein Halt in allen schlechten Zeiten. Hat mich immer wieder aufgebaut. Du solltest das wissen. Denn jetzt bist du dieser Halt, den ich nicht verlieren möchte, nicht verlieren kann. Du bist mehr als nur ein Foto.«

Er hielt ihr das Bild seiner Mutter hin. Noely erstarrte, war unfähig, das Bild in die Hand zu nehmen. Plötzlich überkam sie ein Gefühl der Übelkeit.

Sie lief ins Badezimmer, wo sie würgte und sich übergab, bis sie noch nicht einmal mehr grüne Galle zum Vorschein brachte.

Im ersten Moment wollte Jens ihr hinterher. Aber

dann begriff er plötzlich. Sie war launisch, völlig durch
den Wind, und jetzt übergab sie sich auch noch. Dafür gab
es in seinen Augen nur eine Erklärung: Sie war schwanger.

*

Das Phantom hatte seine Entscheidung getroffen. Die Dinge
waren auf den Kopf gestellt. Fast war es gewillt, auf das Finale
zu verzichten, weil die Dinge völlig aus dem Ruder gelaufen
waren. Aber eben nur fast. Es hatte sich beruhigt, hatte sich
gefangen.

Auch das nächste Risiko musste noch getragen werden,
und das Phantom war dazu bereit. War bereit dafür, aus der
Deckung zu kommen, alles auf eine Karte zu setzen.

Es konnte Lehnert nicht erlauben zu entkommen. Dafür
trug der viel zu viel Schuld. Nicht ohne Grund hatte es sich
den Gangsterboss bis zum Schluss aufgehoben. Er sollte
Angst haben. Er sollte rätselraten, warum seine Tatgenossen
einer nach dem anderen starben. Sollte fühlen, wie es war,
wenn einem der Boden unter den Füßen entglitt, wenn aus
dem festen Untergrund Treibsand wurde. Sollte vielleicht
sogar die Wahrheit entdecken.
Und danach? Danach würde es genauso wieder
verschwinden, wie es aufgetaucht war.

Es musste alles andere ausblenden, sich davon nicht
beeinflussen lassen. Sorgfältig packte es den minimalen
Haushalt ein, den es in dem unauffälligen, nur knapp vierzig

Quadratmeter großen Wohnraum am Kottbusser Tor eingerichtet hatte. Es waren nur die Requisiten für die Tarnung. Peinlich genau wischte es sauber. In diesem Raum hatte es stets Gummihandschuhe getragen, wie sie auch die Beamten der Spurensicherung benutzten.

Es öffnete den Siphon am Waschbecken und entnahm ihm den dreckigen Inhalt, tat ihn in die Abfalltüte. Hier noch ein Kleenex, dort noch ein Fussel.

Es war kaum annehmbar, dass man in den Ermittlungen überhaupt auf diese Wohnung kam. Das Phantom hatte ordentlich zum Letzten des nächsten Monats gekündigt und die fällige Miete schon überwiesen. Natürlich unter einem fiktiven Namen. Wie mit der Verwaltung abgesprochen, legte es die Schlüssel auf den Wohnzimmertisch und zog die Tür nur hinter sich zu. Es würde nicht mehr hierher zurückkehren.

*

Bernd Gross winkte ab.

»Nee … lass man … keene Pilsette, wa! Dit riechen die janz schnelle bei die Kontrolle, und dann bin ick da draussen oder besser wieda drinne innen festen Bau! Cola is okay!«

Nik orderte für sich einen Whiskey und für sein Gegenüber eine Cola. Gross faltete die Hände und legte sie vor sich auf den Tisch.

»Na, schieß ma los, Langer. Wat kann ick denn für dir tun? Wat suchste denn? Ick weeß zwar nix, aber ick kenn ne Menge Leute!«

Nik sah sich den Mann genau an. Die groben Hände, die knochigen Schultern, die hageren Gesichtszüge und die graugrünen Augen. Mit dem brauchte er nicht lange Versteck zu spielen, das war klar.

»Ich brauch Auskünfte aus der Zeit der BAD CITY AG.«

Gross zuckte mit keiner Wimper, starrte ihn an.

»Wusste ick et doch. So janz ohne macht sich keener den Uffwand! Wat is, wenn ick nur de Cola trinke und mir verdünnisiere?«

»Da ist dann die Sache mit der Arbeit und der Zockerei. Eine kleine Meldung …!« Nik ließ den Rest offen.

»Na und? Denn muss ick wieder nach Tegel, wa. Na und? Kenn ick mir aus!«

»Und die mögliche Bewährung?« Nik lächelte.

»Ach de Bewährung. Dit sind ooch nur zwei Jahre, weeßte. Dit is überschaubar.« Gross lächelte zurück, aber seine Augen blieben davon unberührt. Die Bedienung kam mit den Getränken. Während Nik von seinem Whiskey trank, ließ Gross die Cola unberührt.

»Gross, die BAD CITY AG besteht fast nur noch aus Toten, lediglich du und Lehnert leben noch. Du kannst keinen mehr in die Pfanne hauen.«

Gross nickte.

»Denkste!«

Nik verstand. Es gab Straftaten, die verjährten nicht. Darunter fiel auch Mord.

»Können wir es nicht so machen: Du antwortest nur darauf, was du möchtest, und ich spekuliere mal dazwischen. Vielleicht nickst du ab und zu?«

Gross nippte an der Cola.

»Ick versprech nix. Aber mach ma eenen Versuch.«

Als Nik einen Block und Kugelschreiber hervorholte, schüttelte Gross mit dem Kopf.

»Det kannste gleich vergessen. Und dann pack dit Handy uffn Tisch … aber ausschalten!«

Nik kam der Aufforderung nach.

»Was weißt du von Uwe Trummler?«, eröffnete Nik die Befragung.

»Wat denn? Von Pimmelkopp? Wie kommste denn uff den?«

Nik war überrascht.

»Pimmelkopf? Wieso das denn?«

Gross sah in sein Glas, aber sein Grinsen konnte er trotzdem nicht verbergen.

»Der war so jung, der sah so unschuldig aus. Ohne Falten, mit ne janz zarte Haut. Da hat eins von die Meechens Pimmelkopp zu ihm gesagt, weil se meinte, er sähe so geil aus, det man den ganzen Tach dran rumlutschen könnte. Und wenn so ein Name erst mal raus is, dann wirste det nich mehr los! Was willste denn von ihm. Der is doch hin!«

»Es sieht aber so aus, als ob die Toten mit ihm zusammenhängen!« Gross sah ihn unbeweglich an.

»Det war aber jetze keene Frage!«

»Du bist anscheinend nicht auf der Liste!«

Wieder blieb das Gesicht von Gross unbeweglich.

»Vielleicht kann er dich besonders gut leiden?«

Gross zuckte nur einmal kurz mit einer Augenbraue. Ungewollt.

»Lebt er?«

Sie sahen sich an, starrten sich in die Augen. Es war klar, und Gross bewegte seinen Kopf nur um Millimeter. Einmal nach unten, einmal nach oben. Kaum sichtbar.

»Du hast ihm damals bei der Flucht geholfen?«

Das Nicken wurde unwesentlich deutlicher.

»Und Geld gegeben?«

Gross gab seine Zustimmung.

»Deinen Anteil an der Beute aus dem Raubüberfall!«

Gross atmete schwer, seine Wangenmuskeln sprangen hervor, und ein Knirschen kam aus seinem Mund, sein Kopf bewegte sich nicht. Nik trank den Whiskey aus.

»Okay. Ich spekuliere mal, dass das so war! Ich nehme an, er ist dann ins Ausland?«

Gross bewegte wieder recht sparsam den Kopf.

»Und nun ist er wieder zurück?«

Zustimmung.

»Hast du ihn gesehen?«

Gross schien froh, auch mal wieder ein Wort sagen zu können.

»Nee!« Er trank die Cola in einem Zug leer.

Nik winkte der Bedienung, bestellte noch einen Whiskey und eine Cola, aber Gross widersprach.

»Für mir een Rum mit Cola. Aber doppelt, wa. Der Rum!«

Nik sah ihn an, überlegte sich die nächste Frage. Zu seiner Überraschung redete Gross weiter.

»Keene Fragen mehr zum Überfall. Klar? Aber wat se mit dem Jungen damals abgezogen haben, det war unter alle Sau.«

»Dass sie ihn verraten haben? Für sich in den Knast geschickt haben?«

»Jenau. Der hat geglaubt, dat er nu eener von ihnen is. Dass se ihn da mit juten Anwälten und een Alibi inne Berufung rausholen würden.«

»Hatte er denn kein Alibi?«

»Se haben ihn extra inne Nähe bestellt, wo er sich sehen lassen sollte, wa. Det haben ooch een paar Zeugen. Na ja, ooch so mit demselben Rucksack, wie die Räuber, wa. Und später hat de Schmiere noch de Plempe und de Penunse bei ihm gefunden. Det war et dann für ihn. Der Bengel hat echt geglaubt, so een oder zwee Jahre im Bau wären ein Uffnahmeritual!«

»Und die anderen?«

»Waren alle in eene Zockerrunde, wa!«

»Und du?«

Gross verfiel wieder in sein Schweigen. Nik beließ es dabei. Dann fiel ihm das Foto ein. Er kramte es aus der Jacke und legte es auf den Tisch.

Gross grinste.

»Meene Jüte. Wo haste det denn her?« Er nahm das Foto in die Hand.

»Olle Richard und Heinze, wa, und Gerdchen und icke. Manno. Wilde Zeiten, wa.«

»Und wer sind die beiden?« Nik zeigte auf die junge Frau mit dem Kind und den Barkeeper.

»Dit is Renzo. Een Varrückta mit die Weiber. Hat seinen Schnuller überall reingesteckt. Aber war keen Luden nich, zu weich. Hattse alle geliebt. Dafür immer mächtig Ärger mit die Luden gehabt. Wollte immer jede Torte vögeln, wa, aba nix bezahlen wollen. Lief allet heimlich, weil de Weiber uff ihn abgegangen sind!«

Nik zeigt auf die Frau mit dem Kind.

»Und die?«

Ach, dit war Roswitachen, Rosi hieß se für alle. Die hat den Renzo abgöttisch geliebt. Und det Kind da, dit

265

muss der Pimmelkopp sein!«

In Niks Kopf explodierte eine Granate. Alles an Gedanken flog plötzlich durcheinander. Die tollsten Theorien lösten aneinander ab, zerplatzten wieder. Aber einen klaren Gedanken konnte er nicht fassen. Gross unterbrach seine Grübelei.

»Wat issn, Meester? Sind wa durch?«

Nik sah sein Gegenüber an, schüttelte den Kopf.

»Augenblick noch, einen Moment!«

»Dann nehm ick noch eenen, wa!« Gross wartete die Entgegnung nicht ab, sondern machte der Kellnerin ein Zeichen, ihm noch einmal das Gleiche zu bringen. Nik hatte sich gefangen.

»Und wie ging es weiter mit Uwe?«

»Ach, der hatte et jut. Wurde zwischen die Huren groß, verhätschelt und behütet. Renzo muss sich vom Acker gemacht haben, als der Kleene so een oder zwee oder so war.«

»Und sein Bruder?«

»An den erinner ick mir nur schwach. Den haben sie immer Meik gerufen, wa. Der war von eenen andern, nich von Renzo. Ooch von so ne Type aussem Süden. Da standse drauf, die Rosi.«

»Was ist denn aus ihr geworden?«

»Hat sie selber Schuld gehabt mit ihre Kerle aussem Süden. Hat sie dann eener jemessert, wa.«

»Und die Brüder?«

»Langer, sach ma, bin ick det Jugendamt oder wat? Der
Meik war schon früh weg. Betreutes Wohnen oder wie det
heeßt. Oder ins Heim, weeß ick nich jenau. Der war nie nich
uffn Kiez unterwegs. Und der Pimmelkopp blieb einfach da.
Bei seine Pflegemutter oder so. Ick weeß dit nich jenau.
Ick hatte ja meene eigenen Geschäfte und meene Auszeiten,
wa.« Gross sah auf die große Uhr an seinem Handgelenk.

»Wat is nu. Haben wir einen Deal? Sind wir klar? Ick
muss mir langsam inne Spur machen!«

Nik gingen noch so viele Fragen durch den Kopf. Er
musste erst einmal sortieren.

»Und Uwe? Hatte der auch was mit den Frauen vom
Kiez?«

Gross schob den Stuhl zurück.

»Der hätte sich alle aussuchen können. Hatte aber nur
Augen für dit Prinzesschen, wie ick weeß!«

Nik hob fragend die Augenbrauen. Gross stand auf.

»Wollte nur de eine. Hat er dann ooch gekriegt, wa. Und
de Jöre war ooch bald da. Een Bengel. Aber imselben Jahr
war dit ooch mit … na du weeßt schon!«

»Raubüberfall!« ergänzte Nik. »Und was wurde aus dem
Kind?«

»Dit wees ick nich. Ick war ja ooch immer mal wieder von
der Bildfläche, wa. Wat is nu? Ick muss inne Kiste zurück. Du

wolltest mir fahren!«

Nik zog sein Portemonnaie und griff einen Hunderter.

»Fährst du mit Taxe? Ich habe draußen an der Ecke einen Stand gesehen.«

Gross schnappte sich den Schein mit der Linken und hielt Nik die Rechte hin.

»Okay … sind wir im Rennen, wir beede? Allet paletti? Keen Wort mit die Maloche und so?«

Nik schlug ein.

»Alles gut. Kein Wort. Ich weiß von nichts!«

Der Händedruck von Gross war hart und trocken. Sie sahen sich an, dann verschwand der Knacki nach draußen.

Nik winkte der Servierkraft, ihm noch einen Whiskey und die Rechnung zu bringen.

*

Rausch warf das dünne Papier auf den Tisch.

»Dafür machen die so einen Eiertanz? Michael Trummler ist 2011 an irgendeiner Seuche in Afrika gestorben. Hätte mir doch als Tipp oder E- Mail oder so gereicht. Da krieg ich echt einen dicken Hals!«

Betke stimmte seinem Kollegen zu.

»Und dass sie beide nur die gleiche Mutter hatten, trägt auch nicht zur Lösung bei.«

Rausch knüllte das Papier zusammen und warf es

mit einem hohen Bogenwurf gezielt in den Papierkorb.

»Was haben wir denn sonst noch? Was sagen die Ergebnisse über Fäller und diesen toten Riesen? Gibt es da Spuren? Irgendetwas Verwertbares?«

Betke schüttelte den Kopf.

»Noch nichts. Ich hab da vorhin angerufen. Es sind Unstimmigkeiten aufgetaucht. Vielleicht sogar Kontaminierungen. Sie sind aber dran und geben uns sofort Bescheid, wenn sie etwas präziser sein können.«

»Jetzt fangen die auch noch an zu schlampen. Der Staatsanwalt hat schon angerufen, ob uns der Einblick in die Akte weitergeholfen hat. So mit dem Unterton, dass er damit den Fall wahrscheinlich gelöst hat.«

Betke sah zur Decke.

»Ein Gutes hat das ja. Michael Trummler scheidet als Verdächtiger aus.

Es engt den Kreis ein.«

»Was? Bist du jetzt bescheuert? Engt den Täterkreis ein? Das ist ja wohl eher so, dass uns die Täter ausgehen. Wer bleibt denn jetzt noch übrig?«

»Udo Lehnert!«

»Wer sonst noch?«

Der Hauptkommissar und der Oberkommissar sahen sich eine Weile schweigend an. Rausch brach als Erster die Stille.

»Und Gross? Ist der eine Option?«

Betke zögerte nur einen Moment.

»Könnte sein. Möglichkeiten und Kenntnisse hat er. Zieh ihn vom Freigang ab, dann ist er sicher! Oder die Morde hörenauf!«

Rausch nickte, zögerte noch. Betke legte nach.

»Wir könnten damit erst einmal dem Staatsanwalt was vorlegen.«

»Was soll das denn sein.«

»Na, die Bitte um einen Beschluss zur Hausdurchsuchung bei Lehnert. Dann sieht der Staatsanwalt gleich, dass wir nicht schlafen, sondern mitden Ermittlungen Fortschritte machen. Außerdem die Schutzhaft für Gross durch Rückverlegung in den geschlossenen Vollzug.«
Rausch rieb sich wieder das Kinn.

»Da ist was dran. Macht sogar Sinn.«

»Und«, er machte seine berühmte Kunstpause, »vielleicht sollten wir jetzt auch Personenschutz für Beate Zastrow anfordern. Sie könnte, müsste ja, Lehnerts letztes Opfer werden.«

Rausch griff zum Telefon und diktierte der Sekretärin die Anträge an die Staatsanwaltschaft und eine sofortige Anweisung an die Bereitschaft. Er stand auf, griff sich seine Jacke.

»Los, Winfried, wir fahren zur Zastrow. Bis der Personenschutz steht, übernehmen wir.«

Nik saß wieder in dem kleinen Café im Tempelhofer Hafen, wo vor ein paar Wochen alles angefangen hatte. Die Berlinette von Richard Zastrow dümpelte noch immer am Steg. Wer genau hinsah, konnte an der Kabinentür das Siegel erkennen, das Unberechtigten den Zugang verwehrte. Längst war die Verfügung aufgehoben, aber Beate hatte sich noch nicht darum gekümmert. Sie würde die Azimut sicherlich verkaufen.

Nicole, die Serviererin, war noch immer da, erkannte ihn sofort, und ein Strahlen ging über ihr Gesicht. Warum er denn nicht angerufen habe?
Geschäfte, antwortete Nik. Das verstand sie und verlieh ihrer neuen Hoffnung auf ein Date mit ihm durch ein kleines Streicheln mit den Fingerspitzen auf seiner Schulter Nachdruck.

»Na, ich bin doch wieder hier. Oder nicht?« Nik zwinkerte ihr zu.

»Kaffee schwarz, stimmt's?«

»Und ein Schoko-Croissant.«

Nicole schwebte davon, und Nik holte das Foto aus der Tasche, legte seinen Block auf den Tisch und zückte den Kugelschreiber. Renzo, dachte er. Renzo war also der Vater von Uwe Trummler.

Nik merkte kaum, dass Nicole ihm den Kaffee und das

Croissant auf den Tisch stellte, ebenso wenig die leichte
Berührung an seiner Hand. Er malte Kreise, Kästen, Dreiecke
auf den Block. Wo war hier die Verbindung?

Er nahm sein Handy und rief das Büro von Rausch
an, der aber war nicht da. Nein, natürlich reicht man die
Telefonnummer vom Hauptkommissar nicht weiter. Und
nein, man gibt keine Auskunft darüber, wo er sich gerade
befindet. Ja, man wird ihn benachrichtigen. Ob es denn
wichtig ist? Ja, es geht um den Bauschaum-Killer. Und er
ist? Nikolaus Schweigert! Danke.

Die Brücke, die Nik gerade im Kopf überquerte, war so
dünn, so absurd, dass es eher einem Seiltanz glich.
Einen Kaffee später war Nik klar, dass Rausch nicht sofort
zurückrief. Der Block hatte inzwischen mehr Kreise und
Dreiecke bekommen, und Niks Theorie über Bambis
Mörder hatte nun schärfere Konturen. Seine Geduld war
vorbei. Er entschloss sich, den anderen Weg zu gehen.
Warum hatte er nicht schon längst daran gedacht. Nik
wählte die Telefonnummer des Hufeisens und hatte Glück,
Gross war da.

»Wat issn noch!«

»Nur noch eine Frage. Unter welchem Namen ist
Trummler damals geflüchtet?«

*

Beate lag regungslos auf der Liege. Die nackten Beine angewinkelt zur Seite gefallen. Der linke Arm ausgestreckt auf den Terrassenboden. Sie trug nur einen Badeanzug.

Neben der Liege stand ein Glas, und auf dem Tisch lag eine umgestürzte Flasche Cognac.

So hatten Rausch und Betke sie gefunden, nachdem sie nicht geöffnet hatte. Die Tür war nur eingeschnappt gewesen, und Betke hatte mit der Plastikkarte leichtes Spiel gehabt, brauchte nur Sekunden dafür.

Dem ersten Schrecken war die Erleichterung gefolgt, als sie das leise Schnarchen von der Liege vernahmen und begriffen, dass Beate lediglich total betrunken war.

Betke versuchte sie mit kalten, nassen Handtüchern zu Bewusstsein zu bringen.Nach einer Weile war sie tatsächlich wieder ansprechbar.

»Was soll das? Wie kommen Sie hier rein? Das ist Hausfriedensbruch!«

»Frau Zastrow, wir hätten auch einen Krankenwagen rufen können,um Sie in ein Krankenhaus zu fahren und den Magen auspumpen zu lassen. Sie waren ja wie besinnungslos«, sagte Rausch.

»Reden Sie nicht so geschwollen daher.« Beate stand auf, ging in das Zimmer nebenan. Sie wankte ein wenig. »Ich habe einen gesoffen und bin eingeschlafen. Mehr war nicht. Was wollen Sie überhaupt hier?«

Nach einer Weile kam sie angezogen mit Jeans und Bluse zurück.

»Wir haben die Befürchtung, dass der Bauschaum-Mörder es auf Sie abgesehen haben könnte. Deshalb haben wir Polizeischutz angeordnet. Bis das organisiert ist, wollten wir selbst nach dem Rechten sehen!«, beantwortete Rausch endlich ihre Frage.

»Ja, ist schon klar. Und da ruft man nicht vorher einmal an? Und wie kommen Sie denn überhaupt darauf, dass der Killer mich umbringen will?«

Rausch versuchte lässig zu wirken.

»Uns liegen Erkenntnisse vor, dass die Morde unter Umständen mit dem zurzeit stattfindenden Verdrängungskrieg im Rotlicht zusammenhängen könnten. Von daher tragen auch Sie als Erbin von Richard Zastrow ein gewisses Risiko.«

»Wie soll der Polizeischutz denn aussehen?«

Betke sprang ein.

»Zunächst postieren wir eine unauffällige Bewachung vor dem Haus. Dann stimmen wir mit Ihnen Ihre täglichen Bewegungen ab.« Beate lachte.

»Und wenn der Killer über die Terrasse kommt? So als Ninja?«

»Da könnten wir vielleicht, mir Ihrem Einverständnis, Türen und Fenster sichern oder sogar jemanden in Ihrem Penthaus postieren!« Rausch war sich zwar nicht sicher, ob er das so durchbekommen würde, aber er fand, es klang durchaus professionell. Beate kam auf ihn zu, blieb ganz nah vor ihm stehen.

»Ach Kommissarchen, das ist aber lieb, dass Sie sich so viel Sorgen um mich machen. Dienstlich versteht sich. Und würden Sie hier im Apartment den Schutz übernehmen oder Ihr Kollege?« Sie nickte hinüber zu Betke.

»Wissen Sie …«, begann Rausch ungelenk, als ihn das Klingeln seines Handys aus der Situation rettete. Umständlich versuchte er es aus der Jacke zu nehmen, wobei er unabsichtlich Beates Brüste streifte, was sie bewegungslos lächelnd hinnahm.

»Ja … ääähh … Rausch … ja Hauptkommissar Rausch.« Er drehte sich herum, ging Richtung Terrasse. »Was gibt es?«

Trottel, dachte Beate. Trottel. Du wärst der Richtige hier zur Bewachung. So habe ich mir das vorgestellt mit einer Bewachung. Du mit deiner leichten Büffelhüfte und dem Wellensittichlandeplatz auf dem Schädel.

»Frau Zastrow?« Rausch wischte sich den Schweiß von der Stirn. »Die Kollegen vom Personenschutz sind da. Sind Sie doch so freundlich und sprechen mit ihnen die Vorgehensweise ab!«

»Ich würde mich ja sicherer fühlen, wenn Sie das selbst übernehmen, aber wenn es nicht geht!«

Es klingelte. Betke sah zu Beate. Sie nickte, und er ging

zum Türöffner.

»Also dann.« Rausch hielt ihr die Hand hin, und bevor er es verhindern konnte, hatte sie die ergriffen, war schnell an ihn heran und küsste ihn auf die Wange.

»Danke, Kommissarchen!«

Er roch den Hauch ihres Parfüms und fühlte den weichen Druck ihrer Lippen. »Aber … nicht der Rede wert. Ist doch mein Job!«

Betke hüstelte diskret. Wieder klingelte es, diesmal an der Wohnungstür. Betke öffnete.

»Wesselkötter«, knarrte der kleine drahtige Mann, der wie ein Terrier wirkte, und taxierte mit flinken Augen den Raum.

»Reske«, stellte sich der zweite Mann vor. Vielleicht einen Meter fünfundachtzig mit dunklen Haaren. Seine Aufmerksamkeit galt der Fensterfront und der Terrasse. Der Terrier sah zu Rausch.

»Wir übernehmen dann hier!« Er wandte sich an Beate: »Frau Zastrow?
Das alles funktioniert nur mit Ihrer Kooperation!«

Rausch fühlte sich von einer Sekunde auf die andere überflüssig. Er ging mit Betke zum Ausgang, sah noch einmal zurück, aber Beate stand dicht bei dem Terrier und lauschte fasziniert seinen Ausführungen.

*

»Allee de Gabriel Rocca, por favor!«

Das Phantom legte das leichte Handgepäck neben sich auf die Rückbank.

»Hola … in Ordnung«, klang es ebenfalls auf Spanisch vom Fahrer. »Que Numero?«

»Nur bis zur Straße. Gracias.«

Sein Fahrgast sah aus dem Fenster und reagierte nicht weiter. Schade, doch das hatte der Taxifahrer des Öfteren, und so lenkte er den Wagen in Richtung Hafen.

Das Phantom sah auf das Roleximitat. Wenn alles wie geplant ablief, säße es heute Abend schon wieder im Flieger.

*

Jens sah Noelys und seinen Retter schon von weitem und winkte ihm zu. Der Cafébesitzer war nicht wiederzuerkennen. Nichts deutete mehr auf die Depressionen der vergangenen Tage hin, er wirkte frisch und unternehmungslustig. Um die Augen noch immer eine gelbliche Verfärbung, und auch das Pflaster auf der Nase war noch da. Die Oberlippe ein wenig geschwollen, aber dort wo die Schneidezähne fehlten, füllte inzwischen ein Provisorium die Lücke. Herzlich begrüßte er Nik.

»Nik, schön, dass du vorbeikommst. Ich habe mich noch gar nicht richtig bedankt. Ist ja klar, du hast hier auf Lebenszeit alles frei. Ich habe das von deinem Freund gehört, das tut mir leid. Wie geht es dir denn?« Anscheinend wusste er nicht, wie er seine Freude anders ausdrücken konnte als mit einem Redeschwall. Nik lächelte.

»Jens, Junge, nicht alles auf einmal. Bring mir doch bitte einen Whiskey, ein Doppelter wäre prima!«

Jens klopfte Nik auf die Schulter und verschwand. Es dauerte nicht lange, da war er mit dem Whiskey zurück. Nicht nur mit einem Doppelten, sondern gleich mit einer Flasche. Er setzte sich an den Tisch.

»Wo ist denn Noely?« Nik sah sich suchend um.

»Ach, sie ist für ein oder zwei Tage in ein Hotel. Das hat sie alles zu sehr mitgenommen. Erst die Hauerei. Dann hatten wir Streit. Jetzt noch das Kind. Da brauchte sie ein wenig Ruhe.«

»Welches Kind?«

Jens tat verschwörerisch. »Sie hat es mir zwar noch nicht verraten, aber sie ist schwanger! Sie hat sich übergeben und ist überhaupt so ganz anders als sonst.«

»Und da vermutest du …«

»Ich glaube, ich vermute da ganz richtig. Sie will es nur nicht wahrhaben. Ich habe mir ziemliche Gedanken gemacht, aber jetzt bin ich mir sicher. Schließlich kenne ich sie lange genug.«

»Wo kommt Noely eigentlich her? Ist doch ein ungewöhnlicher Name.«

»Noely ist aus Venezuela.«

»Sie ist älter als du?«

»Ja, Noely ist neununddreißig, und ich bin zwanzig.« Jens strahlte stolz.

»Aber das sieht man ihr nicht an.«

»Nein, das sieht man ihr wirklich nicht an«, bestätigte ihn Nik.

»Ich muss dann mal wieder.« Jens sprang auf, neue Gäste waren gekommen. »Bleib noch da und trink noch einen, Nik!«

Nik sah auf die Uhr und rief noch einmal im Hufeisen an, fragte nach Gross.

»Lass dich hier ja nicht noch einmal sehen, Langer, dann gehst du parterre!«

»Aber … was ist denn?« Nik war völlig überrascht. Das Klicken in der Leitung machte deutlich, dass sein Gegenüber keine Lust auf weiteren Kontakt hatte.

*

Die Hausdurchsuchung bei Lehnert war ein kleiner Erfolg gewesen. Sie hatten einen Elektroschocker gefunden, eine Gesichtsmaske und einige Papiere, die recht aufschlussreich über den erst kürzlich getätigten Verkauf von Immobilien waren.

Allerdings war der Hausherr nicht anwesend, und nichts wies auf seinen Aufenthalt hin. Rausch wartete noch auf die Auswertung der KTU über den Elektroschocker, ob der zu den

Wunden an den Opfern passte, damit die Beweiskette auch schlüssig war. Routine. Lehnert rückte deutlicher in das Fadenkreuz der Ermittlungen.

Rausch sortierte die Papiere und die Spickzettel auf seinem Schreibtisch. Er fand die Notiz, die den Anruf und eine Rückrufbitte von Schweigert beinhaltete. Was konnte der Privatermittler von ihm wollen? Rausch wählte die Nummer.

»Schweigert!«

»Ja, hier Rausch, ich sollte anrufen!«

»Tja, ich habe da eine Bitte. Ich bräuchte einen Namen aus einer Ermittlungsakte.«

Rausch wurde hellhörig.

»Was denn? Im Fall des Bauschaummörders?«

Nik zögerte.

»Nein. Ist so eine private Kiste.«

»Wegen Ihrem toten Freund?«

»Weiß ich noch nicht. Kann aber sein!«

»Schweigert, lassen Sie sich überraschen. Wir sind kurz vor dem Durchbruch, und wenn alles gut geht, verhaften wir den Killer in den nächsten Stunden!«

Nik war tatsächlich überrascht.

»Herr Rausch, können Sie mir einen Tipp geben? Denn das müsste auch der Mörder von Bambi sein. Vielleicht kann ich da helfen.«

Rausch genoss seinen Triumph.

»Kommt gar nicht infrage. Würde mir noch fehlen, dass Sie dazwischenfunken. Ich benachrichtige Sie sofort, wenn wir ihn haben. Okay?«

Nik wusste, dass es keinen Sinn machte, darüber zu diskutieren.

»Und wie ist es mit dem Namen?«

Nik fühlte förmlich, wie Rausch gönnerhaft lächelte.

»Na klar, wenn er in unseren Akten ist. Also, um wen handelt es sich?«

*

Das Phantom blieb vor dem Apartmenthaus am Hafen von Palma stehen. Es brauchte keine Verkleidung mehr, es brauchte keine Handschuhe mehr, und es brauchte keine Schutzkleidung mehr. Das hier war der letzte Akt.

Lehnert war in seinem Apartment. Das hatte es gerade eben noch mit einem Anruf kontrolliert. Der Gangster hatte sich wie immer angehört.

Entspannt, bekifft, sicher. Er hatte sich nur kurz gewundert, dass ihn das Phantom hier besuchte. Aber es würde einfach behaupten, er hätte ihm mal die Adresse gegeben, für den Fall, dass es mal in Palma sein sollte.

*

Nik zögerte, die 0058 zu wählen. Zu viel erinnerte an die

Vergangenheit, die er glaubte, hinter sich gelassen zu haben, bis sie ihn ab und zu wieder einholte und er sie in einem Strom Old Crow ertränken musste. Obwohl er wusste, dass es keine Chance gab, darum herumzukommen, schob er den Anruf hinaus. Wägte ab, ob ihn seine Überlegung überhaupt rechtfertigte.

Der Name, den ihm Rausch gegeben hatte, ließ aber keinen anderen Schritt zu. Allerdings, wenn Rausch mit seinem Verdacht Recht hatte, waren seine, Niks, Überlegungen hinsichtlich des Mörders von Bambi absurd, geradezu abwegig. Vielleicht sollte er Rauschs Bemühungen abwarten und sich die Qual des Anrufes ersparen. Wenn Rausch richtiglag, dann wären alle anderen Spekulationen hinfällig. Wenn aber er selbst auf der richtigen Spur war, war zu befürchten, dass der Killer sich nach dem Mord an Lehnert unerkannt davonmachen würde.

Nik atmete tief durch, trank das Glas Old Crow aus, schenkte sofort nach und griff wieder zum Telefon, tippte die 0058 … Er kannte den Rest der Nummer auswendig. Als wenn die Jahre nicht vergangen wären, drang ihm die Stimme sofort wieder durch den Kopf, und sein Nacken glänzte von einer Sekunde zur anderen voller Schweiß.

»Si?« Mehr sagte die unterkühlte Stimme mit dem lauernden Unterton nicht.

»Buneos dias, Colonel!« Niks Hals war trocken, die

Stimme klang brüchig.

»Wer ist da?«, klang es auf Spanisch.

»Nik. El loco aleman Nik!«

»Bist du wieder hier?«

»Nein, ich brauche nur eine Information.«

»Worüber?«

»Clinica El Avila, Av. San Juan Bosco con …« Nik erläuterte sein Vorhaben.

»Ruf mich in drei Stunden wieder an.« Grußlos wurde am anderen Ende aufgelegt.

Nik legte sich auf die Couch, er zitterte und wusste genau, was er gerade riskiert hatte. Aber es war für Bambi gewesen. Wenn Rausch Recht hatte, dann war es ein Opfer, das er umsonst gebracht hatte. Wenn er Recht behielt, hatte es sein müssen.

Als er die Augen schloss, sah er dieses blaue Licht, hörte das Knistern, und sofort öffnete er wieder die Augen, griff nach der Flasche und goss sich das Glas halb voll.

*

Udo Lehnert hatte die Überraschung über den Besuch weggesteckt. Sie saßen zusammen auf der Terrasse und genossen den Blick auf den Hafen von Palma. Der Servicedienst hatte ein Abendessen geliefert. Der Fraß war Lehnert aber nicht gut bekommen. Er kippte ein paar

Schnäpse hinterher, während sein Gast sich den Rotwein munden ließ.

»Wirklich toll, dass du hierhergekommen bist«, sagte Lehnert. »Aber ich fliege morgen schon wieder nach Hause. Du kannst bestimmt noch ein paar Tage hier wohnen bleiben. Ich kann das regeln.«

Das Phantom lächelte Udo zu.

»Das ist gar nicht nötig. Nur keine Umstände. Ich bin ja nur wegen dir hier.«

»Wieso das denn?«, drückte Udo seine Verwunderung aus. Er konnte sich nicht vorstellen, was sein Besuch von ihm wollte.

»Ich werde dich töten, Udo!«

*

Rausch blätterte zum wiederholten Mal die Fotos der Beteiligten in dem Fall durch, in der Hoffnung, dass sie ihm einen kleinen Tipp, einenHinweis geben würde, der ihn weiterbringen würde. Er hatte auf Wassili ein wenig Ermittlungsdruck ausgeübt. Nicht zu viel, denn wenn die Jungs erst einmal abtauchten, dann war nichts gewonnen. Lieber eine kontrollierte Kooperation als einen unterirdischen Stellungskrieg. Nicht selten waren die Subkulturen informell, technisch und finanziell besser ausgerüstet als die ganze Kriminalpolizei. Jeder einigermaßen erfolgreiche Lude hatte heutzutage doch schon drei sehr gute Anwälte. Und mit den Druckmitteln Drogen oder Angst kam jemand wie Wassili in der Regel weiter als der steife Beamtenapparat mit Anklagen und Durchsuchungen.

Das Entscheidende aber war, dass die Positionen im Milieu stets schneller neu besetzt waren als die hier im Amt. Fähige Leute mussten erst ausgebildet werden. Was blieb, war der gegenseitige Respekt in gewissen Grenzen. So hatte es Wassili eher wie eine Gefälligkeit aufgefasst, als er Rausch steckte, dass Lehnert auf Mallorca Abschied von seinem Apartment nahm. Er ihn aber morgen zurückerwartete, wegen des Notartermins für die Geschäftsübernahme.

Damit war klar, dass Lehnert zurückkommen würde, denn mit den Russen würde er keinen Scherz treiben. Die würden ihn auch im Ausland finden. Aber Lehnert war sich bestimmt sicher, dass er noch nicht enttarnt war, und würde schon alleine deshalb keine Gefahr von Seiten der Staatsgewalt erwarten.

Rausch hielt in der Linken eine Porträtaufnahme von Beate Zastrow und in der Rechten ein Foto von Mandy in ihrer knappen Berufskleidung, als Betke ins Büro kam.

»Na, Max, so macht die Arbeit Spaß!«

»Wenn es nicht so finster wäre, bestimmt!« Rausch warf die Stirn in Falten. Betke sah über Rauschs Schulter auf die Fotos.

»Ja, die beiden Schmuckstücke wissen schon,

wie sie sich am vorteilhaftesten zurechtmachen
können. Da stimmt alles!«

Rausch zuckte zusammen.

»Was hast du gesagt?«

»Na, da stimmt alles. Haarfarbe, Lippenstift, Schminke,
Lidschatten, einfach alles. Das ergibt alles ein
Gesamtkunstwerk.«

Rausch warf die Fotos auf den Tisch und griff zum
Hörer.
»Jürgen? Max Rausch hier. Pass auf. Ihr müsst was für mich
nachprüfen …«

*

Niks Ahnungen hatten sich bestätigt. Die Auskunft war so
sicher wie das berühmte Amen in der Kirche. Und wie
erwartet war auch der letzte Kommentar an ihn gewesen.

»Que me debes algo!« Du schuldest mir was!
Nik wusste, was das bedeutete, und es war ihm übel, als er
antwortete.

»Si!«

*

Udo Lehnert lächelte verwirrt. Ihm brach der Schweiß aus,
und in seinem Magen fing es wieder an zu rumoren.

»Was wirst du?«

»Ich werde dich töten. So wie du mich jahrelang hast
töten lassen.«

Ärgerlich wollte Udo der Farce ein Ende
bereiten, versuchte aufzustehen, blieb aber träge
in seinem Stuhl sitzen.

»Das wird nichts, Udo. Du kommst nicht mehr hoch!«
Das Phantom stellte eine kleine Blechdose auf den Tisch, in
der sich einige Bohnen befanden.

»Schon mal was von Kalabarbohnen gehört? Das Zeug
lähmt dich, macht dich aber weder schmerzunempfindlich
noch taub noch stumm. Sie legt erst mal nur dein
Nervensystem lahm und verursacht Muskelschwäche. Dein
Puls verlangsamt sich, und dein Blutdruck geht nach oben.«

Udo versuchte sich trotzdem zu bewegen, was aber ein
hilfloser Versuch blieb. Das Phantom stand auf, trat hinter ihn
und kippte den Stuhl an.

»Mach dir keine Gedanken, man muss die Bohne nur im
richtigen Verhältnis mit Atropin mischen, dann ist sie nicht
tödlich, sondern wirkt nur eine bestimmte Zeit. Und wir
wollen doch, dass du noch etwas von dem Abend hast. Komm
rein. Wäre doch schade, wenn uns einer beobachten würde.
Meinst du nicht auch?« Es kippte den Stuhl mit Udo an und
zerrte in mit einiger Mühe in das Apartment.

»Was soll der ganze Scheiß. Hab ich dich nicht fair
behandelt? War ich nicht korrekt zu dir? Was soll das Ganze
hier?« Udo rang nach Atem. Er fühlte Panik und Angst in sich
aufsteigen.

»Aber Udo, hast du mich wirklich nicht erkannt? Es sind noch keine zwanzig Jahre her, dass wir uns das letzte Mal gesehen haben. Als du mich an der Ecke in der Nähe der Bank abgesetzt hast.«

»Zwanzig Jahr her? Du verwechselst mich. Mach mich los! Wer bist du?« Lehnerts Stimme wurde eine Spur ungeduldig.

Das Phantom ging mit seinem Gesicht ganz nah an das von Lehnert.

»Ich bin es … Pimmelkopf!« Dann spuckte er Lehnert voller Verachtung ins Gesicht.

Udo Lehnert spürte nicht den Speichel, der ihm über die Augen, die Wangen über den Mund lief, in seinem Kopf drehte sich alles … Pimmelkopf … Trummler … der tote Uwe Trummler … der Banküberfal … wie war das damals noch gewesen? Hilfe!

Bevor er einen Schrei ausstoßen konnte, klebte ihm Uwe Trummler einen Streifen silberfarbenes Klebeband über den Mund.

*

Nik wurde mit dem bekannten pelzigen Geschmack im Mund wach. Er hatte gestern noch rumtelefoniert und herausgefunden, wo Lehnert sich befand.

Natürlich hatte er den nächsten Flug nehmen wollen, aber ein

Platz war erst heute Nachmittag frei. Nik hatte sich mit der üblichen Ration Alkohol betäubt. Der Wecker zeigte 08:45 Uhr. Vielleicht wäre es doch angebracht, die Sache Rausch zu überlassen?

*

»Wir sind von einer Kontaminierung ausgegangen und haben den ganzen Kladderadatsch noch einmal untersucht! Und jetzt kommst du wieder mit einer neuen Theorie. Vielen Dank dafür! Bis wir mit dem neuen Hirngespinst durch sind, erst einmal viel Spaß hiermit!« Der Mann aus der KTU verließ grußlos das Büro. Rausch rieb sich das Kinn, als Betke hereinplatzte und Rausch einen Kaffee auf den Schreibtisch stellte.

»Was ist denn, Max? Ich habe Jürgen aus der KTU auf dem Gang getroffen. Der meinte, ich soll dich mal lieber präventiv mit einem Kaffee versorgen.«

»Setz dich!« Rausch zeigte auf den Stuhl. »Es wird dich umhauen.« Er nahm einen Schluck von dem Kaffee.

»Die KTU hat auf dem T-Shirt von Fäller fünf verschiedene Blutspuren ausgewertet.«

»Fünf?«

»Ja. Von Fäller, von der Cafébesitzerin, von deren Freund, von Schweigert und natürlich von dem Kongolesen, der auf ihm gelegen hat.«

»Na und. Was ist jetzt daran so sensationell? Wir wissen doch von der Keilerei vor dem Café. Bei so etwas fließt Blut. Und Fäller hatte sich tagelang nicht mehr umgezogen.«

»Genau. Aber die DNA hat gezeigt, dass es da ein Verwandtschaftsverhältnis gibt.«

Betke war sprachlos und starrte seinen Kollegen an, der auf die Unterlagen klopfte.

»Pass auf! Ich hab es doch geahnt. Hab ich nicht gleich gesagt, dass der Schlüssel auf dem Boot ist? Mann, wenn ich es nur gesehen hätte. Ich hätte eher draufkommen müssen. Wir haben nur die Körperflüssigkeiten auf DNA untersuchen lassen …«

Betke nickte.

»Na klar. Was denn sonst!«

»Und wir haben zwei Frauen festgestellt. Richtig?«

»Richtig!«

»Und jetzt … sieh mal hier auf den Fotos. Wir haben drei Lippenstifte drauf.«

Betke machte große Augen.

»Drei? Verstehe ich nicht!«

»Wir sind davon ausgegangen, dass diese Mandy auf dem Boot war und Beate Zastrow. Mandy trägt einen silberfarbenen und Frau Zastrow einen kirschroten Lippenstift.« Rausch wechselte die Fotos, nahm eins in die

Hand, das auf einem Kissen eine hauchfeine Spur zeigte. »Ich wette, dass die feine Linie, hier und da und dort von Lippenstift an dem Kissen, rosé ist und nicht nur ein zarter Wischer von dem kirschroten.«

»Das ist aber weit hergeholt.« Betke verzog zweifelnd den Mund. »Wer kommt auf so etwas?«

Rausch lachte.

»Du hast mich darauf gebracht, als du erwähnt hast, wie perfekt die beiden sich schminken. Das stimmt, auch wie sie hier waren. Exakt der gleiche Lippenstift. Weder Mandy noch Beate Zastrow hätten einen roséfarbenen Lippenstift getragen. Wenn wir davon«, Rausch zeigte auf die schwachen Spuren auf dem Kissen, »DNA genommen hätten, wenn wir nicht so engstirnig gedacht hätten, wette ich, hätten wir eine weitere DNA gefunden. Dann hätten wir anders ermittelt.«

Betke verstand nicht, versuchte einen Einwand.

»Vielleicht hat eine der beiden Frauen doch mal den Lippenstift gewechselt?«

Rausch nickte grimmig.

»Genau da liegt der Unterschied im Glauben gegenüber dem Wissen. Wir hätten es sehen und prüfen müssen. Uns vergewissern müssen.«

Betke machte eine ratlose Miene.

»Oder … aber …?«

»Oder … aber … egal.« Rausch überhörte den Einwand.

»Fakt ist, wir hätten den möglichen Personenkreis um Zastrow erweitert und nach mehr Anhaltspunkte außerhalb des internen Kreises gesucht. Die DNA hätte unter Umständen einige andere Perspektiven geliefert! Du weißtgenau, dass man aus der DNA auch schon die Haarfarbe und die Hautfarbe ableiten kann.

»Ich bin ja nicht von gestern. Brauchst du mir nicht zu erklären, Max.«

»Es gibt sogar ethnische Marker in der DNA, aber die forensische Auswertung kordierender DNA-Bereiche ist bei uns untersagt … aber man könnte …«

Das Ganze driftete Betke zu weit ab. Er unterbrach seinen Kollegen.

»Winfried, bevor wir uns jetzt hier in irgendwelchen Rassetheorien ergehen, wie machen wir konkret weiter?«

»Quatsch … Rassetheorien. Die Politik ist rassistisch, die Wissenschaft nicht.«

»Also?«

»Also!« Rausch hatte sich gefangen, war wieder anwesend, hob den Daumen. »Erstens brauchen wir sofort noch einmal den kompletten Laborbefund vom Boot!« Er hob den Zeigfinger.

»Zweitens. Unbedingt alle Fotos von den Spuren auf dem Boot.« Es folgte der Mittelfinger.

»Drittens brauchen wir den Bericht aus der Notaufnahme nach der Keilerei vor dem Café.«

Rauschs Ringfinger steckte sich aus.

»Viertens soll die KTU sich beeilen mit der DNA-Bestimmung des Rosé auf dem Kissen. Wir brauchen sie dringend mit einer Gegenprobe zum Krankenhausbericht.« Der kleine Finger vervollständigte die Hand.

»Fünftens brauchen wir eine Leitung zum Flughafen Tegel.« Er begann begann wieder mit dem Daumen.

»Sechstens. Eine Verbindung nach Palma zur Polizei.«

*

Uwe Trummler saß im kurzen Rock und übergeschlagenen Beinen Udo Lehnert gegenüber und trank Rotwein.

»Als Letzter auf der Liste hast du die besondere Ehre zu erfahren, warum. Mit den anderen habe ich mich nicht unterhalten. Denen habe ich nur gesagt, wer ich bin. Das waren alles nur dumme Mitläufer. Genau wie damals schon. Wie ich auch. Der Boss bist schon immer du gewesen.

Vielleicht noch Richard. Aber der war früher schon dummgeil und eingeschränkt. Er hat sich zuerst von mir einen blasen lassen und mich dann auch noch gefickt. Überall rein. Er hat für mich sogar dieses kleine … wie habt ihr immer dazu gesagt … Stöckelwild … wie hieß sie … ach ja, richtig … Mandy … auf Eis gelegt. Der alte Bock war wie von Sinnen, weil er nicht oft genug in meinen kleinen, knackigen braunen

Hintern stoßen konnte. Zwei Wochen lang, bis ich genug wusste, wie die Dinge lagen.«

Er nahm wieder einen Schluck aus dem Glas.

»Weißt du, so wie die anderen, damals, als ich mit achtzehn in den Knast musste. Zuerst in der U-Haft in Moabit, wo ich vor Angst unter der Dusche geblasen habe und jeden Abend an euch gedacht habe. An euch, die mich da rausholen wollten. Und später in Tegel, als ich zuerst die Vergnügungssensation in der Sechsmannzelle war und dann, fünfzehn Monate lang, als ich für den Perser anschaffen musste. Hinter einer Decke im Kartoffelkeller der Anstaltsküche. Angst war der Schlüssel. Angst und Schläge und die Gewissheit, dass ich da nicht lebend rauskomme, wenn ich mich beschwere, wenn ich es zur Meldung bringe. Aber ich dachte, ich müsste es nur so lange ertragen, bis die Kameraden draußen ihr Versprechen einlösen und mich rausholen. Aber da kam nichts.«

Lehnert versuchte etwas zu sagen, doch der Klebestreifen über seinem Mund verhinderte es. Trummler schüttete sich Rotwein nach.

»Was glaubst du, wie Richard geguckt hat, als ich ihm sagte, wem er da so genüsslich den Arsch geleckt und wen er gefickt hatte? Zum Glück habe ich noch den Eintrag über meinen Besuch in seinem Planer entdeckt. Er hat geheult, als ich ihm den Bauschaum in die Luftröhre gefüllt habe.

Geheult wie ich, als sie mich das erste Mal in den Arsch gevögelt haben, was ich auch nicht wollte.
Ein paar Wochen später macht es dir nicht mehr so viel aus, und irgendwann gewöhnst du dich daran.«

Trummler stand auf. Die enge Bluse betonte die schlanke Taille und die wohlgeformte Oberweite.

»Ich denke, ich sollte dich daran teilhaben lassen.« Lehnert war unfähig, sich zu bewegen.

*

Nik saß neben Betke vor Rauschs Schreibtisch.

»Unser Mörder ist nicht Lehnert!« Rausch nickte.

»Woher wissen Sie es?«

Nik legte das Foto auf den Tisch, auf dem die alte Gang mit dem jungen Paar zu sehen war.

»Wo haben Sie das her? Das ist Beweismittelunterschlagung.« Nik wusste, dass das nicht ernst gemeint war.

»Aus der Wohnung von Zastrow in Mitte!«

»Der leere Fleck im Korridor«, warf Betke ein. Nik lehnte sich zurück.

»Dann hatte ich ein ausführliches Gespräch mit Gross!«
 »Den haben wir unter Schutzhaft nach Tegel überstellt«, ergänzte Betke.

Hoffentlich dachte Gross nun nicht, er habe ihn trotz ihrer Vereinbarung angeschwärzt, ging es Nik durch denKopf.

»Und weiter?« Rausch war ungeduldig.

»Mir ist plötzlich eingefallen, an wen mich diese Augen erinnern!« Nik zeigte auf Renzo auf dem Foto. »Renzo stammt aus Venezuela. Er hat seinem Sohn nicht nur die Augen, sondern auch die etwas dunklere Hautfarbe vererbt. Wenn man es nicht weiß, fällt es so gut wie nicht auf.«

Die Tür ging auf, und ein Bote legte eine Akte auf den Tisch.

»Vom Labor.«

Rausch vergaß sich zu bedanken und schlug begierig den Deckel zurück.

»Mhm … ja … was … unfassbar … abartig … ungeheuerlich!«

»Was ist denn?« Betke beugte sich vor, um etwas lesen zu können.

Auch Nik war gespannt.

»Tatsächlich. Zwei Blutspuren auf dem T-Shirt von Fäller weisen ein Verwandtschaftsverhältnis auf. Eins von Vater und Sohn.«

Nik schloss die Augen. Er wusste, was gleich folgen würde. Er hatte diese Augen gesehen. Damals nach der Schlägerei am Pink Pool und nach der Schlägerei mit Fäller vor dem Café.

»Aus den Blutproben der Notaufnahme geht hervor, dass Jens Möckert der Sohn von Noely Garcia Lorca ist.«

Betke stieß vor Schreck das Telefon vom Schreibtisch, fing

es aber noch rechtzeitig auf.

»Was denn? Mutter und Sohn als Liebespaar? Und der Vater? Wer ist der Vater?«

Nik atmete tief ein. Er hatte diese Augen auf dem Foto gesehen, und er hatte sie bei ihr gesehen. Die Augen des Barkeepers Renzo. Niks Stimme klang heiser.

»Nein ... es ist ganz anders. Noely Garcia Lorca ist Uwe Trummler!«

*

»Udo ... du wirst es nicht als letztes Opfer des Bauschaum-Mörders in die Schlagzeilen schaffen. Du hast etwas Besonderes verdient. Die Tätowiermaschine habe ich diesmal auch nicht mitgebracht, das wäre zu heikel am Flughafen geworden. Aber keine Sorge, du musst auf deinen Schmuck nicht verzichten. Ich habe im Knast viele Arten gesehen und damit experimentiert. Man muss ja überleben, und der Lohn von Strichern ist da echt mies. Na komm, lass uns einfach Spaß haben. Ich verpasse dir jetzt noch eine Spritze, da bist du für ein paar Minuten weg. Keine Angst, die ist nicht tödlich. Danach kannst du dich wieder bewegen.«

*

Rausch und Betke sahen Nik an. Der holte tief Luft.

»Es ist so. Noely Garcia Lorca ist keine Frau. Also eigentlich nicht. Ursprünglich gesehen. Sie ist der operierte Uwe Trummler. Und der Zufall hat es gewollt, dass sie, oder er, den eigenen Sohn kennenlernt und unwissend, wer er ist, ein Verhältnis mit ihm angefangen hat.«

Betke schluckte schwer.

»Da hat der Sohn seinen Vater gevögelt?«

»Ja, aber aus dem Vater ist inzwischen eine Frau geworden. Das ist bizarr, unwirklich!« Rausch strich sich über die Augen. »Aber die DNA beweist das unumstößlich!«

»Und er wollte Kinder mit ihm, ihr, haben!«, warf Nik ein. »Zumindest glaubte er, sie sei schwanger.«

Rausch war noch immer nicht überzeugt.

»Das kann ich in keinen Bericht schreiben. Das nimmt mir keiner ab. Wie soll ich das oben erklären?« Er wandte sich an Nik: »Woher wissen Sie das eigentlich alles?«

Nik hob die Hand.

»Ich habe noch alte Kontakte nach Venezuela. Es gibt Unterlagen in der Klinik Sexta Transversal in Caracas. Uwe Trummler ist nach seiner Flucht als Misel Ristovic in Venezuela eingereist.«

Betke hatte sich gefangen.

»Wie soll das alles funktioniert haben? Das ist eine Story sondergleichen.«

»Die Flucht aus Tegel war organisiert!« Niks Stimme wurde ruhiger.

»Sie wurde bezahlt. Noch während die Fahndung in der Stadt lief, war Trummler bereits in einem Lieferwagen auf dem Weg in den Ostblock, hatte neue Papiere und war innerhalb achtundvierzig Stunden auf dem Weg nach Südamerika.«

Betke war noch nicht restlos überzeugt.

»Damals haben sie das Blut von Trummler in der Schrottpresse gefunden.«

»Aber bitte. Mit wenig Aufwand sind schnell ein oder zwei Beutel eigenes Blut abgezapft und steril gelagert. Das kann man locker dann vor Ort auftragen. Und die Laboruntersuchungen waren damals lange nicht so perfekt wie heute und mit Sicherheit reine Routine. Ich nehme an, den Ermittlern hat ausgereicht, dass es Trummlers Blut war.

»Woher wissen Sie das alles?« Rausch staunte.

»Kontakte, Informanten, Erfahrungen.«

»So eine aufwendige Flucht ist sicherlich nicht ganz billig. Woher kam so viel Geld?«

Nik zuckte mit den Schultern. Betke mischte sich ein.

»Das Geld aus de Raubüberfall?« Rausch winkte ab.

»Ach was, das war doch niemals dieser Milchbubi von damals! Das wissen wir doch.«

Betke lächelte bitter.

»Der Pimmelkopf!«

»Die Tattoos! Zehn Buchstaben,« Rausch war noch

immer fassungslos,

»Fünf Opfer!«

Nik hob die Augenbrauen. Betke dachte weiter.

»Fünf von sechs. Gross hat überlebt. Sein Freund?«

Nik hob erneut die Schultern.

»Ich weiß nicht!«

Rausch gab sich damit zufrieden.

»Na ja, ist auch unwichtig. Konzentrieren wir uns auf heute.« Nik sah ihn aufmerksam an.

»Udo Lehnert hat für heute einen Rückflug aus Palma gebucht. Ankunft Tegel achtzehn Uhr fünfundvierzig. Check-in etwa fünfzehn Uhr dreißig, so in dem Dreh.«

Das Telefon auf Rauschs Schreibtisch klingelte. Rausch schnaubte unwillig über die Störung, nahm aber ab. Eine Weile hörte er stumm zu, dann bedankte er sich.

Nachdem er den Hörer zurückgelegt hatte, schwieg er zunächst betroffen. Dann sagte er:

»Sieht nicht so aus, als hätte Lehnert Glück gehabt. Sie haben ihn gefunden. In seinem Apartment. Todeszeitpunkt gestern Abend zwischen neunzehn und einundzwanzig Uhr.«

Das war ungefähr der Zeitpunkt, als er sich zugetrunken hatte, ging es Nik durch den Kopf. Hätte er es verhindern können? Verhindern müssen?

Betke störte die Überlegung.

»Und wie? Wieder Bauschaum?«

»Nein. Entweder innerlich verblutet oder stranguliert.«

*

Udo Lehnert brauchte einige Augenblicke, um sich zu erinnern. Alles fühlte sich unwirklich an. Er hoffte, jeden Augenblick aus diesem Albtraum zu erwachen. Der Klebestreifen war nicht mehr auf seinen Lippen. War er gerettet?

Die Realität holte ihn mit einem leichten Druckschmerz an seinem Anus ein, der unangenehm war. Das Nächste, was er fühlte, oder besser nicht fühlte, waren die tauben Stellen auf der Unterseite der Oberschenkel.
Er öffnete die Augen und erstarrte, schloss sie wieder, um sie erneut dem Grauen auszusetzen. Ihm gegenüber saß Uwe Trummler und betrachtete ihn interessiert.

»Na, Udo? Wie fühlt man sich denn so?«

Lehnert beachtete ihn nicht. Sein Peiniger war für den Moment unwichtig geworden. Er blickte wieder in den Spiegel, der in nur einem Meter Entfernung seitlich vor ihm so platziert war, dass er das Bild des anderen Spiegels in seinem Rücken wiedergab.

»Das sind jetzt nur so etwa acht Zentimeter, die du gerade spürst. Insgesamt sind es circa 55 Zentimeter, oder ein paar mehr. Die ersten zwölf wirst du kaum merken, aber dann wird der Pflock dicker, bis schließlich auf achtzehn Zentimeter Durchmesser. Keine Sorge, das Fett wird dafür sorgen, dass es gut rutscht.«

Lehnert starrte noch immer auf den Pflock, über dem er saß. Trummler hatte ihm einen schmalen Lederslip mit einer Metallöse angezogen, von der aus ein feiner Draht über dem Rücken nach oben führte und in einer Schlinge um den Hals endete. Der Slip hatte über dem Musculus sphincter ani internus einen Reißverschluss. Lehnert konnte im Spiegel erkennen, dass die Spitze des Holzpflocks in sein Rektum eingeführt war. Mit dem Bewusstsein darüber setzten auch die Schmerzen und die Angst ein.

»Keine Sorge, er rutscht nicht wieder raus, ich habe ihn mit Kerben versehen – wie bei einem Tannenzapfen, verstehst du? Du sollst doch den vollen Spaß haben.«

Lehnert bewegte den Kopf und merkte, wie sich etwas um seinen Hals zusammenzog.

»Ach ja, das hatte ich vergessen zu erwähnen. Je mehr du dich bewegst, umso enger zieht sich die Schlinge um deinen Hals zusammen.«

Lehnert geriet in Panik. Er wusste nicht, wie lange er sich auf den beiden Stuhlkanten halten konnte, die Trummler ihm halb unter die Oberschenkel geschoben hatte, sodass er sich dort noch abstützen konnte.

Sein Folterknecht stand auf und kam auf ihn zu, schob die beiden Stühle ein wenig weiter darunter, sodass sich die sichere Fläche für Udo vergrößerte.

»Ich hab da noch etwas für dich. Da

brauche ich deine ganze Aufmerksamkeit.«

Es öffnete die kleine Tasche auf dem Tisch und entnahm ihr eine kleine Papierhülle mit dem Einwegskalpell.

»Tja, Udo! Auf dem Strich in Venezuela lernt man so einiges. Auch, wie man ohne Nadeln tätowiert, wenn man es so nennen mag. Da wird das Motiv eingeschnitten, und hinterher Tusche hineingerieben. Das hat fast den gleichen Effekt, wie mit einer Nadel.« Er stellte sich hinter Lehnert, der nun endlich seine Sprache wiederfand.

»Warum machst du das? Ich hab Geld. Viel Geld. Du kannst es haben. Ich habe Kontakte. Ich kann dir alles besorgen. Lass mich leben. Tu es nicht!« Tränen liefen aus Lehnerts Augen, und wie hypnotisiert starrte er auf das Skalpell.

»Geld? Was soll ich mit Geld. Ich habe genug. Warum ich das tue? Weil ich dich hasse. Weil du für mich der Inbegriff all dessen bist, was ich erlitten habe. Du hast mir alles geraubt. Du hast mich viele Tode sterben lassen. Dabei warst du einmal mein Idol.«

Er legte das Skalpell beiseite, und Lehnert atmete erleichtert auf. Doch nur für einen Augenblick. Dann klebte ihm sein Peiniger beide Augenlider mit einem dünnen Klebestreifen fest und verschloss ihm mit einem weiteren Klebeband den Mund.

»Ich habe in Caracas angeschafft, als Stricher. Nur um zu

303

überleben.

Hast du auch nur eine ungefähre Vorstellung, was man da ertragen muss? Ich war mehr tot als lebendig. Ich lag in der Gosse, hab mich mich Drogen vollgedröhnt. Bis ich an diesen alten Knacker gekommen bin, der sich in mich verguckt hat. Der mich als Frau haben wollte. Der mich wie ein Stück Vieh gekauft hat. Da ist in mir der Wunsch erwacht, hierher zurückzukehren, um es euch heimzuzahlen.«

Lehnert wollte etwas sagen, aber der Draht und das Klebeband machten es ihm schwer, und Trummler legte keinen Wert darauf zu erfahren, was er dazu zu sagen hatte.

»Du hast Gott gespielt. Mir alles genommen. Mein Mädchen, meinen Sohn, meine Identität. Ich habe gedacht, ich hätte schon alles erlitten, was ein Mensch verkraften kann. Doch das war noch nicht alles. Es gibt immer noch einen oben drauf, auch wenn man das nicht mehr für möglich hält.«

Trummler legte eine Pause ein. Sein Gesicht verzog sich zu einer hasserfüllten Grimasse.

»Gestern zeigte mir das Schicksal, dass es immer noch einen Trumpf hat, der sticht. Das, wenn man Pläne macht, entweder der Teufel oder Gott darüber lacht. Mein Mann, mein Geliebter, egal wie du es nennst, zeigte mir gestern das Foto seiner Mutter. Weißt du, wer sie ist?«

Lehnert schüttelt den Kopf, die Schlinge zog sich zusammen.

»Siehst du. Ich wusste es bis dahin auch nicht. Es ist Prinzesschen. Du erinnerst dich an sie? An mein Mädchen damals? Die kleine Blonde.

Damals, als ich noch für euch der Pimmelkopf war? Der Laufbursche, der Hansel, der dumme Junge!«

Die Stimme Trummlers war gefühllos, emotionslos.

»Prinzesschen! Meine Geliebte! Die Mutter meines Sohnes!« Uwe Trummlers Stimme war heiser, hasserfüllt.

»Es war mein eigener Sohn, mit dem ich monatelang geschlafen habe! Ihm alle Wünsche erfüllt habe, die sich ein Mann von einer Frau erhofft! Ich… sein Vater!«

Lehnert verstand nichts. Konnte die Zusammenhänge nicht begreifen. Er sah nichts. Hörte nur die kalte, tote Stimme.

Der erste Schnitt in sein Augenlid tat fast gar nicht weh, und die nächsten drei wurden so schnell ausgeführt, dass er erst begann, dumpf in das Klebeband zu brüllen, als ihm Tusche in die Wunde gerieben wurde. Uwe Trummler ließ ihn schreien, bis Lehnert verstummte, weil die Luft knapp wurde. Der Draht hatte sich wieder ein Stück weiter zusammengezogen.

»Ruhig, Udo, ruhig! Was sollen denn die Nachbarn denken. Weißt du, wie es weiterging? Nach den Hormonbehandlungen und der OP, da habe ich mich erholt. Habe bei meinem Mäzen gelebt. Musste nicht mehr auf den

Strich. Ich zog in seine Villa. Das war harmlos im Vergleich zu vorher.

Einmal, zweimal im Monat seine Wünsche erfüllen. Dafür bekam ich alles, was ich wollte. Jede noch so kleine Korrektur an mir hat er bezahlt.

Die Sonne tat mir gut, gab mir diese Hautfarbe, und dem Fitnessklub und meinem Ehrgeiz verdanke ich diesen Körper. Es ist schon lächerlich, wie Männer einen Mann vögeln, wenn sie glauben, dass er eine schöne Frau ist. Wenn sie dann die Wahrheit erfahren, dass es nur ein Umgebauter ist, dann ekeln sie sich vor sich selbst, wenn sie erkennen, dass im Leben alles eine Illusion und Spekulation ist.«

Der Schmerz im Auge wurde stärker. Lehnert wünschte sich eine Ohnmacht herbei. Angestrengt versuchte er ruhig zu atmen.

Der Schnitt in das andere Augenlid überraschte ihn, ließ ihn zucken, ließ seine Muskeln für einen Moment erschlaffen. Er rutschte vielleicht nur einen oder zwei Zentimeter tiefer, erschrak bei dem Schmerz im After, wollte sich wieder hochdrücken, aber er blieb in den eingefügten Kerben an dem Pflock hängen. Gleichzeitig verringerte sich die Luftzufuhr ein weiteres Mal.

Das P im Augenlid war fertig, und mit einigen Bewegungen rieb Uwe Trummler die Tusche hinein. Zufrieden betrachtete er sein Werk.

»Fertig, Udo. Schon überstanden. Wir warten noch
einen Moment, und dann mach ich die Pflaster ab, dann
kannst du dich betrachten und auch wieder besser atmen.«
Der Gequälte fühlte einen Krampf in seiner rechten Wade
aufkommen.
Bitte nicht! Bitte nicht, flehte er still.

*

Da ist noch eine Nachricht.« Rausch hatte ein wenig
Hoffnung in der Stimme. »Noely Garcia Lorca … ääähhh …
Trummler, landet heute um sechzehn Uhr fünfzehn in Tegel!«
Nik war skeptisch.
»Das wäre dreist! Das wäre mehr als abgebrüht!«
»Wieso? Wenn er nicht ahnt, dass wir ihm auf die Schliche
gekommen sind? Wenn er sich sicher fühlt?«
»Was soll er noch hier?« Betke mischte mit. Sein Kollege
überlegte nur ein paar Augenblicke.
»Er hat hier seine Existenz. Hat sein Verhältnis hier!«
»Das sein Sohn ist!«, konterte Betke.
»Was er wahrscheinlich nicht weiß!«, warf Nik ein.
»Wenn er hier sechzehn Uhr fünfzehn landet, dann ist
Boarding in Palma circa dreizehn Uhr. Also etwa in einer
halben Stunde. Wenn er auf der Flugliste abgehakt ist, dann
haben wir ihn.«
Nik trommelte mit den Fingern auf den Schreibtisch.

»Er wird nicht im Flieger sein. Dann wäre er nicht unter seinem Namen geflogen, den er uns mit seiner Reservierung serviert hat. Einen deutlicheren Hinweis für kein Alibi kann er ja gar nicht liefern. Wenn er hätte zurückkommen wollen, wäre er unter falschem Namen nach Palma geflogen!«

Rausch rieb sich das Kinn, massierte sich die Schläfen.

»Verdammt. Das heißt, wie viele Stunden hat er Vorsprung?« Betke studierte die Nachrichten und die Zahlen auf seinem Papier. »Pi mal Daumen etwas so fünfzehn plus minus eine! Je nachdem, wann er Lehnert allein gelassen hat!«

*

Uwe Trummler saß an dem Tisch und verpasste sich vor einem Spiegel einen Kurzhaarschnitt. Die kleine Haarschneidemaschine summte. Seine Handbewegungen waren geschickt. Er dreht sich zu Lehnert um und betrachtete sein Opfer, dessen Augen mit Vaseline und einem Anteil an Adrenalin präpariert waren. So war die Blutung gestillt. Die Augen waren zwar geschwollen, aber Lehnert sah genug. Sah, wie Uwe Trummler sich die Bluse und den BH auszog, ihn anlächelte.

»Mensch, Udo, beinahe hätte ich doch vergessen, mich um dich zu kümmern.«

Uwe Trummler ging zu Lehnert, lächelte und zog die beiden Stühle weiter nach außen. Die Flächen, die Lehnert

Halt gaben, verringerten sich merklich. Lehnert verkrampfte sich augenblicklich. Für einen Moment schoss ihm der Gedanke durch den Kopf, sich einfach fallen zu lassen und so allem ein Ende zu bereiten. Aber dann siegte die Angst vor dem Schmerz und die Hoffnung auf ein Wunder.

Trummler, wieder am Tisch, hatte sich des Rocks und des Strings entledigt und schminkte sich ab. Nahm aus einem Gefäß zwei Kontaktlinsen und setzte sie sich ein. Als er sich zu seinem Opfer umdrehte, strahlte er es mit zwei hellen, blauen Augen an.

»Was sagst du? Toll, nicht wahr? Wie die vom Prinzesschen. Die du auch auf dem Gewissen hast. Das ist dir dochklar? Oder etwa nicht?«

Keine Antwort erwartend, wandte er sich wieder der Verwandlung zu. Klappte einen Reisepass auf und studierte das Bild darin genau. Bevor er den kleinen Bart über die Oberlippe platzierte und die Kotelettenansätze anklebte, versorgte er sich noch mit einer Theaternarbe unter dem rechten Auge. Währenddessen plauderte er leicht und locker weiter.

»Mein Flieger geht um Viertel vor neun heute Abend. Ich muss also gegen acht am Flughafen sein. Das ist ja nicht weit von hier. Wir sollten uns aber trotzdem beeilen.«

Trummler rollte sich die Seidenstrümpfe von den Beinen. Er stand nicht auf, sondern schob eine nackte Fußspitze unter den Stuhl von Lehnert und ruckte ihn vorsichtig, langsam, unter dem rechten Oberschenkel weg, bis Lehnert nur noch auf der linken Seite Halt hatte.

Der riss die Augen weit auf, bekam Schieflage, und der Pflock drang weitere Zentimeter in ihn ein.

Trummler stand jetzt nackt vor ihm. Ein Killer in dem atemberaubenden Körper einer begehrenswerten Frau, doch Lehnert hatte keinen Blick dafür übrig. Während sich der Peiniger die Unterhose mit der Penisimitation anzog, beobachtete er den Altgangster.

»Ist anstrengend nicht? Aber warte mal ab, wenn ich den anderen Stuhl auch noch wegnehme! Also, Kraft sparen!« Ein Sport-BH und eine Brustkompresse drückten die Brüste zur Seite.
Trummler zog eine weite Jeans und ein dunkles Markenhemd an. Seidensocken, italienische Schuhe und die feine Lederjacke in Burgunderrot vervollständigten das Outfit des scheinbaren erfolgreichenMannes.

Den ganzen übrigen Kram würde er vor dem Haus loswerden, in den Baucontainern, die dort standen. Auch wenn es jetzt unwichtig war, weil es ihn nicht mehr geben würde, er war es so gewohnt, mögliche Spuren zu beseitigen. Er hockte sich vor Lehnert hin.

»Udo, es tut mir leid. Es tut mir wirklich leid, dass ich dir nicht bis zum Ende zusehen kann. Aber ich weiß, selbst wenn sie dich noch retten, wirst du nicht mehr derselbe sein. Du wirst nie wissen, ob der nächste Unbekannte, dem du begegnest, nicht wieder ich bin.«

Uwe Trummler stand auf, nahm die Plastiktüte mit den abgelegten Sachen und den kleinen Rucksack mit seinem Handgepäck. Er sah den alten Mann dort über dem Pflock hocken. Blut lief an dem Holz in dünnen Fäden herunter. Die Beine zitterten, und die Augen flehten um Erlösung. Der Geruch von Ausscheidungen, von Angst, von Schweiß, die den Raum erfüllten, ließen Uwe Trummler kalt. Er war Schlimmeres gewohnt, er hatte damit gelebt, hatte es eingeatmet, hatte es ertragen.

Trummler riss Lehnert den Klebestreifen von den Lippen und trat mit einem Tritt den Stuhl unter dem linken Oberschenkel weg. Lehnert sackte mit einem Ruck zwanzig Zentimeter tiefer, während gleichzeitig der Draht in seinen Hals schnitt. Er schrie trotzdem, schrie immer noch, als Uwe Trummler schon am Aufzug war.

Jemand hämmerte an die Wand zu Lehnerts Apartment und schrie:

»Mach den Fernseher leiser, du Idiot!«

*

Die ersten paar Minuten auf dem Weg vom LKA am Lützowufer entlang sagten sie nichts, sondern starrten durch die Windschutzscheibe hinaus auf den Verkehr.

Rausch brach das Schweigen.

»Wir müssen es ihm sagen!«

»Müssen wir das wirklich?« Nik sah den Kriminalhauptkommissar von der Seite an, der stur geradeaus auf die Straße sah.

»Na klar. Er erfährt es besser von uns als von jemand anderem!«

»Wer sollte das denn sein?«

»Irgendeine undichte Stelle?«

»So etwas gibt es bei Ihnen?« Nik versuchte es mit ein wenig Ironie.

»Ja, so etwas gibt es bei uns. Und diese Story ist ja wohl der Hammer für die Medien. Weniger die Morde, als der Umstand, dass der Sohn der Liebhaber des Vaters ist, von dem er glaubt, der wäre eine Frau. Da stürzen sie sich alle drauf. Print und TV!«

»Vielleicht aber auch nicht. Wir sollten ihn schützen. Wie soll er denn mit dem Wissen weiterleben? Dass eine Frau einen Mann Hals über Kopf verlässt, verkraftet man. Aber so etwas? Wie will man damit fertig werden.«

Rausch schüttelte den Kopf.

»Was sein muss, muss sein!«

»Ich glaube eher, ihr von der Polizei habt so eine Art Berufssadismus. Ihr könnt mit dem ganzen Elend nur fertig werden, wenn ihr es verbreitet, es selbst weitergebt. Das muss so eine Eigentherapie sein. Schmerz verteilen, damit der Eigenanteil so gering wie nur möglich ist.«

»Philosoph, wie?

Selbsterfahrung oder Zynismus?«

Nik sagte nichts dazu.

Das Schweigen hielt an, bis sie vor dem Latinas waren. Sie fanden nicht gleich einen Parkplatz, aber Rausch fuhr auf den Gehwegund parkte dort.

»Mensch Rausch! Lassen sie uns noch mal überlegen, was wir dem Jungen mitteilen!«

Der Kriminalhauptkommissar nickte.

»Also gut. Sehen wir mal, in was für einer Verfassung er ist, und entscheiden dann.«

Das Schild »Heute geschlossen« war nicht zu übersehen.

»Dann nicht. Wird er wohl zu Hause sein. Also los!« Rausch dreht schon ab, aber Nik hielt ihn am Ärmel zurück.

»Da stimmt etwas nicht! Da brennt doch Licht!« Er versuchte durch die Scheibe zu sehen, konnte aber nur schemenhaft etwas erkennen. Dann betrachtete er die doppelflügelige Eingangstür genauer.

»Hier. Die Verriegelung oben und unten ist nicht eingerastet. Die Tür wird nur durch die vorgeschlossene Zunge gehalten!«

Auch Rausch betrachtete die Sache nun intensiver. Sie

sahen sich an. Rausch nickte.

»Gefahr im Verzug!«

Es dauerte nicht lange. Die Tür gab dem Druck der beiden Männer nach und sprang auf.

Sie sahen ihn sofort hinter dem Tresen durch die Türöffnung in der Küche. Er hing dort regungslos. Rausch und Nik waren zwei alte Hasen, die nicht, wie die Fernsehpolizisten in den Filmen, zu dem Toten rannten und versuchten, ihn noch anzuheben und wiederzubeleben.

Jens Möckert war so tot, wie man nur tot sein kann, wenn man still an einem Seil hängt. Sie sahen sich anund dachten beide das Gleiche … besser so.

Rausch griff nach seinem Handy und rief die zuständige Dienststelle an, während sich Nik an der Bar mit einem Whiskey bediente. Er hielt die Flasche fragend Rausch entgegen. Der nickte.

*

»Hallo, Mr. Duval?« Die Stewardess beugte sich über Frederic Duval.

»Ihr Wodka!« Seine hellblauen Augen blickten sie an, hatten einen reizvollen Kontrast zu der leicht cremefarbenen Tönung der Haut. Die feine Narbe unter seinem rechten Auge machte den Mann mit dem Anflug von Grübchen noch interessanter.

»Merci«, antwortete er mit einem Akzent, den sie nicht

gleich zuordnen konnte.

Frederic Duval strich sich sorgsam über den schmalen Oberlippenbart, bevor er einen Schluck Wodka trank. Ein Blick auf die Vacheron Constantin an seinem Handgelenk sagte ihm, dass es noch gut eine Stunde bis zur Landung war.

*

Auf der Spüle lag das Telegramm. Aufgegeben am Flughafen Palma. Gestern Abend. Als Absender war Noely Garcia Lorca angegeben. Der Text ebenso unmissverständlich wie knapp. Nur ein Wort. »Adios!«

Nik sah auf seine Uhr.

»Weg. Der kann schon überall sein.«

Auf den Fliesen, weiter in dem Raum nach hinten gerutscht, lagen ein Foto und ein Blatt Papier.

»Er hat wohl bis zum Schluss versucht, sie festzuhalten«, sagte Rausch.

Sie gingen beide in die Hocke, um den Brief zu lesen, ohne den Tatort zu verändern.

Auf dem Foto war eine junge Frau zu sehen, die fröhlich Rosenthaler Straße Ecke Neue Schönhauser Straße in die Kamera winkte.

»Seine Mutter, nehme ich an!« Rausch nickte.

Der Brief enthielt nur wenige Zeilen:

Von meiner Mutter hatte ich nur dieses Foto.
Meinen Vater habe ich nie kennengelernt.
Die Liebe meines Lebens hat mich verlassen,
wahrscheinlich um das Kind von mir abtreiben zu lassen.
Es ist genug. Ich will nicht mehr.

Nik schob sich eine Zigarette zwischen die Lippen, aber Rausch hielt die Hand mit dem Feuerzeug fest. Na klar, der Tatort. Sie gingen nach vorne, vorbei an Jens Möckert, der ein klein wenig zu schaukeln begann, als ihn Rausch mit der Schulter streifte. Nik schenkte beiden einen Whiskey ein.

»Ich bin ja allerhand gewohnt.« Rausch nahm einen Schluck. »Aber das Ding hat einen Spitzenplatz in der Sammlung aller Kriminalfälle! Na ja, jedenfalls ist Möckert das letzte Opfer unseres Bauschaumkillers.«

»Jedenfalls bis hierhin.«

Rausch trank sein Glas leer und goss nach.

»Wollen wir jedenfalls hoffen.«

Nik drückte seine Zigarette im Aschenbecher aus.

»Sie kommen doch hier alleine klar?«

Der Hauptkommissar sah ihn fragend an und zeigte auf den Toten in der Küche.

»Wir brauchen Ihre Aussage!«

»Ich schnapp mir jetzt eine Taxe. Die Aussage mache ich

morgen, wenn ich meinen Wagen abhole, der steht ja noch am LKA!«

Nik stand auf und hielt Rausch die Hand hin. Der schlug ein.

»Bis morgen also!«

»Bis morgen!«

*

Nik ging die paar Schritte in Richtung Taxistand. Vor dem Spirituosenladen blieb er stehen und zog sein Handy.

»Hallo, Nicole? Ich hätte jetzt Zeit!«

Er besah sich die Auslage im Schaufenster und entdeckte das Angebot mit dem Old Crow Whiskey, während er Nicoles Antwort lauschte.

»Nein, nicht nötig. Ich bring was mit!«

ENDE

Beachten Sie bitte die folgenden Seiten

Der Autor Lothar Berg wurde 1951 an der Ruhr geboren.

Er lebt und arbeitet in Berlin.

Seine Veröffentlichungen befassen sich zumeist mit Alltagscharakteren, den menschlichen Schicksalen und den Abgründen des menschlichen Daseins. Seine Kurzgeschichten, Romane und Poesie sind ein ständiger Drahtseilakt zwischen **Drama und Komödie.** Die Werke zeichnet die ehrliche, authentische und brachiale Sprache aus, die keinen Zweifel an den Absichten der Protagonisten zulässt.

Lothar Berg verbindet seine Lebenserfahrung, seine eigenen Erlebnisse mit Fiktion und dominiert durch Authentizität, die seinen Werken Glaubhaftigkeit verleiht.

„In jedem von uns steckt das Potential zu einem Verbrecher,
wir sind alle gleich, nur …..
die Bösen tun das, wovon die Guten träumen." (Lothar Berg)

319

www.lotharberg.de

Lothar Berg Youtube

www.alterdrecksack.de

Alter Drecksack Youtube

Lothar Berg

MIGRANT

...und nun?

Das Leben des Alexander „Sascha" D.

Biographie

ISBN 978-3-89998-332-6

Verlag – Buchhandel - Online

ISBN 978-3-7528-3756-8

Im Buchhandel und Online

LOTHAR BERG

COOL

EIN GANZ NORMALER ARBEITSTAG

Kriminalroman

ISBN 978-3-752624-793
Im Buchhandel und Online

Lothar Berg

Sozialismus
Skinhead
Sumo

Das Leben des Alexander Czerwinski

ISBN 978-3-752624-724
Im Buchhandel und Online

ISBN 978-3-752624-830

Im Buchhandel und Online